PETIT MEURTRE TIRÉ PAR LES CHEVEUX

Composition Marc DUTEIL
ISBN 978-2-38211-098-0

CAROLE SEGUIER

PETIT MEURTRE TIRÉ PAR LES CHEVEUX

Roman

M+ ÉDITIONS
5, place Puvis de Chavannes
69006 Lyon
mpluseditions.fr

PROLOGUE

Sophie était appuyée à l'évier, dos à la fenêtre, là où Méryl ne pourrait plus se trouver dorénavant.

Elle faisait face à Enzo, la table les séparait.

Chacun dans son camp, elle lui lança :

– Cet accident t'arrange bien !

Enzo ne releva pas. Il feignit l'indifférence et ne se donna même pas la peine de nier.

Elle effaça d'un geste rageur la larme qui ourlait le coin de son œil.

Elle n'avait plus rien à faire ici.

La bête venait d'ouvrir la trappe de son cœur, des années durant elle allait se nourrir…

1

Mercredi 17 novembre 2010,

Ce matin, je ne savais pas que cette journée changerait le cours de ma vie.

Je me présente : je m'appelle Jazie. Je voudrais bien réussir ma vie et comme le dit la chanson, être aimée… Malheureusement pour moi, l'amour a perdu mon adresse. Pourtant, les gens disent que je suis jolie, pétillante, un peu gamine. Mon problème ? Je n'arrive pas à établir une relation durable.

Mais qu'est-ce que je fais, pourquoi je vous parle de cela ? Je ne suis pas sur *Meetic* ou sur un site *Recherche mec désespérément.* Je ne suis pas, en manque d'homme à ce point ?!

Il faut que j'arrête de penser à mes états d'âme quand je suis au boulot. Le seul moyen d'y arriver, c'est de me replonger dans les courriers posés en vrac, là, sur mon bureau.

Mes collègues, eux, s'affairent. Allez, un peu de courage ma fille ! Pourquoi du courage ? Parce que je travaille dans une compagnie d'assurances à Toulouse, au service réclamations et déshérence des contrats vie. Vous voyez, c'était mieux quand je parlais de ma vie sentimentale.

Mais revenons à toutes ces enveloppes qui, sagement, attendent que je les ouvre. Il en est une, de petit format, qui attire mon attention. Elle est faite de ces papiers pour jeunes filles, ma sœur m'en avait offert pour mes quinze ans : « *pour écrire des lettres d'amour à tes chéris* », m'avait-elle dit !

Mes chéris… Ils ne se pressent plus au portillon… Me voilà repartie dans mes errances sentimentales. Je suis incorrigible !

Je saisis ce courrier. Sur le recto, ne figure que le nom de notre entreprise et l'intitulé du service. Rien n'est inscrit au verso.

Le contenu de cette lettre me laisse dubitative.

Premier indice :

En 1985, suite à une mort, vous avez versé de l'argent à tort.

Cherchez l'erreur !

Pas de signature, pas d'en-tête. Je la retourne, rien n'est écrit. J'allume ma lampe de bureau. J'examine cet étrange courrier… Je n'y vois rien de plus.

L'enveloppe a été postée le 13 novembre 2010 de Toulouse. L'écriture est belle, plutôt féminine.

Je tranche l'autre bord pour vérifier qu'il n'y a rien à l'intérieur… il n'y a rien.

C'est la première fois que nous recevons une lettre anonyme.

Est-ce une chance d'avoir été de courrier ce matin ?

Je place le pli, accompagné de son enveloppe, dans mon trieur et finis l'ouverture des autres courriers. J'ai promptement exécuté cette tâche. Le regard de mes collègues me le confirme quand je leur remets leur paquet et qu'ils me voient me hâter pour retourner m'asseoir. Ils doivent se demander quelle mouche me pique.

Je le leur dirai plus tard, car avant de me lancer dans cette aventure, j'ai d'autres priorités à traiter.

La matinée est vite passée. Je mange sur le pouce,

la tête pleine de questions concernant cette lettre. Je dois résoudre cette énigme, car c'est bien de cela qu'il s'agit. Je pose cette lettre et commence à réfléchir. Eh oui, cela m'arrive !

Je n'ai que très peu d'éléments. Dois-je prendre au sérieux cette missive ? Oui, évidemment, je ne peux pas la mettre à la poubelle et faire comme si de rien n'était. Ce ne peut pas être une plaisanterie. Il y a un quelque chose qui m'irrite. Que s'imagine celui ou celle qui a écrit ce mot, que ce soit le genre de la maison de payer à n'importe qui, n'importe quoi ?

Il va falloir que j'active mon *sixième sens* qui, je l'avoue, fonctionne bien côté boulot, mais absolument pas côté bellâtre. Il n'y a qu'à voir comment je me plante… Voilà que je m'égare à nouveau !

Je prends de quoi noter et récapitule ce que j'ai comme éléments. Pas grand-chose à vrai dire…

Premier indice… Cela signifie-t-il que je devrais en recevoir d'autres ?

En 1985 suite à une mort… Il y a *une* personne que je nomme *IL* – l'auteur de la missive – qui sait qu'un paiement pour décès a été réglé par ma compagnie cette année-là.

Nous avons versé de *l'argent* à tort… S'agirait-il d'un suicide ou d'une fausse disparition ?

Cherchez l'erreur !... Quelle est cette erreur ?

IL est-il un bénéficiaire évincé voulant se venger ?

Le 13 novembre 2010… Cette date a-t-elle une signification particulière ?

Quant au corbeau, vit-il dans la région ?

Pourquoi nous adresse-t-il cette lettre après vingt-cinq ans ?

Je mordille mon stylo. Je ne vois vraiment pas par où débuter. Et cette lettre anonyme, c'est un peu flippant, je dois bien me l'avouer. Il faut que j'en informe mon chef. Que va-t-il me dire ? De laisser tomber, ou va-t-il se prendre au jeu ?

Je jette un œil en direction de son bureau. Zut !! Il s'est absenté.

Je fixe à nouveau ce courrier, espérant une bribe de réponse à mes interrogations. Que chercher et par où commencer ? Avec le peu d'informations que j'ai, ce n'est pas gagné !

J'adore jouer l'*Agatha Christie*, mais là, j'ai l'impression d'être dans la panade. En plus, j'ai mis mes empreintes partout ! Si, *IL* en avait laissé, je les ai recouvertes. C'est fichu, comme dirait Sacha ! Mais je ne pouvais pas savoir qu'il ne fallait pas que je mette mes pattes sur ce courrier !

J'enfile un gant, même si c'est un peu tard, pour photocopier et glisser chaque pièce dans une pochette plastique et je range le tout. Ce n'est pas la peine de rester plus longtemps. Je mets mon manteau et je descends prendre le métro à la station *Compans-Caffarelli*. Demain, j'y verrai plus clair. Ne dit-on pas que la nuit porte conseil ?

2

Jeudi 18 novembre 2010

Que j'ai mal dormi ! C'est cette foutue lettre... J'en suis sûre. Elle est si différente de tout ce que je reçois habituellement !

De ce fait, je remets en question ma façon de travailler. Mais pourquoi est-ce que je perds confiance en moi quand un événement imprévu surgit ? Je chasse vite cette impression. Je vais procéder comme je le fais pour toute réclamation. Ensuite je m'adapterai *au fil de l'eau.*

Plongée dans mes pensées, je pars au travail sans un regard pour mon chat Peuf, sans doute surpris de ce peu d'intérêt.

Sitôt arrivée, je toque à la porte du chef, l'entrebâille et y passe ma frimousse. Relevant la tête, il me fait signe d'entrer.

– Vous voulez me voir Jazie ?

– Oui. Hier nous avons reçu une lettre anonyme.

Il lève un sourcil. Le mot *anonyme* fait son effet. Je lui tends les pochettes. Il s'en saisit, se cale dans son fauteuil et examine minutieusement les documents. Il semble intrigué, car il n'arrête pas, avec son index, de remonter ses lunettes sur son nez. Il pose son regard sur moi, allonge le bras pour que je reprenne les documents et me dit :

– Essayez de voir ce que vous pouvez en tirer.

Alors là, je ne peux pas dire qu'il me soit d'une grande utilité. Déçue, je retourne à ma place. Je suis vexée de ne pas être un brin aidée et mes craintes s'envolent. Il va voir de quoi je suis capable !

Je tape sur Google 1985. Il n'y a aucun article, trop ancien. Je tente sur le site du journal de la Dépêche du Midi. Là aussi, rien. Je lance une extraction des contrats payés suite à décès, en 1985 sur la Haute-Garonne. *Le matos* mouline.

Pendant ce temps je recherche les fabricants de papier à Toulouse. Les pages jaunes affichent plusieurs sociétés. Une, Adom est proche de mon lieu de travail et cette entreprise est l'une des plus anciennes. Je décide de les joindre.

Après quatre sonneries, la standardiste me répond.

– Adom Diffusion, bonjour !

– Bonjour. Je voudrais connaître l'origine d'un papier. Quelqu'un pourrait-il me renseigner ?

Elle semble un peu sceptique, mais mon insistance finit par payer.

– Je vous passe un de nos ingénieurs.

Pendant ce qui me semble une éternité, une voix en boucle sur une musique ringarde me demande de patienter. Je ne fais que ça, patienter. On va le prendre quand mon appel ?

Au bout de *vingt tours de piste*, je commence à avoir mal à la tête. Mais qu'est-ce qu'elle fabrique ? Elle a chaussé ses baskets et fait son jogging dans les locaux à la recherche d'un interlocuteur ? Elle reprend enfin la conversation. Mon supplice prend fin. Elle me passe John Sabatié, un ingénieur en production.

Ce monsieur en ligne, je lui expose les faits et lui demande :

– Pensez-vous pouvoir m'aider ?

– Votre demande est particulière, mais je vais voir ce que je peux faire ! Pouvez-vous m'apporter cette lettre ou me l'envoyer ?

– Je peux vous la déposer ce soir vers dix-sept heures.

– Vous savez où l'on se situe ?

– Oui, je travaille sur le boulevard de la Marquette. Encore merci, à tout à l'heure.

Raccrochant le combiné, je me dis que si ce John n'est pas mal, je pourrais l'inviter à boire un verre pour discuter de ce papier. On ne sait jamais ! Mon Dieu, j'en suis là pour trouver un mec. C'est plutôt désespérant, non ?

L'imprimerie se situe sur le boulevard des Suisses, j'en profiterai pour passer ensuite au commissariat.

Comme je vous l'ai dit, j'ai mes entrées chez les *poulets. Sauf leur respect* ! Ils sont affublés de ce sobriquet depuis leur installation sur l'ancien marché aux volailles. C'est Sacha qui m'a confié cette anecdote. C'est vrai, vous ne connaissez pas Sacha !

C'est mon copain. Non ! Pas mon petit copain. Je n'aurais pas laissé entendre que je recherchais un mec.

Sacha, cinquante-huit ans, un gars qui a raté sa vocation d'amuseur public, pourtant, il a commencé sa carrière en tant que gendarme ! C'est un mélange de Sean Connery et de Jean-Pierre Marielle. Lui préfère de loin Sean à Marielle !

Nous nous connaissons depuis cinq ans. Il avait enregistré ma déclaration de vol de mon vélo. J'étais en larmes, un deux-roues tout neuf. J'ai dû lui faire pitié.

Je crois plutôt qu'il ne supporte pas de voir une femme pleurer. Il a réussi à me faire rire et, la semaine suivante, il m'appelait pour que je vienne reconnaître ma bécane avant *autopsie,* comme il disait.

Il avait mis tous ses copains sur *l'affaire,* comme il la nommait. Et le plus fort, c'est qu'ils avaient réussi à retrouver mon vélo. C'était donc mon sauveur, mon héros. En fait, il lui avait suffi, le dimanche suivant ma déposition, de se rendre à la Basilique Saint-Sernin où se tient le marché aux puces. Là, il avait récupéré mon beau vélo et coffré le voleur. Depuis, nous sommes copains. Il me donne toujours un coup de main sur mes dossiers. Il m'amène à me poser la bonne question et m'oriente dans mes recherches.

Mais revenons-en à mon énigme, car, sur mon écran, le fichier *dégueule* les pages à n'en plus finir.

J'en ai les yeux à la Tex Avery !!!

Je copie la liste de quarante mille contrats, sur un fichier que je nomme *Chercher l'erreur.*

Je lance ensuite la liste Haute-Garonne. Là, je tombe à sept mille contrats réglés. Finalement, c'est moi qui vais vomir, c'est un travail de titan.

Je sens que je me décourage avant d'avoir réellement commencé.

J'éprouve toujours cela lorsque je m'attèle à une affaire. Au début, c'est une excitation. Tout nouveau tout beau. Puis devant la somme des difficultés, la peur de ne pas être à la hauteur et de ne pas réussir à maîtriser les événements, j'ai tendance à flancher – un peu comme dans ma vie de femme, finalement.

Je secoue la tête. Je ne vais pas encore me laisser envahir par le doute et la mélancolie. Il me faut persévérer et m'appuyer sur ce que je sais faire de mieux et ouvrir tous les champs des possibles.

J'effectue des filtres. Les données se trient, mes fichiers s'exportent. Tout l'écran est noyé par une multitude de fenêtres de recherche.

L'espoir revient : il en sortira bien quelque chose !

La journée a filé comme une étoile. Il est temps de rencontrer John, l'ingénieur de chez Adom Diffusion.

Je suis un peu émoustillée. Est-ce l'enquête ou le film que je me suis fait sur cette rencontre ?

J'arrive dans les locaux. Ce soir je soupe seule devant ma télé. L'ingénieur est un homme de quarante ans, avec toutes ses dents, mais plus de cheveux. Rédhibitoire pour moi. En revanche, super sympa et prêt à tout pour ce fichu bout de papier.

Il est encore plus passionné que moi pour cette affaire. Il doit regarder *Cold case* à la télé.

Il se saisit de la pochette plastique, met des gants (lui) et sort délicatement la feuille de papier.

Tout en découpant un angle, il part dans un monologue technique.

– Savez-vous que le papier est constitué de fibres microscopiques enchevêtrées et liées par une substance thermoplastique : la lignine. Il me saisit par le coude, m'invitant d'autorité à le suivre dans une visite guidée de la fabrique. Je ne peux qu'obtempérer.

– Regardez ! Vous pouvez voir que les fibres de cellulose sont extraites par des procédés mécaniques ici, ou chimiques là-bas. Ensuite, elles sont mises en suspension dans une grande quantité d'eau pour constituer la pâte à papier.

Nous entrons dans une nouvelle salle. Il y règne une forte chaleur et une odeur tenace me soulève l'estomac.

L'ingénieur ne semble pas le moins du monde incommodé et poursuit :

– Notre usine fabrique plusieurs dizaines de types de papiers. Dans les calandres, la feuille est chauffée puis comprimée et lissée.

Nous continuons cette visite en passant dans une pièce tempérée. Il était temps, car je commençais à me sentir défaillir dans cette moiteur et ce bruit. L'ingénieur continue :

– Ici, durant l'opération de bobinage, nous vérifions électroniquement chaque caractéristique : teneur en eau, lissage, densité, couleur, résistance, etc. Une fois les vérifications terminées, le papier peut être stocké puis envoyé aux imprimeries. Voilà mademoiselle, nous avons suivi la chaîne de fabrication du papier.

– Merci, c'était instructif ! (Si, si, je me suis prise au jeu, malgré mes vapeurs de belles-mères !) Mais comment allez-vous faire pour ma lettre ?

– Excusez-moi, j'en oublie l'essentiel. Les machines, les procédés techniques et adjuvants, entre autres, vont me permettre de connaître le lieu et l'année de fabrication, et plein d'autres éléments que je vous communiquerai.

– C'est super tout cela !

– Oui, quelques heures supplémentaires viendront à bout de cette énigme, à la seule condition. (Ah non, je n'irai pas dîner avec lui !) et il répète :

– La seule condition, c'est de me tenir informé.

(Je l'ai échappé belle !)

– Je n'y manquerai pas monsieur.

Et il me congédie sans aucune autre formalité.

Quel goujat ! Un peu d'attention, s'il te plaît, avec les dames. S'il procède ainsi, il restera seul ! À un détail près, c'est que l'ingénieur ne t'a pas dit qu'il était célibataire.

Il ne me reste plus qu'à rendre visite à Sacha, au commissariat central, à dix minutes à pied.

Passé le tourniquet, je le vois à l'accueil… Cette semaine ne va pas être *cool* pour lui.

Comme toujours, il est content de ma visite – son petit clin d'œil me le confirme.

Le temps qu'il se fasse remplacer par un collègue, nous voilà dans un bureau exigu, grisounet et tristounet, où trône un vieil ordinateur et des chaises dépareillées. L'une est bancale, l'autre en simili – du moins ce qu'il en reste. Le décor comprend aussi l'éternelle plante qui n'a plus de plante que le nom. La chlorophylle semble *s'être fait la malle*. Normal, il n'y a aucune lumière naturelle.

Ce bureau, je le connais bien. On y vient en transit, boire le café lors de mes visites, avant d'en être expulsés au bout de quelques minutes par les incessants dépôts de plaintes.

Ce soir-là, nous avons du pot, contrairement à la plante.

J'informe Sacha de l'affaire et lui montre la lettre et l'enveloppe. Il passe au peigne fin les pièces à conviction – lui, c'est un flic ! Il m'indique qu'il ne peut rien m'apporter de plus – c'est encore lui le flic ! Non, je suis vilaine !

– Demain, je déposerai ton trésor au service

scientifique. Ils identifieront les empreintes – hormis les tiennes, bien sûr. Tu vas donc passer tes petits petons sur l'encre bleue afin de ne pas te faire inculper pour dénonciation ! Et il rit de sa blague.

Redevenant sérieux, il m'explique qu'ils utilisent la ninhydrine, composé aromatique, comme révélateur d'empreintes digitales latentes – non visibles à l'œil nu. C'est là le meilleur procédé.

Sacha est toujours très professionnel. Les années de gendarmerie y sont pour beaucoup.

Mais il est aussi fantasque, dû à son nom de famille certainement. Il se nomme Bond. Véridique !

– Tu vas devoir attendre au moins quinze jours, car les délais sont longs et ils ont d'autres priorités. (Je croyais pourtant qu'il était Dieu le père ici !)

– Cela fait vingt-cinq ans que mon affaire a eu lieu. Je peux bien patienter quelques semaines. Je n'ai pas le choix si je veux des résultats probants, n'est-ce pas ?

– En effet, mais il y a une bonne nouvelle. J'ai accès au fichier central pour rechercher sur 1985 les événements, accidents, homicides, où la police de Toulouse est intervenue. Je solliciterai aussi mon copain gendarme.

– Génial ! Mais je ne sais pas si *1985* est l'indicateur décisif et si Toulouse en est le lieu.

– Mouais, tu as raison. Attendons !

– Eh Sacha ! nous interrompt son collègue. C'est pour une fourrière, tu t'en occupes ?

– Désolé ma belle, le devoir m'appelle. Et sur ce, magistralement, il sort du bureau, m'invitant à le suivre pour repasser le portillon.

Je lui lance un bisou de la main et quitte le

commissariat pour descendre dans les entrailles de la Terre.

La nuit s'est déjà installée, le froid lui tient la main et me saisit les miennes.

1985

Méryl ne travaille pas aujourd'hui, comme tous les mercredis, d'ailleurs.

Méryl a trente-cinq ans, elle est mariée depuis plus de dix ans à Enzo. Ils ont un enfant, Hugo, âgé de deux ans.

Méryl, après son bac, est partie de sa montagne Ariégeoise pour venir à la ville dans les années 70.

Elle a pris pension chez sa tante Eva et son tonton Jean, suite à l'opération de son épaule, puis y est restée, car elle est comme leur fille.

Elle n'a jamais connu le chômage. Il faut dire que dans ces années-là, c'était le plein emploi. À l'époque, si tu voulais changer de boîte, il suffisait de démissionner et de gagner le trottoir d'en face.

Méryl était devenue infirmière puéricultrice au CHU de Rangueil. Dans le service des prématurés.

Ce métier la passionne, il faut dire que les enfants, elle les adore. Ils sont attachants, pleins d'innocence, et sont remplis d'espoir – même quand il n'y en a plus.

Elle travaille de nuit, tissant des liens inextinguibles avec ces anges. Elle les accompagne au-delà de ce qu'elle devrait.

Mais ses émotions ont pollué sa vie de femme et, inconsciemment, cela a retardé la venue d'un enfant.

Tous ces petits qui naissent avec des anomalies génétiques et que l'on place en soins intensifs dès les premiers instants de leur vie, endurant des souffrances inimaginables, trop petits pour exprimer leur douleur.

Alors, avoir des enfants, à quoi bon ?

Méryl avait connu Enzo alors qu'elle faisait ses courses sur le marché du cristal, après la place Jeanne D'Arc. C'était l'époque des minijupes. Les femmes s'émancipaient et, malgré son bras en écharpe, les hommes la suivaient du regard.

C'est vrai qu'elle est belle, Méryl. Elle ressemble à Romy Schneider.

C'est une femme sportive, intelligente, charismatique. Elle a ce sourire qu'elle vous offre comme un présent et qui vous réchauffe le cœur. Sa gentillesse, son dévouement, sont sa marque de fabrique.

Elle est aimée de tous.

Enzo vendait des fruits et des légumes. Il l'avait repérée. Cela faisait quelques semaines qu'avec son bras toujours immobilisé, elle faisait ses courses. Il n'avait su résister à ces beaux yeux bleus ourlés de longs cils noirs. Un charme fou. Il avait engagé la conversation à propos de sa blessure. Puis, de fil en aiguille, les semaines passant, ils s'étaient donné rendez-vous et avaient fait plus ample connaissance.

En cette année 1985, Méryl est dans sa cuisine et prépare le repas du soir.

Elle attend sa petite-cousine, Sophie.

3

Vendredi 19 novembre 2010

Ce matin, de ma fenêtre, je découvre le jardin. Il a revêtu son manteau blanc. Il a neigé. Si ! Il neige à Toulouse. *Pétard*, ça va être la pagaille !

Les trottoirs vont se transformer en une vraie patinoire. Les artères de la ville vont être le théâtre de scènes grotesques : des conducteurs au volant de leur voiture chaussée de chaînes, qui, à grands coups de volant, rendront la circulation inextricable.

Pensez-vous, deux malheureux centimètres de neige, ça aura fondu avant qu'ils aient refermé leur portière et allumé le moteur. Mais bon, le Toulousain ne jure que par sa voiture équipée de la sorte pour franchir tous les obstacles.

Avec les bouchons qui m'attendent aujourd'hui, je pars à vélo ! On va bien rigoler.

Mon choix a été judicieux, je suis la première au travail. Ce n'est pas le cas de tout le monde.

Toutes les occasions sont bonnes pour rester un peu plus longtemps sous la couette.

Moi, sous la mienne, il n'y a personne pour me retenir… Je ne désespère pas !

Mais revenons à cette lettre. Ce n'est donc pas ce matin, à cause des conditions météorologiques, que je vais pouvoir continuer mes recherches. Il va falloir jouer l'hôtesse d'accueil en attendant que tout le monde rapplique.

Et c'est le cas ! À peine installée, je n'arrête pas de décrocher, raccrocher, et d'entendre : *bonjour, je cherche à joindre madame untel, vous ne sauriez pas quand elle va arriver ?*

Et de répondre : *non, elle n'est pas là ! Oui, il doit y avoir des embouteillages. Rappelez plus tard.*

Quelques-uns de mes collègues ont réussi l'exploit d'arriver – il est tout de même treize heures. Ils vont se lamenter ou se vanter tout l'après-midi. Mais c'est quand qu'ils bossent ?

– Super que tu aies fait la standardiste ! me dit Léo. Il vient de Castres. Il a fait soixante-dix bornes pour venir, lui.

– Ouais, super ! Disons-le vite, car je me fais suer à faire ce job alors que j'ai des dossiers en attente. Tu n'as qu'à prendre le relai !

De mauvaise grâce, il s'installe et prend l'appel suivant.

Je vais enfin pouvoir contacter la Dépêche. Je n'ai même pas le temps de composer le numéro que… trop tard ! Le standard s'agite, sonnant, vibrant, réclamant toute mon attention. Ce n'est qu'en fin d'après-midi que j'arrive à joindre le standard – encore lui – de la Dépêche.

Avec ce que je viens de vivre, c'est avec une voix sympathique que je formule ma demande.

Une jeune femme m'informe que, pour l'année recherchée, je dois passer au siège et faire une requête pour accéder aux archives papier.

Il suffit de prendre rendez-vous. C'est une première pour moi. Je n'ai jamais eu à me rendre dans ces locaux. Nous convenons d'une visite pour le mardi suivant.

Satisfaite de cet appel et un peu fatiguée par la tension de la journée, je décide de ne pas traîner là.

J'ai largement fait ma part. Ceux qui sont arrivés tard n'ont qu'à rester pour assurer le service. À moi le week-end.

Un franc soleil m'accueille au bas de l'immeuble, on se croirait au printemps.

Qui a dit qu'il neigeait ce matin ?

4

Lundi 22 novembre 2010

J'ai passé un super samedi. Le soleil a brillé toute la journée.

J'ai pu aller faire mon petit jogging au bord du canal.

Eh oui, je cours – pas seulement derrière les hommes ! Je cours pour le plaisir et surtout m'entretenir. Traces de cellulite obligent. Mais chut ! Et même si les hommes vous disent – pour arriver à leurs fins – que vous avez un corps de rêve, vous savez bien, les filles, que nous ne voyons, en les exagérant, que nos petits défauts.

Comme j'habite près du port Saint-Sauveur, je bénéficie d'un cadre idyllique pour courir le long des chemins de halage. Ce quartier de Toulouse a été créé par la famille Riquet. L'activité portuaire avec les bateliers et le service des Postes a disparu pour laisser place à la plaisance. L'après-midi, j'ai retrouvé ma copine Carolina pour faire du lèche-vitrine. En cette fin de mois, je n'ai pas trop les moyens de me faire des petits plaisirs. Ma carte bleue s'est mise en grève en attendant la semaine de Noël. Le soir, nous sommes sorties en boîte, draguant comme des folles. La chasse était ouverte, mais le gibier de qualité fut rare et aucune prise à ramener à la maison. Décidément, je deviens de plus en plus sélective. Il faudra que je revoie ma stratégie d'approche, ou ma stratégie tout court.

Le dimanche, sur la toile, l'araignée, là non plus,

n'a pas fait mieux. Aucune invitation sur mon profil *Betty Boop*.

Alors, en soirée, je suis allée voir un bon film avec Brad Pitt.

Mais revenons-en au travail. Tout le monde était à son poste et j'ai eu droit à des remerciements. Un peu de reconnaissance fait tout de même plaisir.

J'ai avancé sur mes dossiers, surtout sur celui de la lettre anonyme avec les arborescences par tranche d'âge, bénéficiaire. Mais comment faisions-nous avant Internet ?

Ma mère me dirait : *et le Minitel, qu'en fais-tu ? Je te rappelle que c'est l'ancêtre d'Internet et que c'est nous, les Français, qui l'avons inventé !* Certes, mais il suffit de voir ce qu'il en est advenu.

Mes recherches sur Google n'ont rien donné. Espérons que les archives papier soient plus concluantes.

Vivement demain. J'espère y trouver mon bonheur.

Demain n'est-il pas un autre jour ?!

5

Mardi 23 novembre 2010

J'arrive directement rue Jean Baylet devant la Dépêche du Midi. Les locaux sont neufs et imposants.

J'entre, un peu intimidée. C'est une sacrée institution, ce journal. Je connaissais l'autre siège social, rue Alsace-Lorraine : une architecture des années 30, sauvegardée dans notre belle ville.

Contre la présentation de ma pièce d'identité et ma carte professionnelle, l'hôtesse d'accueil me remet un badge d'accès et m'indique la salle des archives où, me précise-t-elle, une personne m'attend.

Je descends quelques marches et arrive dans une grande salle. On se croirait dans une bibliothèque… Le silence y règne et il y a des rayonnages partout.

À l'image d'un chemin de croix, des cadres sont placardés dans l'enceinte sacro-sainte. Encadrées, des coupures de journaux relatent l'Histoire. Des *Unes* dont certaines sont très anciennes. Celle que j'ai sous les yeux date de 1870 – année de création de la Dépêche du Midi par deux ouvriers de l'imprimerie Sirven de Toulouse.

Une autre, de 1882 – les propriétaires, deux cousins Ariégeois, lancent une édition dans chaque département. Plus loin, un titre de 1887, signé par l'illustre Jean Jaurès. Un autre, de Georges Clemenceau. La Dépêche est engagée à gauche et les Baylet règnent en maîtres depuis le rachat par leur grand-oncle, monsieur Chaumeil.

La salle est immense et c'est très impressionnant. Un peu comme nos cathédrales, des lieux solennels où le silence des murs invite au recueillement. Seuls nos pas y résonnent. Pour atteindre le Seigneur, vous devez emprunter une travée et marcher, marcher, jusqu'au cœur de la nef.

Ici, *le serviteur de Dieu* – si j'ose dire – doit être le type que j'aperçois de dos, affairé devant son clavier.

Il ne m'a pas entendue approcher, car, dans cette pseudo-église, il y a de la moquette !

C'est une bonne idée ça. Il y ferait moins froid dans nos belles cathédrales.

Sans autres formalités (pas de signe de croix), je demande :

– Excusez-moi, monsieur ! (dans ma tête, j'ai prononcé Mon Père), je viens pour une recherche de document.

Sans se retourner, l'homme me dit.

– Ah ! vous êtes madame Gau, je vous attendais.

Une belle voix qu'il a, le curé ! Je me confesserais bien.

Je le trouve tout de même impoli – pas de bonjour – et il ne se retourne pas. J'ai horreur de cela.

D'une voix irritée, je lui rétorque :

– Mademoiselle Gau… et je voudrais, si cela est possible, consulter les archives de l'année 1985.

Il incline légèrement la tête. J'aperçois son profil et son petit sourire ironique au coin des lèvres. Il m'interroge :

– C'est bien vaste, l'année 1985, *mademoiselle* !

Il n'a toujours pas tourné la tête vers moi. Quel indélicat !

– Il me faudrait, *mademoiselle*, un peu plus de détails pour orienter mes recherches !

Non, mais je rêve ! Sur quel ton il s'adresse à moi ? Il se paye ma tête celui-là ! Quel mufle !

Lentement, il se retourne, me fait face puis, sans autre façon, plante son regard sur ma poitrine, s'attarde sur mes hanches et descend lentement vers mes jambes.

Mes longues jambes qui me complexent. Je me trouve trop grande.

Le fait que je sois une jolie plante fait peur aux mecs, dixit Sacha ! D'après lui, c'est pour cela que je n'arrive pas à en garder un ! Quand tu es trop, c'est trop et pas assez, c'est juste assez pour… enfin quoi, vous avez compris ! Le genre de raccourci habituel de Sacha pour vous faire comprendre la vie ! La vraie.

Ce maître des lieux – un documentaliste en somme – ayant pris le temps de me reluquer d'un aller-retour, me fixe à présent insolemment.

Et là, c'est le pompon, je me sens déshabillée. C'est sans doute la perception que j'ai de son intention. Je replie instinctivement mes mains sur mon corps. Je me sens nue. C'est vraiment ça. Très mal à l'aise, je perds ma contenance et n'ose ni bouger, ni parler, ni soutenir son regard.

Que m'arrive-t-il ? Je me sens coupable. Mais de quoi ? C'est lui le grossier personnage. Je m'empourpre. Vite, vite, penser à autre chose.

Je relève la tête, mais reste muette.

C'est rare de ma part. Alors je m'énerve intérieurement. Il mériterait un procès pour viol, celui-là ! C'est ce que je voudrais lui dire. Mais rien ne sort.

Il attend, me regarde toujours avec insistance. Un amusement se lit sur ses lèvres, et quelles lèvres !

Voyant que je ne dis mot, il renouvelle sa demande. Il semble prendre plaisir à ce jeu. Le regard toujours aussi insistant.

– Avez-vous… *mademoiselle*, un peu plus de détails à me communiquer ?

Il faut qu'il arrête de me parler… Je me sens envahie d'une étrange torpeur. Mes pensées s'embrouillent. Je n'arrive plus à réfléchir.

Que m'a-t-il posé comme question déjà ?

Il faut que je détache mon regard de cet homme. Mes pommettes deviennent brûlantes de gêne, de honte… Pourquoi je rougis si violemment ?

Habituellement, je remets ce genre de types trop sûrs d'eux à leur place. Ne pas le faire est source d'ambiguïté. Ils traduisent cela en consentement. Mais là, je ne sais pas… j'aurais dû… le gifler.

Bégayant, j'arrive tant bien que mal à lui répondre.

– Je… je cherche un événement qui se serait produit en 1985. C'est tout ce que j'ai !

En le disant, je me rends compte que je n'aurais jamais dû venir. Je n'ai aucune information susceptible d'aboutir. C'est ridicule. Pourquoi suis-je là ?

Je fais un pas en arrière. Je n'ai plus du tout chaud. Au contraire, un grand froid m'envahit. J'ai envie de me sauver. Je viens de réaliser que je n'ai rien de concret. Mais quelle nulle je fais !

Son sourire a disparu. Il est, semble-t-il, déstabilisé à son tour par mon attitude. Moi, je suis déroutée.

Voulait-il une petite jouxte verbale pour se changer les idées ? Je n'en ai pas la force. Je ne peux pas l'affronter. Je ne me sens pas très bien.

A-t-il ressenti mon malaise ? Sa voix est moins provocatrice et, plus gentiment, il me propose de tout lui expliquer en détail.

Ses yeux se sont détournés pour se concentrer sur le clavier où il tape l'année de ma recherche.

Ouf ! Il ne me regarde plus. Mon sang se remet à circuler. Mon cerveau se reconnecte et mon émotion devient fugace.

Il était temps.

À nouveau en possession de tous mes moyens, j'explique – au dos qui me fait face, et c'est mieux ainsi – la lettre anonyme reçue, l'énigme inscrite et mes débuts de recherches.

– Vous voyez, je pars du principe que l'événement a dû se passer en 1985. Il faut bien un postulat de départ. Pour moi, il doit s'agir d'un accident, d'un meurtre ou d'un suicide, à Toulouse ou aux environs.

Il acquiesce et me dit, en accompagnant ses paroles d'un mouvement de main :

– Venez près de moi, nous allons effectuer des requêtes sur les mots-clés en commençant par les accidents de cette fameuse année 1985.

Quoi ? Il veut que je vienne près de lui ? Je ne PEUX pas. Pourtant, il le faut. Je m'approche, en laissant un maximum d'espace. Malgré cela, mon trouble a repris, car je ressens la chaleur de son corps. Son parfum… cette fragrance… Bingo ! C'est Eau Sauvage ! *J'adoooore* !

Il faut que tu te reprennes ma fille. Ce n'est pas dans ton habitude de perdre les pédales comme ça.

Je porte mon regard sur l'écran. Les dates défilent, mon esprit se remet dans le sens de la marche.

Je me rapproche du terminal et je redeviens maîtresse de mes émotions. Enfin, je crois.

– Ce n'est pas croyable, tous ces accidents. Il va falloir compulser tous ces événements ? Et nous n'avons pas encore les listes des meurtres et suicides.

– Oui ! me répond-il, et si vous n'avez pas d'autres éléments, vous allez y passer votre vie… ce serait bien dommage !

Je ne relève pas. Il poursuit :

– Voudriez-vous que je vous imprime la liste et que je vous montre comment chercher dans les archives ?

– S'il vous plaît.

Finalement, j'ai aussi retrouvé ma voix et repris possession de tous mes moyens, il était temps.

Nous nous dirigeons vers les allées, lui la liste en main, moi les mains dans mes poches. Elles sont encore moites.

– Voilà comment vous devez chercher ! me dit-il. Vous relevez par exemple cet accident – il me désigne la ligne sur le listing : la lettre T vous indique l'allée – il me montre le panneau – le numéro pour l'étagère, et pour l'article.

Il prend le classeur et sort le journal :

– Il ne vous reste plus qu'à l'ouvrir à la page indiquée sur la liste.

– Je dois faire ça pour toutes ces listes ? Vous avez raison, il va me falloir une éternité !

Tout à coup, je suis abattue. Il me faudrait d'autres indices si je veux mener à bien cette enquête.

Il doit sentir le découragement qui me gagne.

Alors, sans doute pour me remonter le moral, il me propose de me donner un coup de main.

– Je ne veux pas vous prendre votre temps.

– C'est aussi mon travail d'aider les personnes qui viennent ici. Ne vous en faites pas !

Nous nous partageons les premiers feuillets. Finalement, il est sympa – si j'oublie le premier contact.

Durant toute la matinée, nous compulsons les articles et il n'apparaît pas évident de savoir ce qu'il faut conserver.

J'en ai un qui me décrit la chute d'un jeune homme dans un escalier – décédé sur le coup. Je fais le choix de ne pas le retenir.

Le bibliothécaire (je ne lui ai pas demandé son prénom ni son nom) a fini avant moi.

Normal, c'est son *job*. Il vient me rejoindre dans ma travée.

– Alors, mademoiselle Gau, où en êtes-vous ?

Il faut que j'arrête un périmètre de sécurité, car sa présence me rend mal à l'aise. Cependant, je dois me rendre à l'évidence : il ne se montre plus du tout insolent.

Pourtant, je n'arrive pas à identifier l'origine de mon mal-être. Je lui réponds en essayant d'être la plus naturelle possible. Il ne doit pas se rendre compte qu'il produit un tel effet sur moi.

– C'est très fastidieux et délicat de retenir ou pas un article, mais j'ai presque fini. Il ne me reste plus que deux lignes.

– Pour ma part, j'ai sélectionné plusieurs événements sur le mois de janvier, dont un accident domestique. Une femme, la quarantaine, tombée de son échelle dans son jardin. Au mois de janvier, cela me paraît suspect… Je vous ai noté les noms de famille. Vous les retrouverez, avec un peu de chance, dans les listes de vos contrats. Qu'en pensez-vous ?

– Effectivement, c'est une piste à creuser et je vous remercie pour votre aide. Croyez-vous que je puisse revenir régulièrement pour continuer les recherches ? dis-je, à moitié décontenancée, en réalisant le temps qu'il va me falloir pour obtenir des résultats.

– Cela ne pose aucun problème. Suivez-moi à l'accueil. Lily va vous établir un *pass* en libre accès.

Finalement il est serviable.

Après avoir encodé la carte, l'hôtesse me remet le sésame et me restitue mes papiers.

L'archiviste, le documentaliste… Il faudrait quand même que je lui demande son nom – je n'ose pas. J'ai peur qu'il n'interprète ma question.

– Je tenais à vous remercier, monsieur…

– Malaud, Max Malaud, me répond-il, en me souriant.

– Monsieur Malaud, merci pour votre précieuse aide, à bientôt !

Je lui tends la main qu'il retient un peu trop.

Menteuse ! Tu as beaucoup aimé la chaleur, la douceur et cette délicate pression.

Et ce regard, toujours aussi insistant, ce regard qui me met dans tous mes états. Oui ! C'est bien cela.

Lui, gardant ses yeux dans les miens, me répond :

– Avec grand plaisir, mademoiselle Gau !

Décidément, ce n'est pas mon jour avec ce mec, je deviens rouge comme un coquelicot. Il est temps que je parte. En fait, je me sauve. C'est bien le mot, je m'enfuis, comme une voleuse, comme une petite fille prise en flagrant délit.

Mais quel délit ? Je suis tout simplement perturbée par cette rencontre. Mais que m'arrive-t-il ?

Une fois dehors, l'air me fait du bien. Je me dirige vers la station de bus et m'en retourne à la délégation. En repensant à ce Max Malaud, je souris. Tiens, j'en ai une bonne pour Sacha : les maxmallows !!!

En parlant de bonbons, je vais aller manger un bout à la cantine – notre restaurant d'entreprise.

Je me suis régalée, le cuistot est génial. Grâce à lui, je me sens d'attaque pour comparer les noms de la liste de la Dépêche avec nos archives.

Entreprise laborieuse – je le sais par avance. La tête dans le guidon (n'oubliez pas que j'aime le vélo !), je n'ai pas une minute pour penser à ce Max.

La comparaison n'a rien donné. Pas un seul des noms de la liste ne figure dans mes fichiers. Zut !

Moi qui étais persuadée avoir de la chance au boulot puisque de la malchance en amour, je crois, finalement que j'ai la guigne partout.

Ceci dit, si j'avais trouvé, je n'aurais aucune raison de rechercher quelques informations auprès de ce Max à la Dépêche…

1985

Enzo, le mari de Méryl, n'est pas de la région.

À l'âge de vingt-et-un ans, il a pris ses valises et a quitté la Moselle, là où il fait bien froid, pour venir au soleil.

C'est un homme brun, les yeux sombres, pas très grand, d'un caractère réservé, un peu taciturne, mais gentil et attentionné.

C'est un travailleur acharné, il sait tout faire.

D'origine italienne et de condition modeste, il a, au fond de lui, l'envie de réussir, lui qui n'a pas pu faire de longues études.

Il a donc tout à prouver.

Venir à Toulouse, c'était pour lui le moyen de rejoindre sa grande sœur, bannie de sa famille.

Pendant quelques années, il a été livreur pour une société de maintenance, vendeur de journaux, poseur de carrelages, pour finir dans le commerce de fruits et légumes.

Quand il rencontre Méryl, sur le marché du cristal, c'est comme une révélation.

De grands yeux bleus qui le regardent avec tant de douceur. Cette douceur qu'il n'a jamais connue.

Ce sourire qui l'invite au voyage et cette voix chantante qui incarne à elle seule toute la chaleur du midi.

Un coup de foudre, oui, voilà ce qu'il ressent, des émotions intenses.

Il n'espère qu'une chose, la revoir.

Aussi, il engage la conversation pour mieux la connaître, savoir d'où elle est, s'il a une chance de la revoir ?

Comme si de rien n'était, il oriente la conversation vers ce qu'il veut savoir. Il est très fort pour cela.

Elle fait son marché régulièrement, deux à trois fois par

semaine, toujours à l'affût des bonnes affaires, des beaux produits.

Elle aime cette ambiance, cela lui rappelle son village quand elle était petite.

Voilà, il sait qu'il la reverra.

Il lui suffit d'être patient.

Et il sait l'être quand cela en vaut la peine.

6

Mercredi 24 novembre 2010

La nuit a été agitée. Vous n'avez pas une petite idée de la cause de cette agitation nocturne ?

J'ai rêvé à Max, ce beau ténébreux aux yeux de feu. Il ressemble au mannequin Mills, celui des Pubs avec les Claudia Schiffer, Naomi Campbell pour GUESS. Mais Max est beaucoup plus viril. Comme taillé dans la roche.

Finalement, je me rends compte que ma pupille a tout capté et que mon cerveau a tout enregistré.

Je revois ses yeux de braise un peu en amande, les cils noirs et longs, le sourcil marqué, équilibré, les lèvres pleines et bien dessinées. Un visage très harmonieux, sans aucun défaut. Que dire de son physique, athlétique et puissant. Force est de constater que cet homme me plaît. Voilà donc l'origine de mon trouble : j'en pince pour lui.

J'arrive au bureau de très bonne humeur. Dès le seuil franchi, je le vois.

Mais non, pas Max ! Le courrier déposé sur mon sous-main. Bien en évidence, la même enveloppe que *la lettre* m'attend.

Mes collègues savent que c'est moi qui gère le dossier du corbeau. Je crois bien que certains sont envieux.

Ah ! La jalousie dans le milieu professionnel : une plaie !

Je ne m'attarde pas sur cette réflexion, car j'ai reçu un nouvel indice.

Je ne prends pas la peine de me dévêtir ; gardant mes gants, je me jette sur elle. Pourtant, elle ne risque pas de s'envoler ! Mais c'est dans mon tempérament et ma curiosité est à son paroxysme. Munie du coupe papier, je tranche avec espoir le frêle papier.

Avidement, je dévore des yeux le texte… Déception ! Huit malheureux petits mots me font la grimace :

Deuxième indice :
Une femme qui vivait à Fonsegrives.

Quoi ! C'est tout ? Mais pourquoi *IL* me donne-t-il des indices au compte-goutte ? Où, veut-il en venir ?

Allez ma fille, ça avance, tu sais déjà que cela concerne une femme qui vivait près de Toulouse, et *IL* t'adresse des indices régulièrement, les mercredis, et ça, c'est du tangible.

J'allume mon écran, l'unité centrale est toujours activée pour les mises à jour. Pas très écologique, j'en conviens, mais la mise en route est plus rapide. J'ai hâte de voir ce que je peux trouver sur cette femme. J'en profite pour mettre à la corbeille le fichier homme.

Ce travail d'analyse n'est pas de tout repos, mais il a payé. J'ai maintenant un fichier de cent quatre-vingts femmes décédées sur cette commune en 1985. Vivement mercredi prochain pour un nouvel indice.

Il me tarde déjà d'y être – lambiner n'est pas mon fort – mais pas de précipitation. Ne brûlons pas les étapes.

Comme d'habitude, une chose après l'autre.

Ma maxime – *Max… ime* – ah ! c'est rigolo ! – c'est méthode et organisation.

La rigueur que j'applique à mon travail, il serait temps que je la transpose à ma vie privée. Au minimum ! Non, au *Max…im*um !!!

Pourquoi ne pas programmer une visite aux archives de la Dépêche ? Je pourrais ainsi demander à Max (je l'appelle déjà par son prénom) de refaire un tri sur le critère Femmes uniquement. À la pensée de le revoir, mon cœur s'emballe. Je suis vraiment impossible.

Pour l'heure, j'appelle John, l'ingénieur de chez Adom Diffusion. Il pensait que, sous une semaine, il aurait des résultats. Une sonnerie, puis deux, trois… puis dix, mais que font-ils ? Ils ne travaillent jamais dans cette boîte ?

Enfin ! La réceptionniste prend mon appel.

Celle-là, ce n'est pas ma copine. Pourquoi faire attendre autant les gens ?

– Adom Diffusion bonjour. Que puis-je pour vous ?

– Bonjour. Je suis Jazie Gau et je voudrais parler à John !

– Lequel ?

(Pourquoi, ils sont plusieurs ? Comment c'était déjà son nom ?) Je cherche au fond de ma cervelle, et j'entends la *pintade* – c'est comme cela que Sacha appelle les péronnelles.

– C'est monsieur Savaté, je crois, votre ingénieur !

La *pintade* me prend de haut et criaille sèchement :

– Nous n'avons pas de monsieur Savaté. Ne serait-ce pas plutôt Sabatié, plus précisément John Sabatié ?

– Oui, c'est cela !

– Il n'est pas là ! m'informe-t-elle.

Ce n'est pas une *pintade*, c'est une porte de prison !

Il va falloir que je demande à John sa ligne directe. J'aimerais bien ne plus passer par le maton de service.

Dis, ma fille, tu as oublié ta récente expérience de standardiste, ce n'est pas toujours très drôle.

Je fais amende honorable et je poursuis, d'une voix plus aimable.

– Je suis venue la semaine dernière avec un échantillon de papier et monsieur Sabatié devait me communiquer les résultats de son analyse… Je venais aux nouvelles. Pourriez-vous lui demander de rappeler le numéro que je lui ai laissé ?

– Oui, j'informerai John Sabatié de votre appel.

– S'il pouvait me rappeler ce soir ?

– Dès qu'il revient, je lui communique votre requête. Bonsoir mademoiselle Gau.

Et elle raccroche.

La journée défile lentement, et toujours pas d'appel de monsieur Sabatié.

Je bâille d'ennui, et pourtant, ce n'est pas le travail qui manque. J'ai certainement tort de me focaliser sur cet appel alors que le résultat ne devrait pas être transcendant. Cela ne va pas me dire d'où vient le papier ni surtout qui l'a acheté. Relativise, ma fille. Accepte l'idée de ne pouvoir résoudre cette affaire en claquant des doigts. J'ai gardé une impatience juvénile : tout, pour tout, et tout de suite.

Le téléphone sonne, je me jette dessus et manque de faire un décroché raccroché.

Décidément, je ne sais pas me maîtriser.

– Allô !

– Mademoiselle Gau ?

– Oui !

C'est bien John, l'ingénieur, je ne lui laisse pas le temps de me barber avec les plates formalités.

– Alors, qu'avez-vous trouvé ?

– Vous allez sauter au plafond, j'ai de bonnes nouvelles !

(Dis vite pour voir si je bats le record de Sotomayor !)

– Ce papier a été fabriqué dans nos locaux en 1980 suite à la commande de la société Escoubes, pour livraison aux hypermarchés de la région. Ce sont donc les Mammouths de Midi-Pyrénées qui ont été alimentés de ces papiers à lettres et enveloppes.

– Mammouth, non, je ne vois pas ?

– Mais si, rappelez-vous : « *Mammouth écrase les prix* ! »

Je n'ai pas le temps de me souvenir qu'il poursuit :

– Pour votre information, l'entreprise Escoubes a fait faillite, et la chaîne Mammouth a été reprise par Auchan. Alors, qu'est-ce que vous en dites ?

(Ce que j'en dis : Sotomayor peut dormir encore sur ses deux oreilles, c'est à peine si mes fesses se sont levées.)

Mais qu'est-ce que j'attendais ?

Le nom et le prénom, quant à y être, l'adresse de *IL*, comme cela, j'irais chez lui pour qu'il me donne la solution.

– Allô, vous êtes toujours là ?

– Hum, oui, oui ! Cela confirme que la personne qui m'écrit vit, ou a vécu, en Midi-Pyrénées.

Et c'est en le disant que je me rends compte que

c'est une super nouvelle. J'ai bien la confirmation que c'est sur la région. Alors, je fais profiter John des dernières news.

Pour lui, cela ne fait aucun doute, j'aurai d'autres indices.

Je le remercie d'avoir effectué les analyses rapidement et d'être arrivé à un résultat aussi probant.

– C'est avec plaisir, mademoiselle Gau !

– Vous pouvez m'appeler Jazie.

Attention… je vais avoir le couplet sur « c'est un prénom peu commun, pourquoi votre maman vous a appelée comme cela ? »

– D'accord Jazie, n'hésitez pas à me recontacter si vous voulez des précisions !

Avec un sourire, je n'ai plus qu'à le remercier.

Avant de raccrocher, il ajoute :

– N'oubliez pas de me tenir au courant ! Pour une fois que j'ai un truc passionnant à raconter à ma femme !

Je rigole de moi. Il ne faut pas se fier aux apparences. Il ne faut pas juger. C'est la règle, je la connais, mais je ne l'applique pas aux hommes. Incurable !

John est marié. La prochaine fois que tu retrouves Max, pas d'a priori. Mais j'espère qu'il est célibataire.

Avant de partir, je note sur mon dossier Word ce que j'ai de concret. Deux indices reçus les mercredis à une semaine d'intervalle. En 1985, des Capitaux versés à tort. Mort d'une femme qui vivait à Fonsegrives. Papiers et enveloppes achetés en Midi-Pyrénées dans les années 80 en grande surface.

Relativement contente de moi, je range tout, éteins ma lampe. Demain, j'aviserai de la suite à donner à mes recherches.

En passant devant le bureau de Victor – mon chef –, celui-ci m'interpelle :

– Alors Jazie, votre affaire de corbeau avance ?

– Oui, j'ai reçu aujourd'hui un nouvel indice.

– Bien ! Et que comptez-vous faire ? D'un geste de la main, il m'invite à prendre place pour que nous en discutions. Lui, toujours bien calé dans son fauteuil, moi assise comme à l'école.

Je lui explique ce que j'ai fait et lui parle de ma future visite aux archives de la Dépêche, il m'interroge :

– Croyez-vous, Jazie, qu'il soit opportun, pour l'instant, de perdre votre temps dans des archives papier ? Vous ne savez pas encore ce que vous cherchez comme événement !

Comme d'habitude, il a raison, ce dossier n'est pas prioritaire, mais j'ai grande envie de revoir Max ; n'est-ce pas prématuré ?

– Jazie ! Vous devez évaluer le temps que vous passez à supputer quelque chose et le retour sur investissement. Il serait plus pertinent d'attendre ces nouveaux éléments que de dilapider votre temps. Travailler sur du factuel, c'est un gage de réussite.

Et de continuer sa diatribe tout en tapant du stylo sur son bureau au rythme d'un métronome (genre tu vas imprimer dans ta petite tête ce que je te dis) et il poursuit :

– N'oubliez pas que vous avez d'autres affaires en cours. Avoir carte blanche sur un dossier ne veut pas dire délaisser les autres tâches.

Je me range à son avis, je n'aurai pas de nouvelle des empreintes avant deux bonnes semaines, et puis c'est lui le patron.

Je pars du boulot en étant rassurée, le temps n'est pas mon ennemi.

Dehors, il fait entre chien et loup. L'hiver sonne à la porte, un petit vent agite les dernières feuilles.

Je m'amuse à marcher dessus. Petites plaintes, elles gisent, brisées en mille morceaux.

J'aime, le soir, après le travail, traverser le jardin japonais avant que le garde municipal ne referme les grilles. J'y suis souvent seule, profitant du calme. Un de ces quatre je risque d'y rester prisonnière et j'aurais bonne mine si je devais escalader les grilles.

Je passe le petit pont rouge, plusieurs poissons m'accompagnent, s'éloignent et disparaissent comme ils étaient venus.

Et si je m'achetais des sushis chez mon petit *Jap* préféré. Je ressors du jardin et prends le métro direction la place Dupuy. La salle de spectacle de *la Halle aux Grains* est toute éclairée. À l'origine, ce bâtiment était le Rungis de la farine. Toulouse était un haut lieu de la minoterie. Puis, il a été reconverti en Palais des sports – mon grand-père y a joué des matches de basket. C'est en 1974 que Michel Plasson y a installé l'orchestre du Capitole et ce soir il doit y avoir un concert.

Je traverse. La boutique *100 Sushis* se trouve à gauche de la Halle. Je fais une sélection de saumons, crevettes, légumes, puis mon petit bag en main, je prends le bus.

Depuis quelques mois, c'est le même chauffeur qui fait la ligne. Il est sympathique, toujours un petit mot pour les habitués. Et il a de l'humour.

Quand les gens mettent du temps à circuler dans la travée, il demande que le petit train avance, car il y a encore de la marchandise à charger. Certaines marchandises lui font savoir qu'elles ne goûtent pas ses propos. Lui, il en sourit.

À Toulouse, les gens sont de plus en plus nombreux à dire bonjour quand ils montent et au revoir quand ils descendent des bus.

Si les parigots et les banlieusards faisaient pareil, la vie serait sûrement plus agréable.

Après tout, les conducteurs ne sont pas des robots et je mets un point d'honneur, quand j'emprunte les transports en commun, à partager ces civilités. Sauf dans le métro. Je l'ai fait une fois et les gens m'ont regardée comme si je venais de Mars.

En passant le pont du Port-Saint-Sauveur pour monter sur la Côte Pavée, je remarque que les péniches sont plus nombreuses, amarrées en rang d'oignons. Le canal va donc être nettoyé.

À la tombée de la nuit, regarder ce petit port me transporte par un coup de baguette magique à Port-la-Nouvelle. Il ne manque plus que le bruit du vent qui fait chanter les cordages au bout des mâts. En fermant les yeux, j'aurais presque dans les papilles le goût du sel réchauffé par le soleil.

Mais c'est l'hiver et me voilà chez moi. Mon chat Peuf ronronne de joie. Est-il content de me voir ou sent-il le poisson ? J'opte pour la première solution.

Nous dînons en tête en tête, finalement, il a bien aimé les sushis !

1985

Sophie arrive chez Méryl à bord de sa Fiat 500 rouge. Elle est fière de sa voiture restaurée avec son petit ami et leur copain Philou.

Sophie est à la Fac en Sciences sociales à Toulouse.

Elle a obtenu une bourse et une chambre au Crous.

Les mercredis, Sophie rend visite à sa cousine. Elles passent leurs après-midi à discuter, à s'occuper d'Hugo, faire les courses, des tartes ou des pizzas, Méryl est la championne des pizzas.

Sophie est comme chez elle et, avec Enzo, ils sont complices et aiment faire des surprises à Méryl.

Se retrouver avec eux en fin de soirée et les regarder vivre… Quel plaisir pour Sophie. Ils s'aiment, ces deux-là, d'un amour fou. Jamais un mot plus haut que l'autre, toujours une attention, une fleur, un baiser, une caresse. Leur amour semble résister à toute épreuve.

Á la naissance d'Hugo, les liens se sont encore renforcés. Tous les deux, penchés sur le petit lit, se tenant la main, ils regardent ce petit être chéri, le fruit de leur amour.

Pour Méryl, Enzo est tout ; le père aimant qu'elle n'a pas eu ; le grand frère qu'elle n'a jamais connu.

Sophie est sûre que ce qu'elle éprouve pour Floris, son petit ami, c'est la même chose. Pour elle aussi, Floris sera l'homme de sa vie. Elle l'a toujours su.

7

Mercredi 1er décembre 2010

C'est bizarre, je pensais que j'aurais du mal à dormir cette nuit, eh bien non. Comme un bébé, je me suis endormie et, comme une fleur, je me suis réveillée.

C'est Peuf qui, en miaulant, m'a fait ouvrir mes pétales. Il faisait jour et Monsieur voulait sa pâtée.

Je n'ai pas besoin de radio-réveil moi : j'ai Peuf.

C'est un chat magnifique, un sacré de Birmanie, blanc comme neige, et des yeux d'un bleu !

Il est passé et repassé sur mes cheveux, chatouillant à chaque passage, de sa petite truffe humide, le lobe de mon oreille.

Heureusement qu'il est avec moi, car la fin de la semaine dernière n'a pas été géniale.

Le dimanche encore moins. Un petit rhume m'a fait rester au lit… toujours seule !

Mais aujourd'hui, c'est mercredi.

La journée où je reçois en principe les indices. Je ronge mon frein. Sentiment désagréable de ne rien maîtriser.

Mes recherches sont soumises au bon vouloir de ce corbeau. Je n'aime pas cela. Je me sens manipulée. Mais puisque j'ai commencé, je suis bien décidée à solutionner ce dossier.

Les miaulements de mon chat se font insistants. Il n'aime pas que je reste au lit. Il a raison : l'avenir appartient à ceux qui se lèvent tôt ! Me voilà sur mes deux pieds.

– C'est bon, Peuf, je vais te donner tes croquettes !

Nous déjeunons ensemble puis je file sous la douche, m'habille prestement et roule vers mon travail. La journée s'annonce belle.

Je ne sais vraiment pas pourquoi je suis partie comme une flèche ce matin puisque le courrier ne passera que vers dix heures. Mon impatience légendaire, sans doute.

J'ai beau me mettre sur un dossier pour le finaliser avant de l'envoyer, il n'y a rien à faire. Les heures s'écoulent avec une lenteur insupportable. Mes yeux se portent inlassablement sur la pendule puis sur la porte de notre service. Un instant, mon regard se pose sur le numéro de téléphone de la Dépêche inscrit sur un post-it rose. Mais non, ce n'est pas pour parler à Max Malaud. Quoique j'aimerais bien entendre sa belle voix ! Après tout, si je peux revoir Max et faire d'une pierre deux coups, *why not* ?

Je l'appelle par son prénom, car il n'est pas là, en face de moi.

Comme de fait exprès, Marcel, le préposé du courrier, a du retard. Je le guette sur le pas de la porte.

Le pauvre, il n'a pas franchi celle-ci que je lui saute dessus, lui prenant la sacoche des mains.

J'ai dû passer pour une folle. Ce n'est pas le genre de la maison, aussi, je lui fournis une explication bidon. Il ne m'a pas cru, mais je m'en fous, car *IL* m'a envoyé un nouvel indice.

Vite, mettre les gants, prendre l'enveloppe. Le reste attendra.

Troisième indice,
Chercher le 13 novembre !

Quel 13 novembre ?

Restons logiques. *IL* a posté son premier envoi le 13 novembre. Si l'indice c'est le 13 novembre, cela signifie que c'est une date anniversaire pour lui. Il faut que je retourne à la dépêche. Je dois chercher un événement survenu le *13 novembre 1985*.

Je prends soin au préalable d'appeler.

La standardiste m'indique qu'il n'y a aucun problème : avec mon *pass*, je peux accéder aux archives comme bon me semble. Elle me précise que les locaux ferment entre midi et deux. Il est presque onze heures. Zut, je n'ai pas assez de temps. Je décide de déjeuner en avance, je pourrai être ainsi à quatorze heures devant la porte des locaux. Mon excitation est à son comble.

J'ai mangé rapidement en essayant de prendre part aux conversations des collègues. Mais rien n'y fait. J'ai la tête à ce que je pourrais trouver à la Dépêche.

Je file à l'arrêt de bus, me voilà embarquée. Manque de chance, le bus que j'ai pris fait l'omnibus… À toutes les stations, il y a plein de gens qui essayent de monter. Grr… ! Qu'ils sont longuets ! Ils ne peuvent pas attendre le prochain ? Ils voient bien qu'il n'y a plus de place !

J'arrive, complètement énervée, devant le sas vitré de l'immeuble de la Dépêche du Midi.

Je n'ai pas oublié mon badge et je le présente à la sécurité. Je salue l'hôtesse et je file à la salle des archives. Là, pas le temps de m'imprégner des lieux.

Je me dirige droit vers l'endroit où *le disciple de Dieu* m'est apparu la première fois. Pour l'instant, il joue à cache-cache.

Je m'impatiente, où est-il, que fait-il ?

Le loup n'y est pas ! Vous aussi, vous avez commencé à chanter ? Moi, je déchante. Après avoir jeté un coup d'œil dans les rangées, je constate que ce Malaud n'est nulle part.

Je décide de faire le planton devant l'ordinateur.

Des minutes s'écoulent… interminables. L'ordi est allumé, le curseur positionné sur le moteur de recherche… il n'attend plus que moi.

Toujours pas de Max Malaud. Je me dandine d'un pied sur l'autre… Et puis zut, j'ai vu comment il faisait pour effectuer les recherches, alors je me lance. J'ai enfin un élément déterminant, et il n'est pas là pour m'aider.

Je ne vais tout de même pas l'attendre tout l'après-midi !

J'entre la date du 13 novembre dans le moteur de recherche. L'ordinateur rame un peu. Je fais le guet comme une voleuse. Toujours pas de Max Malaud. En revanche, les références d'archivage du journal du 13 novembre 1985 apparaissent à l'écran.

Je cherche vite un bout de papier et un crayon dans mon sac. Je griffonne les informations.

J'ai l'impression de commettre un délit. J'ai intérêt à avoir fini et à filer avant qu'il ne revienne. Sinon, que lui dire ?

Le temps s'immobilise… plus de bruit. L'air s'électrise…, et je sais… qu'il est là !

J'ai certes mal au ventre à l'idée d'être prise en

faute, mais waouh ! C'est puissant et indéfinissable ce que je ressens à cet instant.

Mon corps et mon esprit l'ont perçu et, comme aimantée, je me sens attirée vers lui… Je me retourne. Oh ! j'ai intérêt à me faire toute petite, car son beau regard est noir… comme le reste de sa tenue.

– Ne vous gênez pas ! Vous piratez mon ordinateur ?

– Non, pas du tout monsieur Malaud, j'ai eu un nouvel indice. Une date… J'ai eu une date. Il me faut le journal du 13 novembre 1985, lui dis-je essayant mon plus beau sourire. Mince ! Il n'a pas mordu à l'hameçon. Il est drôlement en pétard. Il poursuit d'un ton peu affable.

– Et comme l'on se connaît bien, très bien même, vous avez pensé que vous pouviez utiliser mon ordinateur ? Où vous croyez-vous ?

Je me sens mal à l'aise et essaye de me justifier :

– Vraiment, excusez-moi ! Comme je ne vous voyais pas, j'ai juste rentré la date pour connaître les références du journal. Votre ordinateur est sain et sauf. (Haut les mains pour montrer que je n'ai rien volé). (Quelle cruche je fais !) et je vous jure que je n'ai pas mis mon bout de nez dans vos fichiers ! (Mains en bas, penaude)

Ses mâchoires se contractent, son regard se durcit. Je me sens fautive. C'est une violation de son espace professionnel. Je comprends sa réaction. Je me suis mise dans une situation ridicule et je m'énerve, d'abord sur moi, puis sur lui.

– Vous ne voyez pas que nous sommes en train de perdre du temps alors que je pourrais déjà chercher ce journal. Il vous fallait mettre un mot de passe. N'importe qui peut se connecter. C'est vrai, quoi ! Vous êtes imprudent.

Il avance d'un pas, son regard menaçant. Je recule d'un, mais reste bloquée par la console de l'ordinateur. Mon ventre se serre : il ne va tout de même pas me frapper ?

Et là… il se fend d'un large sourire.

Il joue à quoi ? Souffler le froid puis le chaud !

Avec une voix moqueuse, il me dit :

– Elle ne se laisse pas démonter la belle *mademoiselle* Gau ! Même dans son tort, elle attaque. Ce n'était pas pareil, la dernière fois…

Je n'y comprends rien, que cherche-t-il ?

Ses dernières paroles arrivent à mon cerveau et là, je me sens honteuse… la dernière fois… il a donc lu en moi.

Heureusement, il détourne son regard et poursuit :

– Allez ! Montrez-moi les références pour que nous allions tous les deux, de ce pas, récupérer ce journal. Vous avez l'air tellement pressée de lire cette édition du 13… Novembre… 1985 !

C'est bien fait pour moi, et j'ai mérité son ton railleur. Je dois reconnaître mon erreur, il avait raison de m'en vouloir. Mais, je n'y peux rien : quand je veux quelque chose, il faut que je l'aie tout de suite. Et puis, je ne retiens qu'une phrase de cet échange : il a dit *la belle mademoiselle Gau*, ça veut donc dire que je ne le laisse pas indifférent.

En me prenant le papier des doigts, il les effleure… Je vous jure que j'ai bien reçu comme une décharge électrique. Ça n'a pas coupé le courant à tous les étages – mais presque ! N'y a-t-il que moi qui l'aie ressentie ? Qu'importe, je suis heureuse de sa proposition.

Tout en parlant, il se dirige vers le rayon, soulève un classeur et me montre la Dépêche du 13 novembre 1985.

– Super, vous êtes super !

– Oui, je fais toujours cet effet-là !

– Vous ne manquez pas d'air ! Je parlais du fait que vous ayez trouvé l'objet tant désiré.

(Qu'est-ce qui me prend ? Je suis en train de dévoiler ce que j'ai dans la tête.)

– Je voulais dire, l'objet tant convoité ! (Arrête, tu t'enfonces ma fille.)

Je joins le geste à la parole et lui arrache le journal des mains. Mais il est plus vif que moi.

– Hep, pas si vite ! Que me donnez-vous en échange, mademoiselle Gau ?

– Ce que vous voulez ! (Et je me mords aussitôt la langue. Sur quel chemin je m'engage ?)

– Ce que je veux ? Votre prénom !

– ?...Jazie !

Décidément il est déroutant.

– Max, je veux ce journal !

– OK, Jazie, je vous le cède si vous me dites d'où vient ce joli prénom ?

– On ne va pas passer notre temps là-dessus. Donnez-moi ce journal !

Je suis agressive alors, condescendant, il me le remet.

Je saisis la Dépêche et, radoucie, je lui promets qu'un jour je lui expliquerai.

Sans même nous en rendre compte, nous nous

sommes appelés par nos prénoms. Me désignant le journal :

– Cela vaut bien un petit dîner ?

Je l'intéresse, et là, je ne me fais pas de fausses idées.

– Vous croyez que ce bout de torchon (je le lui mets sous le nez) mérite un restaurant ?

– S'il ne vaut rien, rendez-le-moi !

– C'est bon, vous l'aurez votre resto !

Mais qu'est-ce qui nous prend ? On dirait deux gamins.

Le journal en main, je me dirige vers la table la plus proche pour le consulter. Max m'emboîte le pas et me demande des précisions sur mon enquête.

Je lui dis que ce matin, j'ai reçu une autre lettre – la troisième pour être précise – et que ces lettres, je les reçois les mercredis. Que ce matin, le corbeau a indiqué la date du 13 novembre 1985.

– Je peux vous aider si vous le souhaitez ?

Je dois avouer que cela me plaît bien, être assis côte à côte, sentir sa chaleur, son souffle, son parfum, j'adooooore !!! Je sais, je l'ai déjà dit, mais j'espère que lui aussi apprécie le mien. Qu'est-ce que vous croyez ? Ce matin, je me suis faite belle. J'ai mis du *sent-bon* comme disait ma grande mère – à la vanille. C'est le parfum que je préfère. A-t-il senti cette fragrance ? L'aime-t-il ? Me voilà repartie dans mes délires…

– Vous avez sûrement d'autres priorités.

– Prenez la page de droite et moi celle de gauche, à deux cela ira plus vite ! m'ordonne-t-il.

Je ne demande pas mieux et obtempère.

Nous passons ainsi en revue les principaux titres.

Au même moment, nous mettons le doigt sur un article. Cela concerne un accident de la circulation faisant état de deux morts – un couple.

Max me dit de noter la page et de préciser :

– C'est peut-être ce que nous cherchons ?

Il a dit *Nous*. Il se sent investi dans cette enquête. Nous tournons involontairement la page suivante. Nos mains se sont touchées. Vous ne pouvez pas savoir comme c'était bon.

– Pardon ! me dit-il.

Je lui fais de l'effet ! Dans le cas contraire, il n'aurait pas relevé. Je ne dis mot, et nous continuons la lecture.

Un article précise que suite à un accident de la circulation, une femme est grièvement blessée. Un autre relate un accident de vélo, un troisième un accident domestique dans lequel une jeune femme est entre la vie et la mort. La vie est peu de chose !

Je dois m'obliger à lire ces faits divers sans émotion sinon je vais me poser des questions du style : qui étaient ces personnes ? Quelle a été leur vie ?

Pourquoi ces vies se sont-elles brisées ? Que sont devenus les blessés gravement atteints ? …

Alors, je me reconcentre sur les faits dans l'anonymat. Des inconnus et des chiffres. Oui, nous sommes décidément peu de chose…

– Par où allons-nous commencer ? demande Max.

– Premièrement, je voudrais photocopier les pages des articles qui m'intéressent. C'est possible ? Avez-vous une photocopieuse, un scan ?

– Vous êtes à la Dépêche ! Il lève les yeux au ciel et m'intime : suivez-moi !

Au bout du monde, oui, je te suivrai jusqu'au bout du monde, Max ! (Rassurez-vous, je n'ai pas dit tout haut ce que je ressens tout bas… je maîtrise ! OK ! pas toujours.)

Il ne faut pas que je gâche tout cette fois-ci.

Nous nous retrouvons dans un réduit – ne fantasmez pas, il ne se passe rien. Max me tend les photocopies et repart ranger les originaux. Il me rejoint et me dit, un brin entreprenant :

– Et deuxièmement, que faites-vous maintenant ?

– Je rentre au bureau, avec ce que nous avons trouvé je peux lancer une première recherche !

– Vous n'avez pas le temps de prendre un café ?

Il veut passer un peu de temps avec moi. Je saute sur l'occasion, car je suis certaine qu'à ce moment, il souhaite m'inviter à dîner. En femme décidée, je le devance et d'un ton neutre je lui propose :

– Si vous êtes disponible… ce soir et pour respecter… ma promesse, je vous invite au restaurant !

– Ne vous y sentez pas obligée ! me répond-il, un peu dépité.

– Je suis une femme de parole. Vous êtes donc mon invité. Il n'y a pas à discuter. On se retrouve au métro des Carmes vers vingt heures. Je vais vous faire goûter de la très bonne cuisine.

– Ok Jazie, pour que vous puissiez… respecter… votre promesse… je serai à vingt heures aux *Carmes* sortie métro, côté Halle.

Voilà qu'il s'amuse encore à mes dépens, en singeant mes propos. C'est de bonne guerre.

Je pars et c'est tout agitée, que je repasse à mon bureau. J'y dépose les coupures photocopiées.

Contrairement à ce que je lui ai dit, les recherches attendront demain.

Je ne vais pas moisir ici alors que j'ai une telle soirée en perspective.

Je rentre vite me faire belle pour ce rendez-vous. Dis ma fille, ne t'emballe pas ! Le courant passe – c'est sûr – mais n'en fais pas trop.

1985

Méryl, depuis sa fenêtre, voit sa petite-cousine arriver. Elle adore quand Sophie vient lui rendre visite.

Elles sont toutes deux comme les doigts de la main et, depuis que Sophie est à Toulouse, leur complicité est encore plus grande.

Méryl se confie librement, car Sophie est étrangement mûre pour son âge et toujours de bons conseils. Elle est complice avec Enzo, et tous deux ont réussi à ce qu'elle prenne confiance pour avoir enfin ce Bébé.

Oui, Méryl se souvient de ses années de doute. L'envie d'être mère était là, mais elle avait peur d'avoir un enfant anormal ou prématuré – voire mort-né.

Combien de petits êtres n'avait-elle pas accompagnés vers la lumière divine et combien de parents n'avait-elle pas réconfortés. Elle était persuadée qu'elle allait vivre les mêmes angoisses. Pire, elle ne voulait pas disparaître le jour de l'accouchement en laissant Enzo avec un nouveau-né. Enzo était patient, mais voyant les années passer, il ne pouvait se résigner à ne pas être père, malgré le risque de perdre Méryl.

Quelques tensions étaient nées, mais à force de douceur, de l'appui de leur médecin traitant, ils avaient réussi.

Méryl était heureuse de la naissance de son petit Hugo, finalement, tout s'était bien déroulé. Une grossesse avec un risque limité et un accouchement naturel des plus rapides.

La première année était passée comme un rêve.

Hugo était un bébé toujours souriant, très éveillé et en très bonne santé. Sophie était devenue sa marraine.

Pour Méryl, son fils était tout pour elle. Il avait pris la première place dans son cœur.

Ne délaissait-elle pas trop Enzo ?

Il lui semblait que depuis quelques mois, ils passaient moins de temps ensemble, tous les trois.

Peuf, perché sur la machine à laver dans la salle d'eau, me regarde me maquiller. Il incline la tête à droite, gauche, jugeant de l'effet.

– Me trouves-tu jolie ?

– Miaou ! me répond-il.

Mon chat parle et comprend ce que je dis. Vous seriez surpris de constater, si vous les regardiez vivre, qu'ils perçoivent nos humeurs, nos joies et nos peines. Ils se souviennent et ont une conscience. Je ne pourrai jamais faire de mal à un animal.

Pour ce rencard, j'ai mis tous les atouts de mon côté. Un maquillage léger mettant en valeur la couleur de mes yeux. Un peu de blush pour souligner l'ovale de mon visage et, bien sûr, une touche de rose sur mes lèvres ourlées, et surtout, je n'ai aucun vilain bouton à cacher ce coup-ci !

Ma tenue est sobre, mais chic – pantalon sombre et chemisier clair. Pas de dessous affriolants – nous n'en sommes pas encore là. Des bottes et un manteau complètent la panoplie de la femme désirable – mais pas trop. Si j'en fais une tonne, il va trouver ça louche et croire que je ne suis qu'une fille d'un soir, que je le drague, ce qui n'est pas faux. Je veux juste que ce rendez-vous lui semble professionnel. Je lui ai promis un resto et je tiens toujours mes promesses.

Quelques œillades me suivent lorsque je descends de la rame et m'engouffre dans l'escalator. Pas le temps d'y prêter quelque attention. Mon regard est attiré par un homme, que dis-je, mon Prince charmant ! Il m'attend, en haut de sa tour d'ivoire. Il me fixe. Immobile, je m'élève lentement vers le chemin qui mène à son cœur. C'est amusant cette formulation. Cela ne vous rappelle rien ?

Je savoure cet instant. Je fais un arrêt sur image. Je sors, en quelque sorte, de mon corps, et je contemple la situation comme s'il ne s'agissait pas de moi. Cela vous procure une émotion deux fois plus forte. Et je me sens soudain encore plus vivante.

Je bénis l'escalator. Sa lenteur qui d'habitude m'horripile, je la trouve à cet instant divine. Je dois avouer que je vis un état de grâce. Max me dévore littéralement des yeux. Je sais reconnaître ces signes. Oui, je plais à cet homme. Il n'est pas insensible à mes charmes, ni moi aux siens.

Il tend sa main pour m'accueillir en haut de son bastion.

– Vous êtes très belle Jaz ! Je peux vous appeler Jaz ? murmure Max, la voix troublée.

– Si vous voulez.

Ma voix n'est pas aussi sûre que je l'aurais voulu.

Et comment que je veux qu'il m'appelle par mon petit prénom ! Dit par lui, il est une musique à lui tout seul.

(Stop, ma fille, dis un truc au lieu de ce sourire béat.)

– Je vous retourne le compliment.

– Cela ne te dérange pas que l'on se tutoie, s'enquit Max, qui reprend plus vite que moi ses esprits.

– Non, non, pas du tout.

– Où m'emmènes-tu dîner ? Dans un de tes restos préférés ?

– Oui, j'ai réservé au *Py-r*, c'est à deux pas de la Halle, rue des Paradoux. Vous... tu ne connais pas ?

Il secoue la tête en souriant et enchaîne :

– Sinon pour ton resto, le meilleur nous attend ?

– Mais oui, dis-je en riant de l'allusion. *Le Py-r*, c'est

le meilleur. Une très bonne table d'un jeune chef, Pierre Lambinon. Tu verras, bientôt il aura une étoile !

La soirée s'est déroulée agréablement, nous avons papoté de tout et de rien, heureux l'un et l'autre d'être ensemble. Je lui ai révélé le choix de mon prénom : ma maman est fan de Claude Nougaro et de Michel Jazy, médaillé d'argent aux Jeux olympiques de Rome. Elle faisait du demi-fond en club à l'époque.

Pour Max, il est important que les prénoms aient une histoire, mais il est vite passé à autre chose. J'ai remarqué un léger voile dans son regard, une émotion. Je n'ai pas osé le questionner.

Nous avons beaucoup de points en commun. Le sport, que ce soit le jogging, le ski, la randonnée, mais aussi les sorties entre copains, la famille. À un moment, j'ai eu peur quand il a ajouté :

– Avec Cory, nous faisons beaucoup d'activités ensemble, surtout de la photo.

J'ai dû blêmir, car il m'a observée, s'est repris et a précisé :

– C'est ma meilleure copine ! En fait, je suis célibataire et j'espère ne pas le rester trop longtemps !

C'est droit dans les yeux qu'il m'a donné son explication. J'ai piqué un fard dans mon assiette.

Max s'adonne à la lecture, de préférence les polars – comme moi. Il compulse aussi des livres d'histoire – pas mon truc. Il adore les animaux. Il a un chien Pollux, plein de poils, comme celui du dessin animé des années 1970 – aïe ! C'est mal barré avec Peuf !

Nous avons évoqué nos métiers. Moi, mes

contrats qui ressemblent à des âmes en peine. Lui, sa passion : la photo. Il publie dans plusieurs revues et a gardé son emploi à la Dépêche. Cela lui permet de s'occuper entre deux reportages. Mais il n'est pas souvent là. Zut ! Une relation à distance, ce n'est pas mon *trip* !

Il voyage beaucoup, surtout en France. Pour lui, nos régions sont un bout d'une partie du monde.

Il a pris l'exemple des Pyrénées-Orientales : à Ille-sur-Têt, on y retrouve les cheminées de fées de Bryce Canyon aux U.S.A., mais à plus petite échelle.

Nous avons, tout en dégustant, échangé sur l'actualité, la musique. Un vrai régal, il est cultivé avec, en prime, toujours une anecdote pour imager ses propos. Je ne lui arrive pas à la cheville.

Il s'entendrait bien avec Sacha !

Ce fut une soirée comme je n'en avais jamais passé. Au moment de la note, il a voulu régler. Je lui ai dit que cela me gênait. C'était moi qui l'avais invité, c'était moi qui régalais.

Et de me justifier :

– C'est mon côté féministe, je n'aime pas devoir quoi que ce soit à un homme !

– OK, ma belle, on n'a qu'à échanger nos 06. Je pourrai ainsi te rendre ton invitation.

Pas *con* le mec ! Opportuniste ?

Je ne me suis pas fait prier deux fois.

Nous avons discuté jusqu'au métro et là, il m'a demandé où j'habitais. Décidément, il ne perd pas le nord…

J'avais tout faux : il voulait savoir si nous prenions la même direction. Je lui ai dit que je sortais à *François Verdier*. Sa station était *Jeanne d'arc*.

À peine sur le quai, la rame arrivait.

Installés debout, lui appuyé contre le montant des portes, moi dos contre les strapontins, il a eu tout juste le temps de me demander si je voulais qu'il me raccompagne, la rame s'immobilisait. J'étais déjà arrivée.

Et là, je ne sais pas ce qui m'a pris, mais je suis restée sur ma ligne de conduite, et la gourde que je suis lui a répondu :

– Ce n'est pas la peine, en moins de deux je suis chez moi et je ne risque rien !

Il n'a pas pu insister. Le signal de fermeture retentissait. J'ai juste eu le temps de sortir alors que j'avais envie de déposer, sur sa joue, un baiser de jeune fille et de sentir, sous mes lèvres, la douceur et la chaleur de sa peau. Le carrosse de mon Prince charmant s'ébranla. Il me fit un petit signe de la main et disparut, avalé par cette bouche béante. Quelle idiote ! La prochaine fois, je laisserai mes principes dans mon pot de crème. La prochaine fois… celle qui n'a peur de rien, elle aura peur de tout !!!

Je ferme les yeux et passe mon doigt sur mes lèvres. Après tout, c'était sûrement trop tôt.

Pas le temps de rêvasser, je grimpe quatre à quatre l'escalator – plutôt deux à deux, je n'ai quand même pas des jambes aussi longues – et attrape de peu le bus. Assise derrière le chauffeur, je ressens encore la douceur de cette soirée et les futurs qu'elle m'inspire. Quand je vous dis que je suis fleur bleue !

Sitôt rentrée, Peuf vient se frotter contre mes mollets, il me renifle et miaule de contentement.

Un rapide démaquillage et je me glisse dans mes draps. Peuf en boule au fond du lit.

Je tombe dans les bras de Max… en rêve.

8

Jeudi 2 décembre 2010

Ce matin, je suis sur un petit nuage. Avec énergie je débute ma journée. Max devrait me rappeler pour me rendre l'invitation.

Je suis tellement absorbée par mes pensées, que je ne me rends pas compte du froid mordant qui m'entoure. Ce n'est que lorsque je franchis les dernières marches de la sortie du métro, qu'il me saisit. Je presse le pas pour gagner au plus vite la chaleur de mon bureau. Sitôt saluée la clique présente, je passe à l'action. Vous êtes comme moi, il vous tarde de savoir ce que va donner la comparaison entre mon fichier et les coupures de presse. Je suis chanceuse, car deux noms figurent sur mes listes. Le premier : une madame Camichel morte dans l'accident de la circulation. Le deuxième : une madame Sauret, la dame grièvement blessée. Sont-elles les mêmes personnes que celles de mon fichier ou des homonymes ?

Cette madame Sauret est-elle toujours en vie ?

Je suis super contente, je progresse dans mes recherches et je ne suis pas loin d'en voir le bout.

Oh, pas si vite, le bout, le bout, tu oublies le premier indice : les capitaux versés à tort. Posséder le nom du souscripteur ne va pas solutionner l'énigme.

Le premier article relate les circonstances de l'accident de la circulation de madame Louise Camichel et de son époux, alors qu'ils circulaient sur la route départementale Toulouse-Verfeil.

Une perte de contrôle du véhicule semble être à l'origine de l'accident.

Pour ma part, j'ai bien une Louise Camichel, née le 2 avril 1962.

Le paiement des capitaux est intervenu quatre mois après le décès et réglé aux enfants.

Je ne vois pas où est l'erreur ; peut-être que quelque chose éveillera mon attention à la lecture du dossier. Un clic, et celui-ci est en demande d'archives.

Sacha a peut-être dans sa bécane des éléments à me communiquer.

Je scanne l'article de presse que je joins à mon texte.

De : jaz.gau@lib.fr

À : sacha.bond@dgpn007.fr

Sacha, j'ai besoin de toi. Peux-tu me donner des informations concernant cet accident du 13 novembre 1985. Époux Camichel. Tu dois sûrement avoir un rapport de police, d'autopsie, de gendarmerie. Je sais que tu as tes entrées partout. Merci ! T'es un chou et je te revaudrai ça !

Puis, j'appelle Max sur son portable. Ce n'est pas pour le relancer. C'est à propos de mon affaire. Arrêtez de ricaner ! Bon d'accord, c'est aussi pour entendre sa voix – je suis déjà accro !

– Max, bonjour,

– Jazie ! Que me vaut ce plaisir ?

– Excuse-moi de te déranger, mais pourrais-je passer demain pour voir s'il n'y aurait pas quelque chose sur l'accident du 13 novembre 1985 ?

– Tu as trouvé un truc ?

– Oui, le couple décédé était assuré chez nous.

Tout a l'air normal, mais je ne veux négliger aucune piste.

– Tu peux venir demain, mais je ne serai pas là. J'ai pris un jour de congé !

Il ne m'avait pas dit, hier, qu'il partait… Mais pourquoi me l'aurait-il dit ? Il n'a jamais été question que l'on se voie cette fin de semaine. Et puis il est libre, Max !

Je brûle les étapes, comme toujours. Je suis déçue, mais je ne le laisse pas entendre.

Cherche-t-il à m'éviter ? Finalement, je me serais trompée sur nos intentions respectives ?

Arrête un peu veux-tu !

– Ce n'est pas grave, dis-je (menteuse, tu veux lui faire payer) et de poursuivre après un blanc… Il y aura bien quelqu'un pour te remplacer ?!

J'y ai mis des sous-entendus, mais je crois que j'ai raté ma cible.

– Oui, il y a Sonia. Je vais lui dire que tu passes demain.

– C'est ça, oui !

Avant que je ne raccroche, je l'entends me dire :

– J'ai passé une super soirée. On se voit bientôt ?

– À bientôt ! Et je raccroche, les yeux humides.

Je suis dépitée, je m'en veux de m'être encore fait des idées. S'il prend le vendredi comme jour de congé, je peux faire une croix sur un appel de sa part ce week-end… Encore une fin de semaine morose. Je m'imaginais déjà avec lui, passant un samedi de rêve dans ses bras. Comme toujours, je me fais mon film. Sauf que là, l'acteur principal n'a pas le même scénario que moi.

Je n'ai plus la tête à vérifier ce que j'ai sur le

deuxième accident. On verra demain. J'aurai fait une petite journée, mais je suis crevée comme si j'avais bossé jusqu'à la nuit. Comme quoi, le moral, ça fait tout.

Heureusement, il y a mon chat qui m'attend !

1985

Enzo est dans l'expectative, quelque chose ne fonctionne pas comme d'habitude.

Il pensait que la venue d'Hugo serait le summum de leur union. Mais non, rien de cela. Certes, la première année avait été idyllique, Méryl exemplaire dans son rôle de mère – ce dont il n'avait jamais douté. Mais depuis quelques mois, Méryl était moins disponible. Leurs ébats amoureux s'en ressentaient. Voilà, oui, il savait, la passion n'était plus là.

Que s'était-il passé pour qu'il ressente cela ?

Méryl était-elle dans le même état d'esprit ?

Peu hâbleur, il ne savait comment lui en parler. Lui faire comprendre – sans la vexer – qu'il aurait aimé faire l'amour plus souvent. Méryl était devenue pudique. À moins que ce ne soit lui qui se soit éloigné ?

Il avait pris la direction de la logistique. Il partait tôt le matin et rentrait tard le soir afin de prendre le pouls de ce nouveau service – majoritairement composé de jeunes femmes. C'était un nouveau Challenge pour lui. La paie plus conséquente n'était pas étrangère à ce changement. Aidés de son frère et de quelques amis, ils avaient ainsi pu réaliser une belle maison pour la naissance d'Hugo.

Alors, il suffisait d'être un peu plus attentionné et tout serait comme avant.

9

Vendredi 3 décembre 2010

Ma soirée d'hier et ma nuit ? J'avais le moral dans les chaussettes.

Il pleuvait dehors et, de concert, des torrents de larmes dévalaient mes joues. J'ai eu un sommeil très perturbé où surgissait un Max satanique ou enjôleur. Bref, mon cauchemar était l'exutoire de mes émotions.

Je ne vous dis pas la tête au réveil : deux grosses valises bourrées à craquer ! Des pupilles en voie d'explosion. Un regard de lapin albinos.

Il faut vraiment que je remédie à cela. Il est impensable que je me présente ainsi devant Sonia. Des glaçons, voilà ce dont j'ai besoin !

Après une demi-heure à me bassiner les yeux pour faire partir ces poches, je me trouve présentable.

Vous savez quoi, je trouverai le moyen de le lui faire payer, à ce maudit Max.

Je suis maintenant une habituée des lieux. Lily, à l'accueil, me fait un signe tout en continuant de répondre au téléphone. Je me dirige vers les archives. Je croyais rencontrer une fille de mon âge, mais c'est une quinqua qui me reçoit, un sourire aux lèvres. Sonia semble être une chic fille. Elle me raconte qu'elle travaille aux minutes et que, de temps en temps, la direction fait appel à elle quand Max est en congé. Elle a travaillé aux archives pendant vingt ans. C'est elle qui a effectué tous ces classements.

Elle me trouve en un rien de temps l'article de l'avis de décès ainsi que la coupure de presse.

Je lis : *l'autopsie de la conductrice, madame Louise Camichel, n'a rien révélé de surprenant. La perte de contrôle du véhicule fait suite à un arrêt cardiaque.*

Madame Camichel était suivie pour des extrasystoles sévères. Son époux, quant à lui, est mort sur le coup.

Les obsèques auront lieu à Verfeil demain, 16 novembre, à 16 h.

Si Sacha confirme avec le rapport de police et l'autopsie que c'est bien une mort naturelle, je pourrai classer ce dossier.

Sans me demander mon avis, elle m'a tutoyée. Il faut dire qu'elle pourrait être ma mère – ou presque. Tout en photocopiant, elle me glisse :

– Dis donc, le Max, s'il ne m'a pas dit dix fois : *tu t'occupes bien de Jazie et tu lui dis que je suis vraiment désolé de ne pas être là*. Il n'y a pas que ton prénom qu'il trouve sublime. En te voyant, je comprends pourquoi. Fais attention qu'il ne te brise pas le cœur. Des ravages, il en a fait pas mal ! Était-ce la vérité ? Moi, je ne retenais qu'une chose : il était désolé de ne pouvoir être là. C'était donc vrai… Max en pince pour moi. Je suis sur un petit nuage. Il va sûrement m'appeler ce week-end.

De retour au bureau, je classe les derniers éléments sur le dossier Camichel. Il ne me reste que la confirmation de l'autopsie.

Sacha a fait vite et son message est lapidaire lui aussi :

De : sacha.bond@dgpn007.fr
À : jaz.gau@lib.fr
Rapport de gendarmerie et autopsie RAS, on s'appelle.

Pas trop bavard mon Sacha.

Me voilà à nouveau à la case départ. Je prends le deuxième article trouvé avec Max. Vous savez, la femme grièvement blessée.

MAX ! Mon esprit s'évade. Que doit-il faire à cette heure, pense-t-il à moi ?

Je ne peux pas rêvasser de la sorte. Allez ma fille, continue ton boulot, tu songeras à ton prince, enfin, ton crapaud, ce week-end. Avec un peu de chance, il t'appellera.

Je m'astreins à déscotcher mes yeux de la fenêtre et ne m'intéresser qu'à l'article du journal qui indique :

Ce mercredi 13 novembre 1985, vers 15 h, route de Castres, madame Sauret Méryl circulait à bord de sa Citroën Visa quand elle fut percutée par un camion de la société Lombes. À bord du véhicule se trouvait également son fils. Les premiers témoins précisent que ce véhicule roulait normalement et que c'est le camion qui est venu percuter violemment, de front, la petite voiture. Les pompiers ainsi que la gendarmerie ont été rapidement prévenus. Arrivés sur place, les secours ont constaté que l'enfant ne présentait aucune blessure. Celui-ci était en pleurs et ne faisait que répéter : « Mama canion, boum canion ».

L'enfant a été pris en charge par une infirmière du Samu et transporté au CHU de Rangueil afin d'y subir des examens. Sa maman, madame Sauret a, quant à elle, été désincarcérée après plus d'une heure et extraite de son véhicule dans un état très préoccupant.

Il faut dire que le choc a été d'une grande violence, tout le côté conducteur est un amas de ferrailles.

Aucun pronostic n'a été donné par l'équipe médicale.

Le chauffeur lui, n'a rien, il semble tout juste concerné par cet accident, d'après les dires d'un témoin.

Il a indiqué aux gendarmes qu'il rentrait au dépôt comme à son habitude et ne sait pas ce qu'il s'est passé. Les forces de l'ordre ont pratiqué sur lui l'alcool test puis ont embarqué le conducteur afin de l'entendre dans cette affaire.

Le papier ne mentionne aucun âge, mais j'ai maintenant une identité. Fébrilement, je clique sur ma liste. Pourvu que son nom y soit !

J'entre le nom dans la recherche et, bingo, j'ai une madame Sauret. Le pointeur dessus, j'appuie comme si je jouais au casino… et… c'est bien une Sauret Méryl. Celle-ci est morte le 21 novembre 1985. Elle avait souscrit deux polices d'assurance décès. Les dossiers sont sinistrés pour un montant réglé de six cent mille francs, soit quatre-vingt-onze mille euros. Pour le deuxième, pas moins de huit cent mille francs.

Mazette, même aujourd'hui, cela fait un sacré paquet !

Cette madame Sauret est née Cros, le 5 décembre 1950 à Perles-et-Castelet en Ariège.

Est-ce la personne objet des indices reçus ?

La madame Sauret de l'accident était dans le coma. Elle a pu vraisemblablement décéder le vingt-et-un.

Un coup d'œil à la pendule. Je n'ai plus le temps de téléphoner à Sonia pour savoir si elle a des articles susceptibles de m'éclairer.

Il faudra que j'attende lundi. Je tiens peut-être quelque chose !

Je tente un mail à Sacha :

De : jaz.gau@lib.fr

À : sacha.bond@dgpn007.fr

À Sherlock top secret ! Demande recherche PV accident du 13 novembre 1985, route de Castres à 15 h. Concerne Méryl Sauret née Cros, 35 ans et un chauffeur de camion société Lombes. Scan en PJ.

Ta petite reine.

Vous avez compris la signature ? Cela a un rapport avec les rayons de vélo – pas du soleil !

En parlant de l'astre, j'ai un petit coup de chaud. Je viens de réaliser que lundi – pourquoi s'énerver – Max sera là et je ferai d'une pierre deux coups.

Vivement lundi.

Je sors, toute joyeuse, et me dirige vers le métro. Il fait froid, mais sec. Je passe devant chez Tino, le roi des pizzaïolos. Sa porte est ouverte. La musique italienne invite à ralentir. Par un fait exprès, un effluve s'instille dans vos narines, comme un léger voile, puis, discrètement, il vous entoure, réveillant vos papilles jusqu'alors endormies. Plus insistant, il vous pousse de ses mains imaginaires, vous guide, vous transporte pour finalement vous faire atterrir, sans même vous en rendre compte, devant Tino.

– Mamamia, yé né té avé pas vou arrivé ma beauté ! Tou es une apparition de la sainté vierge. Tou veux quoi cé soir, una espécialé dé Tino qué pour toi ?

Oui, la spéciale, elle est si bonne. Une pâte fine,

mais bien levée, une bonne couche de tomate, du fromage, de l'ail, et des tranches de jambon d'York (ben quoi, du jambon blanc, comme disent les parigots), le tout cuit au feu de bois.

Il n'y a personne dans la pizzéria et Tino, le patron, avec qui j'ai sympathisé, propose de me tenir compagnie. Ce serait un sacrilège de ne pas la manger là, cette pizza toute chaude, en présence de cet italien entre deux âges, toujours charmeur et de si bonne humeur. Pendant que je la déguste, il fait la conversation tout seul.

Il me raconte qu'il va partir le temps des vacances de Noël chez lui, à Sciacca en Sicile. Cela fait quelques années qu'il n'y est pas revenu.

Il y part pendant un mois pour le mariage de sa nièce.

Il est heureux comme un gamin, du soleil plein les yeux, de l'amour pour son pays plein le visage.

Je ne comprends pas tout, car plus il avance dans son voyage, plus il parle sicilien.

L'arrivée d'un client met fin à ce monologue.

Finissant ma pizza, je me dis que cela serait sympa de partir ce week-end. Un bonsoir à Tino et retour à la maison.

Peuf n'est pas très content. D'habitude, je rentre plus tôt. Lui aussi demande sa ration.

Monsieur servi, je décide de me connecter sur l'ordinateur pour voir si mes copines n'ont pas prévu quelques trucs.

Carolina m'invite à Barcelone : elle part demain très tôt. Si cela me dit, il faut que je lui passe un coup de fil. Ni une ni deux, je l'appelle par Skype.

J'adore Barcelone, les gens sont sympas,

dynamiques, fêtards. La nourriture est des plus agréables. À chaque fois que nous y allons, il fait toujours beau. Nous séjournons dans sa famille. Ce sont des Argentins qui ont fui leur pays – il y a trente ans – Carolina est née en Espagne.

Nous nous sommes connues alors que nous faisions nos études. Un BTS tourisme pour elle, BTS assurances pour moi. C'était en 2000, tout le monde avait peur du bug informatique. Nous avions passé un réveillon inoubliable. Depuis, nous sommes toujours amies.

Elle aussi est célibataire. Nous partons régulièrement ensemble en voyage. C'est un guide hors pair, d'une culture époustouflante. Elle connaît tout ou presque.

Elle répond à la troisième sonnerie :

– Querida, je t'ai laissé des messages sur ton portable, tu ne les as pas eus ? Alors, c'est oui ? Je peux compter sur toi ? Les préparatifs de Noël, ça te dit ?

– Tu m'as laissé des messages ?

Je fouille dans mon sac à la recherche de ce foutu portable et tente de regarder. Il est éteint. J'ai encore oublié de le recharger. Et si Max m'avait appelée ?

Je garde cette interrogation pour moi et poursuis :

– Ce serait sympa. On pourrait se balader sur les Ramblas. J'ai adoré la dernière fois, et puis j'ai des nouveautés à te raconter. Demain, tu passes me prendre ?

– T'as trouvé un mec ? Raconte vite !

– Non, pas ce soir, ça nous occupera le temps du trajet. Alors à demain ma belle ! Et je déconnecte. Carolina doit fulminer devant l'écran noir de son ordinateur. Elle est tellement curieuse.

Si je lui avais tout dit, là, nous y aurions passé

la nuit, et bonjour l'état de fraîcheur pour conduire demain.

À bien y réfléchir, je pars surtout parce que je ne veux pas rester à la maison à attendre ce coup de téléphone qui ne viendra peut-être pas.

J'ai déjà connu cela. Vaquer à ses occupations pour se remplir la tête tout en ayant sur soi le téléphone. Regarder sans arrêt si les batteries ne sont pas à plat, s'il n'y a pas de message, si la sonnerie fonctionne… Bref, à en devenir folle ! Je me suis juré que plus jamais je ne revivrais cela. Mais tout en évoquant ces douleurs du passé, je mets en charge cet appareil de malheur. Vous l'avez compris, il n'y a pas de message. Finalement, je m'en prends au téléphone qui n'y est pour rien. C'est bien autre chose : de la déception, oui, c'est bien cela. J'ai peur qu'il n'appelle pas.

Alors, je m'organise pour ces deux jours de complicité avec Caro, elle au moins, elle est fiable.

Un sac avec l'essentiel, sans oublier une jolie robe, puis je prépare tout pour Peuf.

Il va me faire la tête celui-là quand il va voir que je le laisse seul.

Deux jours, ce n'est pas insurmontable. En plus, la météo a annoncé du froid. Au chaud, il passera son temps à dormir.

Peuf sait que je vais partir, alors il me suit partout, se frottant à mes jambes, manquant me faire tomber. Non ! Je ne resterai pas. J'ai décidé, je pars, et je compte bien en profiter. Après tout, Max est bien, lui aussi, en train de passer du bon temps.

Je m'endors, caressant Peuf.

Heureusement qu'il est là !

1985

Sophie est arrivée chez Méryl. Elle lance son habituel « Coucou, c'est moi ! », alors qu'elle sait très bien que Méryl l'attend et l'a vue arriver, postée derrière la vitre de la cuisine, devant son évier.

L'après-midi se passe à regarder les progrès d'Hugo.

Une petite promenade, un bon petit goûter et une sieste bien méritée pour le chérubin. Sophie s'apprête à partir. Méryl lui propose de rester manger une pizza pour un pique-nique moquette devant Santa Barbara en attendant Enzo. Et là, Méryl se confie.

Elle lui révèle que depuis deux mois, Enzo rentre de plus en plus tard. Ils semblent s'éloigner l'un de l'autre et elle ne sait pas ce qu'il se passe.

Sa jalousie maladive refait surface et elle craint le pire.

Sophie essaye de la rassurer et de recenser ce qui lui fait croire au pire. Méryl énumère des faits troublants.

Enzo a changé de parfum il y a peu. Il est désormais en contact avec des femmes plus jeunes. Ils n'ont pas fait l'amour depuis près d'un mois, et la dernière fois, il lui semble, Enzo la désirait moins.

Sophie lui demande d'être objective et de s'en ouvrir à lui.

Elles finissent le repas en regardant les infos présentées par Poivre d'Arvor.

Le film du soir commence et elles entendent Enzo ouvrir la porte. Il leur crie : « Je vous fais la bise après, comme j'ai fait de la manutention, je suis d'une puanteur, je vais prendre ma douche ».

Méryl lance un regard plein de détresse à Sophie.

Encore un élément accablant.

À son retour, Enzo, fait étrange, dépose un baiser sur les cheveux de Méryl au lieu de l'embrasser sur la bouche.

Et si Méryl avait raison ?

10

Dimanche 5 décembre

Nous voilà rentrées d'Espagne. Nous avons passé deux jours extraordinaires. Ses parents étaient vraiment heureux de nous voir. Même si Carolina vient leur rendre visite régulièrement, pour sa maman, cela n'est jamais assez. Elle est toujours sa dernière, sa petite chérie. Je pense que toutes les mères sont comme cela – la mienne ne fait pas exception. Contrairement à Carolina, j'ai un peu de mal. J'ai besoin de respirer. Je n'aime pas que ma mère m'étouffe. Elle a eu sa vie. Elle ne doit pas la revivre au travers de la mienne et influencer mes choix. Mes échecs et mes réussites n'appartiennent qu'à moi. Si je ne suis pas encore mariée, tant pis, c'est ma vie !

Mais revenons à Barcelone.

Chaque séjour contribue à améliorer mon espagnol, me permettant de m'intégrer davantage aux conversations.

Je comprends mieux quand la maman de Carolina se lamente que sa fille ne soit toujours pas mariée et de rajouter que, pour moi, ce n'est pas la même chose. La Française est plus indépendante, plus féministe. Ouais, sûrement, en attendant, moi, ça me déprime de rester seule ! Et elle enchaîne avec son refrain préféré, à savoir qu'à son âge, elle avait déjà eu trois enfants.

Pour les Françaises, les enfants, ce n'était pas avant 30 ans. Finalement, il aurait mieux valu que je ne comprenne rien. Je n'avais pas intérêt à lambiner si je voulais des *niños*. Plus que deux ans pour moi !

Afin d'éviter les sempiternelles questions, Carolina élude en lui demandant quels étaient les préparatifs auxquels nous devions participer.

Le samedi nous avons fait du shopping.

Le soir, nous sommes allées à une soirée tapas.

Le dimanche, nous ne l'avons pas vu passer, prises dans le tourbillon des préparatifs, plongées dans notre enfance quand nous faisions le sapin, la crèche et l'emballage des cadeaux.

En fin d'après-midi, les yeux pleins de larmes, nous avons pris congé. La mère de Carolina a eu du mal à lâcher sa fille. Il était temps de rentrer à Toulouse.

Ces deux jours furent une merveilleuse parenthèse récréative.

Sur le trajet de l'aller, j'avais dit à Carolina comment j'avais rencontré Max et ce que je ressentais pour lui. Celui du retour fut rempli de son analyse. Moi de jouer l'avocat du diable.

Si Max avait disparu de ma mémoire sur le sol espagnol, le fait de savoir que demain je le reverrais… je me faisais déjà mon cinéma. Le seul point qui m'inquiétait, c'était ce que Sonia m'avait dit sur lui. Était-il un Don Juan, un pur, un dur ? Carolina m'avait rassurée. Elle pensait que cette fois, l'affaire était sérieuse.

– Pas de baiser à la première sortie, c'est un signe. Ton Max en pince pour toi et il ne veut pas brusquer les événements. S'il avait voulu te croquer et te jeter, il l'aurait fait lors de votre première sortie. Tu as toutes tes chances !

Je ne voulais pas m'emballer :

– Mais c'est peut-être une tactique pour mieux arriver à ses fins et ensuite me *lourder*. Il aime sûrement mettre du piment dans ses relations.

– Sonia se venge peut-être, et puis à force de cogiter, tu te fais des nœuds. C'est à cause de ça que tu passes à côté de certaines relations. Si tu veux un conseil, arrête et laisse faire les choses, sans les brusquer. Rien n'est parfait. Tu idéalises trop. Non de non, fais-toi un peu confiance, crois en ton étoile ! Chacun de nous a son petit ange !

Et elle ajouta sur le ton de la rigolade :

– Si ça ne se passe pas bien, tu sais où faire ton réveillon de Noël. Tu seras la bienvenue. N'oublie pas qu'il y a un cadeau qui t'attend.

Carolina avait raison. Je devais y croire.

Nous sommes arrivées tard ce dimanche soir. Nous avions mangé en route, conduisant chacune à notre tour.

L'encas de la mère de Caro était gargantuesque, fajitas à gogo, tortilla, gâteaux, boissons.

Après ce long trajet, chacune rejoignit ses pénates.

Peuf m'attendait à la porte. Il miaula d'abord de reproche, puis se calma en voyant que je lui ouvrais une boîte de sa pâtée préférée.

J'allumai le poêle, mais je n'eus pas la force de défaire ma valise. Je me glissai entre mes draps et, comme si j'avais reçu un coup derrière la tête, je sombrai dans un sommeil réparateur.

11

Lundi 6 décembre 2010

Même si je n'ai reçu aucun signe de Max durant le week-end, je suis en pleine forme. J'ai soigné ma tenue et mon maquillage, car je dois me rendre à la Dépêche pour chercher des articles sur l'accident de madame Sauret.

Je décide d'appeler Max sans tarder. Après tout, c'est pour le boulot.

– Bonjour Max ! Tu as passé un bon week-end ?

Je crois que le ton de ma voix n'est pas des plus appropriés. Mais qu'est-ce qui me prend ? Je crois bien que je lui en veux, car il ne m'a passé aucun appel ni laissé un seul message, et surtout, je veux savoir ce qu'il a fait. J'ai envie de l'entendre me dire que son week-end était pourri et qu'il n'a fait que penser à moi.

– Bonjour Jazie, j'arrive à l'instant ! Je voulais t'appeler pour savoir si tu avais eu ce que tu cherchais avec Sonia ?

Ben voyons ! Il voulait justement t'appeler – à d'autres ! En plus, cette fois, pas de *Jaz* mais *Jazie,* et il ne fait pas un seul commentaire sur son week-end.

C'est mal barré. Cette histoire est finie avant d'avoir commencé. C'est ça mon grand ! Tu crois que je vais tout gober. J'en deviens méchante.

– Oui, Sonia a été parfaite ! Elle m'a même mise en garde contre toi et les ravages que tu sais si bien faire !

Un blanc. Là, ce n'est pas un ange qui passe, mais

un démon avec son trident. Alors il n'a pas de repartie. Il n'a rien trouvé le beau gosse ?

– Que t'a-t-elle dit comme *connerie* ? Il semble contrarié. A-t-il quelque chose à se reprocher pour en vouloir à Sonia ?

– Tu sais, il ne…

Je le coupe et poursuis d'un ton peu amène :

– Peu importe ! J'ai besoin de rechercher de nouveaux articles pour mon affaire. Tu sais, celle pour laquelle tu voulais m'aider ! L'affaire Camichel n'a rien donné. Je suis maintenant sur une affaire Sauret, la femme grièvement blessée dans un accident de la circulation.

– Écoute Jazie, je pense qu'il y a un malentendu. Viens ce matin, il faut qu'on discute !

– Max, je suis payée pour travailler et toi aussi. Je pars de chez moi et j'arrive directement. Que tu sois là ou pas, peu m'importe ! Et je raccroche. Bien fait ! Alors pourquoi tu as autant mal au ventre ?

Tout le long du chemin, je *roumègue* car, s'il avait voulu m'appeler, il aurait pu le faire samedi ou dimanche. Mais monsieur devait être bien occupé dans les bras d'une… *pétasse* !

Encore une fois, je repars dans mes délires. Je devrais lui laisser le temps de s'expliquer avant de lui faire la tête. J'arrive un peu calmée au siège de la Dépêche. Je glisse mon badge, les portes s'ouvrent. Je me dirige vers la salle des archives et me retrouve, comme la première fois, dans cet univers si particulier.

Max s'est retourné. Il a senti ma présence alors que je n'ai fait aucun bruit. Nous allons tous les deux au-devant l'un de l'autre.

Lui est préoccupé. Moi en colère – même si je ne veux pas le montrer.

Tu parles, toi, ne pas montrer tes sentiments ? On lit dans tes pensées comme dans un livre ouvert.

En arrivant à sa hauteur, je suis saisie. Qu'il est beau ! Hâlé à souhait. Mais il paraît tendu. Il doit sûrement chercher une excuse.

Il a quand même l'air malheureux. Il fait un geste vers moi, mais se retient et, penaud, s'explique :

– Jazie, je ne te mentais pas ! Je voulais réellement t'appeler ce matin. Durant ces trois jours, je n'ai pas pu te joindre, car nos portables ne passaient pas. J'ai beaucoup pensé à toi.

Et s'il était sincère ? Je peux l'écouter ; je déciderai après. Mais il y a un petit mot qui me fait mal. Il a dit *nos* portables… Il n'était pas seul ?

Je reste silencieuse. Il poursuit :

– Nous sommes allés avec Cory faire une randonnée de trois jours dans les calanques, de Cassis à Marseille. Je ne pouvais pas remettre cette sortie. Elle était programmée depuis longtemps. Je dois rendre mes rushs cette semaine, mais je t'assure que j'ai eu du mal à me concentrer sur mon travail.

Encore cette Cory ! Elle l'accapare tout le temps.

Il est sûr qu'il est célibataire ? Il a peut-être une relation ambiguë avec cette fille et ne veut pas se l'avouer.

Par contre, son argument du portable tient la route.

Mais il aurait dû me laisser un texto qui, sur un coup de chance, se serait envoyé.

Et qui est cette Cory ? Encore une de ces *bimbos* ? La petite voix nommée *Jalousie* a ouvert toutes les portes dans ma tête, et sous mon crâne souffle un courant d'air du diable.

Je suis en colère, contre lui et contre moi.

Max ne remarque pas les vents contraires que j'affronte. Il poursuit.

– Si tu veux, je pourrai te montrer mes clichés. C'était super ! J'adore aller faire des prises de vues en dehors des saisons convenues. Les couleurs sont totalement différentes. (Mais c'est qu'il est parti dans son truc.) Je décide malgré tout de le croire. La tempête sous mon casque se calme, mais ma colère n'est tout de même pas totalement retombée.

– Avec une femme à tes côtés, la concentration devait être difficile !

Il part d'un grand éclat de rire. Il fait un pas vers moi. Je fais un pas en arrière.

Il m'énerve, et en plus il se paye ma tête.

– Mais tu es jalouse !

– Non ! C'est seulement que tu parles toujours de ta Cory, puis tu me dis que tu as pensé à moi. Je suis un peu perdue.

– Cory est ma cousine et ma meilleure amie. Nous sommes toujours ensemble, et ce, depuis tout petit. Elle est comme ma sœur.

Il fait un pas dans ma direction et me regarde droit dans les yeux en poursuivant :

– Oui, j'ai beaucoup pensé à toi !

Il se rapproche encore, mais il n'aura pas le dernier mot – pas aussi facilement. Il m'a laissé croire qu'il était avec quelqu'un ! Pour lui faire autant de mal que ce qu'il vient de me faire, je me venge en lui balançant :

– Moi, je n'ai pas eu le temps de penser un seul

instant à toi. J'étais à Barcelone chez des amis. Nous avons fait la fiesta !

Son sourire se fige. Son regard s'assombrit. Il ne sourit plus. Il a essayé de s'expliquer et ma dernière réplique a fait mouche. Je l'ai blessé et c'est tant mieux. Il me scrute, essayant de savoir quelle attitude adopter.

Je me sens flancher d'autant qu'il se rapproche dangereusement. J'y suis peut-être allée un peu fort.

Et, si j'ai bien entendu, il vient de se déclarer et moi je le renvoie dans ses vingt-deux.

Il me teste, se rapproche encore lentement… toujours plus près… j'esquive et m'éloigne de lui.

Il esquisse un sourire, me tend la main et me dit :

– Dis que tu n'as pas pensé un seul instant à moi !

Je repousse sa main et lui réponds :

– Bon, d'accord, j'ai moi aussi, entre deux tapas, pensé un peu à toi !

– Entre deux tapas ?

Il se rapproche encore. Vite, il faut que je fasse ou dise quelque chose sinon je vais tomber dans son piège. Je ne veux pas que cette bibliothèque, si solennelle soit-elle, devienne le cadre de notre premier baiser. Il sait qu'il a de l'emprise sur moi, mais je ne veux pas céder, car j'ai peur de ce qui pourrait se passer après.

Que nous sommes compliquées, nous, les filles !

Je suis quand même soulagée de savoir que je compte pour lui et que ce n'est pas que de la drague – enfin je crois. Notre future idylle est-elle sur la bonne voie ?

Il ne faut pas que je brûle les étapes. Je me dirige vers son poste avant qu'il ne tente quoi que ce soit.

Le charme est rompu. Quant à moi, il faut que mon dossier reste une priorité. Alors je lui demande :

– Je cherche comme *d'hab* ?

Je me rapproche de l'ordinateur. D'un pas vif, Max est près de moi. Il me repousse, loin de son pupitre, avec son bras. Puis en souriant me dit :

– Tu ne vas pas me refaire le coup, hein ? Puisqu'il n'y a que le boulot qui compte, voilà ce que je t'ai trouvé !

Quoi ! Il a bossé sur mon affaire en m'attendant ?

Alors là, si ce n'est pas une preuve que je l'intéresse, je n'y connais rien. À moins qu'il veuille se faire pardonner ? Pardonner de quoi ? De ne pas t'avoir téléphoné ? Pas le temps d'épiloguer à propos de cette réflexion, car il me tend trois articles sur la femme grièvement blessée.

– Je n'ai pas lu ! On regarde ensemble ?

Je m'assieds et lui reste debout derrière moi.

Pour me montrer la page, il se penche. Je sens son souffle sur mes cheveux. Je vous dis qu'il joue avec mes nerfs et mes émotions. Après tout, je l'ai cherché en l'éconduisant. Cette promiscuité me plaît. J'apprécie sa chaleur, presque le contact de son corps. Je respire son parfum et une impression de sérénité s'installe en moi.

J'aime bien cet homme. Une douce torpeur m'envahit. Qu'est-ce que je viens de dire ? Je l'aime bien !

Je crois que… je l'aime ! N'est-ce pas prématuré ? Pourtant, je me sens en paix. Aurais-je trouvé *mon Homme* ? La respiration de Max s'est calée sur la mienne. Il est en phase avec mes sentiments, sinon, il se serait éloigné de moi. Il ne peut pas jouer, ce n'est pas possible. À moins que je prenne mes désirs pour des réalités ? Cela ne serait pas la première fois ! Il faut que j'arrête de cogiter. Je suis venue pour mon affaire.

Je me mets à lire tout haut le premier article. Celui-ci date du 14 novembre 1985 :

L'accident survenu hier entre un camion et une Citroën Visa est dû à l'état d'ébriété du chauffeur. Celui-ci a été inculpé d'homicide involontaire. La prise de sang fait état d'un taux d'alcool de trois grammes dans le sang. Il aurait perdu le contrôle de son véhicule à la suite d'une somnolence et dit n'avoir aucun souvenir de l'accident. Monsieur Blain a été mis en garde à vue au commissariat de St Michel. Madame Sauret Méryl, née Cros le 5 décembre 1950, est dans le coma.

– J'en étais sûre. C'est bien mon assurée : nom, prénom, date de naissance, tout concorde.

La suite de l'article précise :

Madame Sauret a subi deux opérations au CHU de Rangueil, les médecins sont très réservés sur son état.

Quant à son fils, Hugo Sauret, l'enfant est un miraculé.

Je continue ma lecture, Max est toujours aussi proche. J'y prête moins attention, car ce que je lis m'intéresse au plus haut point.

1985

Sophie est triste. Elle n'arrive pas à discuter avec Enzo des inquiétudes de Méryl. Savoir s'il la trompe ou pas ! Mais peut-elle lui poser cette question ? Elle sait au fond d'elle qu'Enzo a sauté le pas en allant voir ailleurs. Elle en est sûre et elle lui en veut. Elle fait son choix : le choix du sang ! Elle veut soutenir Méryl.

Dans le couple, les relations ne cessent de se dégrader. La tension est palpable dès que l'on franchit le seuil du foyer. Ce n'est plus la maison du bonheur.

Sophie se souvient d'un week-end où tous, quels que soient leurs âges, avaient mangé durant toute la journée à la même place, dans la même assiette, bavardant jusqu'à tard dans la soirée, chacun y allant de son histoire. Quel heureux souvenir ! Sophie entend encore le rire de Méryl – contagieux. Mais ça, c'était avant. Aujourd'hui, les disputes éclatent devant elle et Méryl prend Sophie à témoin.

« Regarde comme il est en forme notre Enzo depuis qu'il fait des heures supplémentaires. Il applique la maxime : le travail, c'est la santé ». Que dire ?

Enzo, lui, de répondre qu'à force de croire qu'il la trompe et de lui faire ces scènes de jalousie, cela va finir par arriver.

Sophie ne sait pas où se mettre. Elle essaye de détourner la conversation en demandant si elle peut donner le bain à Hugo. Méryl saisit l'occasion et relance les attaques sur le fait qu'Enzo ne s'occupe plus de son fils – ce qui est la vérité.

Sophie s'interroge. Doit-elle continuer à venir les mercredis, car l'ambiance est très lourde et, à son âge, elle ne sait pas trop bien comment gérer cela.

Peut-elle laisser Méryl seule dans sa tristesse ?

Ne lui répète-t-elle pas : « Heureusement que tu es là

Sophie, sans toi je deviendrais folle ». Sophie se dit qu'il y a certainement un moyen de détourner Méryl de cette obsession.

Il faudrait qu'elle se remette au sport. Qu'elle voie des gens, qu'elle occupe son temps libre.

Pourquoi ne pas relancer Méryl sur la pendaison de la crémaillère.

Ils en avaient discuté en début d'année. Ils l'avaient programmée ensemble vers la fin juin.

Il fallait pour cela qu'Enzo veuille bien aider un peu.

C'était décidé, elle allait prendre les choses en main.

Le deuxième article date du 18 novembre 1985 :

Les premiers rapports de gendarmerie concernant l'accident de madame Sauret survenu le 13 novembre confirment que le conducteur était bien sous l'emprise de l'alcool. Une baisse de vigilance est à l'origine de la perte de contrôle. Il conteste la prise de sang.

Madame Sauret est toujours dans le coma. Elle a subi une autre intervention afin de réduire les fractures aux genoux. Cette opération fait suite aux deux autres qui concernaient les fonctions vitales. La victime a subi notamment une ablation de la rate et une intervention au niveau du bassin. On dit le pronostic réservé quant aux fonctions cérébrales.

L'enfant, lui, est sorti de l'hôpital et il a été remis à son père, Enzo Sauret. Ce dernier n'a pas voulu faire de déclaration. Ils ont regagné leur domicile à Fonsegrives.

Cette petite bourgade est sous le choc. Méryl était très appréciée. Les marques de soutien sont, chaque jour, plus nombreuses.

Cet accident relance le débat sur l'alcool au volant.

Je sais que le dernier article que j'ai sous les yeux est porteur d'une mauvaise nouvelle.

L'article date du 22 novembre 1985 :

Encore un mort sur les routes, l'alcool est en cause ! Nous avons appris hier, le 21 novembre 1985, le décès de madame Méryl Sauret à 10 h, au CHU de Rangueil, des suites de son accident du 13 novembre 1985.

Ses obsèques auront lieu en l'église de Fonsegrives ce samedi 23 novembre à 14 h.

De nombreuses personnes ont déposé des fleurs sur le lieu de l'accident.

Le mari de la victime, très digne, nous a fait cette déclaration : il demande que l'on respecte sa douleur.

Je me retourne, les larmes aux yeux. Je pense à ce petit bout de chou et à cet homme qui se sont retrouvés seuls. Max, dans un geste protecteur, met sa main sur mes cheveux. Il entoure une de mes mèches et gentiment me réconforte.

– Eh ! Il ne faut pas que tu te retournes les sens. Ces faits se sont déroulés il y a plus de vingt-cinq ans.

Je suis à fleur de peau, bouleversée, à la fois par ce que je ressens pour Max et par l'histoire de cet enfant qui a perdu tragiquement sa maman. Quel sentiment d'abandon peut habiter un petit être qui perd un parent ?

C'est en pensant à ce sentiment que tout me paraît se mettre en place, mais comment lui expliquer mon trouble ? Alors, je lève mon regard vers lui et essaye de reprendre le contrôle de mes émotions. Et c'est dur, car Max s'est assis sur la table, sa jambe touche mon genou. C'est très agréable, et aucun de nous ne fait un geste pour s'éloigner.

Il faut que je me ressaisisse :

– Tu sais Max, je pensais que cette femme aurait pu s'en sortir et que ce n'était peut-être pas celle que je recherchais. Mais elle est morte. Son mari a dû se sentir bien seul avec son fils. Je pense que celui qui m'envoie les indices voulait que je trouve ces articles. Je ne comprends pas pourquoi le corbeau ne m'a pas envoyé tout ça. J'aurais gagné du temps. Je ne vois pas ce qui cloche dans cette mort. Et toi, tu as une idée ?

– Non ! Si l'accident n'avait pas été causé par ce chauffard, nous aurions pu espérer un acte criminel. Que vas-tu faire ?

– Je ne sais pas. Je vais demander à Sacha, mon copain qui est dans la police. Peut-être ont-ils un rapport d'enquête. Et mercredi, il y aura certainement un autre indice.

Max se lève, me prend par le bras tout en me disant :

– Tu sais, le journaliste qui a écrit l'article est toujours chez nous. Si tu veux, tu pourrais le rencontrer. Il a une mémoire infaillible. Il pourrait te donner son sentiment. Il archive tout. C'en est presque maladif.

– Tu pourrais faire ça pour moi ?

– Oh oui, et bien d'autres choses encore !

Là, vous voyez que je ne me fais pas des idées.

– Allez ma belle, je t'offre un café pour me faire pardonner de t'avoir laissée attendre à côté de ton iPhone !

Je ne relève pas son espièglerie.

En arrivant près du distributeur, il me fait signe de

rester près du petit salon – à l'écart des personnes. Puis il revient avec les boissons chaudes.

– Tu sais, Jaz, tout à l'heure j'étais sincère. J'aimerais t'inviter à dîner. Es-tu libre ce soir ?

Je ressens une douce chaleur m'enivrer chaque fois qu'il prononce mon prénom. Il est tellement tendre dans ces moments-là. Et je ne me fais pas un film. Ou alors, c'est un sacré comédien !

Me voilà encore troublée. C'était quoi la question ? Si je suis libre ? Oui, un cœur à prendre. Ce soir, s'il le souhaite. (Non, idiote, tu dois garder ta ligne de conduite, te faire désirer.) C'est vrai, je veux autre chose qu'une nuit. Et puis, je prends plaisir à ce jeu de séduction, qui, j'espère, nous mènera loin.

Je réfléchis. Si je dis oui, est-ce que je ne me jette pas dans ses bras ? Si je dis non, est-ce que je ne ferme pas la porte pour toujours ?

Que je suis compliquée, toujours à gamberger !

Comme je ne réponds pas, il prend mon silence comme un refus et ses traits se durcissent. C'est le genre d'homme qui n'aime pas qu'on lui résiste.

Il me repose la question. Vexé, son ton n'est plus le même.

– Jaz, veux-tu dîner avec moi ce soir ?

Je suis amusée de ce comportement.

Ma main sur son bras – un bras musclé et ferme, je le regarde en levant les yeux, car je suis plus petite que lui. Il doit mesurer près d'un mètre quatre-vingt-dix. Et là, je remarque que tout autour de sa pupille noire, l'iris est en forme d'étoile de couleur rouille sur un fond brun. C'est hypnotique. J'émerge difficilement et lui réponds :

– Eh ! J'ai le droit de peser le pour ou le contre.

Tu penses être irrésistible et tu t'imagines peut-être que je n'attendais que ça ?

Oh ! La culottée que je fais. Bien sûr que je n'attendais que lui. Mais je ne peux le lui dire sinon, nous deux, ça n'ira pas plus loin qu'un soir !

Je l'ai piqué dans sa fierté de mâle. Il ne doit pas avoir l'habitude qu'une fille lui résiste.

Alors je prends vite ma décision :

– Ce soir ce n'est pas possible. Jeudi soir je suis libre, ça te va ?

Mais pourquoi je fais cela ? Je suis libre tous les soirs ! Lui peut–être pas ?

– C'est bon, j'ai compris, va pour jeudi.

– Tu es sûr, tu vas pouvoir attendre jusque-là ?

Il plisse les yeux et me répond :

– C'est ça, fiche-toi de moi. Tu ne perds rien pour attendre !

Il n'a pas le temps d'esquisser un geste que je pars en lui adressant mon plus beau sourire. Peut-être parce que je suis heureuse. Avant de refermer la porte, je force ma voix et lui dis :

– Vingt heures, métro *Jaurès* coté *Wilson*, je serai là !

Sonia, que nous n'avions pas vue, me fait un signe du pouce. Elle a tout entendu et trouve que j'ai bien joué. En attendant, il faut que je patiente jusqu'à jeudi. C'est malin ça !

Le trajet du retour m'a permis de repenser à Max. Ses gestes envers moi, son comportement, sa beauté physique. Je ressens au plus profond de moi des émotions inconnues. J'en rosis de plaisir et j'en souris, béate. J'ai des sentiments pour cet homme et tout mon corps est en phase avec lui. Aurai-je la patience d'attendre jusqu'à jeudi ?

J'ai failli rater l'arrêt.

– S'il vous plaît monsieur, je descends !

– Il était temps, jolie demoiselle. On rêvait au Prince charmant ? Il en a de la chance celui-là !

(C'est écrit sur mon front ou quoi ?)

Comme le chauffeur l'a si bien dit : fini de rêver, ma belle, la besogne t'attend. Au moment où je regagne mon bureau, je suis happée par mes collègues qui m'entraînent vers notre cantine préférée.

Il est vrai que ce n'est pas loin de treize heures, je n'ai pas vu le temps passer.

De retour du restaurant d'entreprise, je me penche sans attendre sur mon affaire Sauret. Je demande le contrat aux archives. Par la navette, je devrais le recevoir sous deux jours. En prévision de cette réception, j'élimine le reste de mes courriers et renvoie le dossier Camichel aux archives – sans même y jeter un œil. Nous sommes vraiment peu de chose dans ce bas monde. D'ailleurs, pourquoi existe-t-on ? Pourquoi devons-nous vivre si peu de temps sur cette terre ?

Ce n'est pas le moment de me poser ce genre de questions existentielles ; en général, cela conduit à me mettre le moral dans les chaussettes. Je n'en ai nulle envie, car je plane, assise sur un petit nuage, en pensant à jeudi.

J'avale les taches sans m'en apercevoir. Il est déjà l'heure de partir.

Une soirée tranquille au coin du feu avec Peuf va me remettre de toutes ces émotions.

Et surtout, ne pas appeler Carolina !

12

Mardi 7 décembre 2010

Encore au boulot, toujours du boulot et, cet après-midi, nous avons la réunion de service.

J'ai horreur de ça.

Et dire que c'est tous les mois la même rengaine. Cela va durer jusqu'à dix-huit heures. Le boss a plein de dossiers dont il veut nous parler, sans compter les résultats de la boîte, la tenue des objectifs, etc. Les réunions ne devraient se dérouler que sur deux heures au maximum. Savez-vous qu'un enfant est capable de cinquante minutes d'attention continue contre vingt minutes chez un adulte ? Ils sont meilleurs que nous sur ce coup-là. Alors, rester à l'écoute quatre heures d'affilées, c'est mission impossible. Je me mettrai à côté de Brice. Il raconte toujours des vannes.

Victor, le boss, va encore se la jouer *dirlo.* Il devrait acheter une règle en fer, comme au bon vieux temps… Je plaisante !

La réunion vient de se finir, j'ai mal à la tête. Je n'ai rien retenu de ce qu'il a dit. Je suis vannée. Il est temps de regagner mes pénates.

Demain, c'est mercredi, la journée d'un nouvel indice. J'y crois très fort !

1985

Les préparatifs de la crémaillère ont permis d'éloigner un moment cette tension qu'il y avait dans le couple. Ensemble, ils avaient fait leur liste, s'accordant sur les amis à inviter, le choix des mets, les grillades, les boissons et les jeux – surtout la pétanque.

Car chez Méryl, pas de festayre sans pétanque, musique et bon vin. Une quarantaine d'invités, le cercle proche, surtout la famille de Méryl, la sœur et le frère d'Enzo, mais aussi les quelques amis de toujours, la nounou d'Hugo et quelques collègues. Établir cette liste leur avait procuré pendant quelques jours un apaisement. C'est normal, à chaque nom couché sur le papier, un souvenir lui était associé et ils appartenaient aux jours heureux.

La fin de la matinée avait vu arriver la troupe de joyeux lurons ; cadeaux, embrassades et rires, à la hauteur du plaisir de se retrouver. L'apéritif avait duré, longtemps pour certains, grignotages pour d'autres. Des petits groupes s'étaient formés, par affinités, par convenance, mais comme une danse, ces groupes se disloquaient et se reformaient.

Le buffet, servi dehors, se vidait puis se remplissait. Il y avait toujours une petite main qui aidait – pas besoin de demander.

La journée se déroulait des plus joyeuses façons.

La musique battait son plein au son de Cabrel, des Bee Gees et Abba. Le disco, le funk, c'était de la belle musique. Une piste de danse improbable au milieu d'un jardin où, petits et grands, y allaient de leurs chorégraphies.

Une bonne humeur régnait et le soleil et l'alcool aidant, la maîtresse de maison se retrouva à la baille dans la piscine du voisin, lui aussi, de fait, invité.

Ce n'est qu'en fin d'après-midi que Sophie assista, fortuitement, à une scène ne permettant plus l'équivoque.

Une femme, qu'elle n'avait pas vu arriver, se tenait à l'ombre en retrait de toute cette agitation. La trentaine, brune, les cheveux très longs. Un visage de Sainte-nitouche, pas beau, non, mais harmonieux, et des yeux noirs qui regardaient avec insistance Enzo.

Celui-ci se retourna et Sophie vit un sourire s'afficher sur son visage. De ceux béats, de jeunes adolescents amoureux. Il se dirigea lentement vers cette femme. Arrivé à sa hauteur, il jeta un bref coup d'œil aux environs puis, rassuré, il eut un geste tendre envers elle. Discrètement, il lui effleura la main avec une telle douceur que Sophie en eut mal au ventre. Mais ce n'était pas le plus grave, Méryl, rentrée pour se changer, les vit. À cet instant, elle sut.

13

Mercredi 8 décembre 2010

Neuf heures, j'émerge difficilement. Mince, je vais être en retard au travail ! Et ce n'est pas la peine de me faire les gros yeux ! J'ai eu une panne d'oreiller. J'ai oublié de mettre le réveil.

En plus, l'hiver… Quoi ? Nous ne sommes pas encore en hiver ? Oui, vous avez raison, mais bon, à quelques jours c'est pareil. Et puis l'hiver, je suis comme les animaux et j'ai tendance à hiberner.

Il ne m'a fallu qu'un quart d'heure pour me préparer. J'ai battu le record de Janie Longo. J'avais un sacré coup de pédale. Je suis dans les horaires de pointage quand je badge à l'entrée !

Tout juste le temps de dire bonjour, de m'installer, et le courrier est là. En avance aujourd'hui. *IL* a encore frappé : la lettre… l'indice est là. Avec dextérité, je décachette l'enveloppe, j'extirpe le feuillet et je lis :

Quatrième indice :
Procurez-vous le dossier médical.

Me procurer le dossier médical, mais je ne peux pas. Je ne suis pas médecin. Où chercher ? Cette femme est morte il y a vingt-cinq ans ?

IL est fou ! Pourquoi me demande-t-il cela ? Y- a-t-il eu erreur médicale ?

Si c'est le cas, le paiement du capital ne peut pas être remis en cause. Sauf s'il y a un élément qui tend à suspicion. Comment faire ? Je décide d'en parler à Victor.

Sa porte est entrouverte, je risque un œil. Personne.

En me retournant, je tombe nez à nez face à lui. Il attend que je me pousse pour le laisser entrer dans son bureau.

– Excusez-moi ! lui dis-je en m'effaçant.

– Bonjour Jazie, vous désiriez me voir ?

– Oui ! Pouvez-vous m'accorder quelques minutes pour l'affaire du corbeau ?

– Seulement cinq, car j'ai une réunion !

Il pose son manteau sur sa chaise contourne son bureau et vient s'y appuyer, les bras et jambes croisés. Je reste debout, comme une petite fille sage et récite mes explications :

– Je viens de recevoir l'indice du mercredi et regardez, le corbeau nous dit de nous procurer le dossier médical.

Victor se saisit de la pochette plastique, fait le tour de son bureau, se penche sur son manteau et en sort ses lunettes.

Ses bons yeux sur son nez, il lit le courrier.

– Votre corbeau sait quelque chose. Pour lui, cette mort est suspecte. Avez-vous regardé le questionnaire de santé ?

– Je n'ai pas encore reçu le dossier des archives.

– Dans ce cas, j'appelle Pierre, il saura comment se procurer le dossier médical de cette madame… Sauret. Mais je ne vous promets rien ! Il se saisit du combiné et compose le numéro.

Pierre Duval est le médecin-conseil qui travaille pour notre société. C'est lui qui valide les contrats. Au bout de trois sonneries, le docteur Duval décroche, simultanément Victor appuie sur le haut-parleur. Il lui expose l'affaire sur laquelle je travaille. L'ancienneté semble poser un problème. C'était trop beau pour y croire. Pierre Duval nous indique qu'il va tout de même tenter l'impossible.

Je suis un peu dépitée. Mon chef me rassure.

– Ne vous découragez pas ! Pierre a ses entrées dans le monde médical. Il officie depuis près de vingt ans en tant que médecin-conseil. Il va vous dégoter ce dossier en un rien de temps.

Je consens à esquisser un sourire. Il faut avoir confiance, et je regagne mon bureau. Finalement, si, *IL*, veut que je consulte le dossier médical, c'est qu'il sait quelque chose à propos de cette mort. Ce serait plus simple de me dire ce qu'il en est. Et puis, c'est qui ce *IL* ?

Mais j'y pense, Sacha ne m'a toujours pas envoyé les informations sur les empreintes. Il m'avait donné un délai de quinze jours. Là, cela fait trois semaines.

Je le relance.

De : jaz.gau@lib.fr

À : sacha.bond@dgpn007.fr

Sacha, as-tu des nouvelles des empreintes ? IL s'est manifesté. Le quatrième indice m'invite à me procurer le dossier médical.

À très vite.

J'étais tellement obsédée par La Lettre que je n'ai

pas vu les deux contrats de madame Sauret posés sur le coin du bureau.

Voilà de quoi me remotiver. Je m'installe confortablement. Une tasse de café chaud posée à gauche, mon bloc-notes à droite et mon stylo en main, me voilà prête pour analyser ces formulaires. Je sais que j'en ai pour la matinée.

Je compulse les pièces de chacun des deux contrats.

Le premier a été souscrit le cinq février 1982 – l'année de ma naissance. Coïncidence !

Les cotisations ont été payées par chèque – tireur madame Sauret sur son propre compte.

Pour le questionnaire de santé, tout est OK. Le visa du médecin-conseil le prouve.

Les capitaux ont été réglés le deux janvier 1986 à Enzo Sauret, par chèque, endossé le quatre janvier 1986.

Il n'a pas traîné, celui-là, pour encaisser l'argent ! Est-ce un indice ?

La lettre d'acceptation, signée du mari (si l'on peut appeler cela une signature), correspond à celle de la pièce d'identité et valide définitivement le dossier et sa mise aux archives.

Le deuxième contrat a été souscrit le vingt octobre 1983, le questionnaire médical fait état d'une grossesse, rien d'autre n'est mentionné. À part un rapport poids taille moins favorable, tout semble en ordre. L'enfant mineur a perçu une rente éducation et le dernier arrérage revalorisé a été viré sur le compte bancaire de Hugo Sauret – devenu majeur. Ce virement met fin à nos obligations. Là aussi, tout est en règle.

Je devrais m'assurer que le mari avait, lui aussi, souscrit ce type de contrat.

Que c'est beau l'informatique ! En quelques clics, j'ai mon info. Enzo Sauret est lui aussi, assuré pour les mêmes capitaux. Cela met fin aux suspicions que j'aurais pu avoir à son égard. Toutefois, la clause bénéficiaire retient mon attention : *mon conjoint, madame Marion Sauret née Bruel, à défaut Hugo Sauret mon fils, à parts égales avec mes enfants nés et à naître, à défaut mes héritiers.*

Tiens, Enzo Sauret est remarié. Depuis quand ? Il a tout à fait le droit de se remarier. Je clique sur les documents en GED – la gestion électronique des documents. Les dossiers sont trop vieux. Je vais tout de même réclamer le dossier aux archives pour avoir la preuve de cette modification de clause bénéficiaire.

Leo passe sa tête par-dessus le panneau de séparation acoustique et me demande :

– Dis, le rond-de-cuir, tu fais le régime ? T'as vu l'heure ? J'ai la dalle, tu m'as encore oublié !

Oups ! Il a raison. Pour me faire pardonner, je lui souris de toutes mes dents. Il adore. Ce n'est pas ce que vous croyez. Léo, futur retraité, petit, marié, très gentil. Il m'a tout appris sur les techniques de recherche. Il est passionné de généalogie.

Je file vite faire ma *Nathouille* – c'est-à-dire que je vais au cabinet d'aisances.

Nous partons rapidement déjeuner. Pour une fois, ce n'était pas terrible. J'ai bien fait régime. Ce soir, je me rattraperai avec un bon repas puisque je mange chez Caro. J'ai eu son SMS avec la liste des ingrédients à lui rapporter.

Mais pour l'heure, je dois m'occuper des autres dossiers. J'ai plusieurs mails en attente. Sacha n'a pas encore répondu à mon message. *Merdoum*, toujours rien ! Il est peut-être de repos ? Pas la peine de l'appeler en faisant le 17. Je ne l'aurai pas, et surtout, il n'aime pas cela. « *Le 17, ma fille, c'est pour les vraies urgences. T'as compris ?* » m'a dit Sacha le jour où, n'ayant pas mon portable, j'ai composé ce numéro pour le joindre. C'est la seule fois où il m'a engueulée, et il avait raison. Le 17 et le 18, c'est pour les urgences.

Je lui textote : *cc tu bos ?*

Il va encore hurler que je pourrais écrire en français. Il dit que les nouvelles générations vont finir illettrées. « *Ce ne sont pas des pattes de mouche que vous faites, ce sont des pets de moustique* », me répète-t-il.

Je sais qu'il est dans le vrai. Dans les années 80, un adolescent utilisait près de mille sept cents mots. Dans les années 2000, ce n'est plus que la moitié. Et pour tous ces jeunes qui regardent maintenant, cinq heures par jour, de la téléréalité, ce chiffre, tombe à cinq cents. Désespérant ! Que va devenir notre belle langue, à ce rythme ?

Ah ! Sacha me répond :

Non, je suis de repos. Tu ne t'es toujours pas mise au français ? Amène ton dictionnaire demain pour lire le relevé d'empreintes. Je l'ai depuis hier ! Alors, on dit quoi ?

Bonne soirée poulette !

Je lui réponds en français :

Je dis que tu es génial comme toujours.
Bises… À demain !!!

Toute guillerette, je finis mes derniers rapports. Dans un jour, j'en apprendrai plus sur *IL*, car la question se pose : quel rôle veut-il nous faire jouer ? Quand j'y pense, cela me fait un peu flipper. Pourtant, il n'y a aucune raison. *IL* ne sait pas que c'est moi qui suis sur cette affaire. Comment aurait-il pu le savoir ?

Il est temps que je parte, car je dois passer faire les courses. Surtout ne rien oublier, sinon la Caro ne sera pas contente. Entre elle et moi, c'est le *deal*. Je fais les commissions et elle, la cuisine.

Et je dois respecter scrupuleusement la liste.

Je sors tout de même à *Jeanne D'arc* afin de lui offrir un joli petit bouquet de violettes. Mon fleuriste préféré occupe le petit kiosque de Toulouse en face d'une devanture – restée intacte depuis 1960 – *Bergère de France*, sur le boulevard de Strasbourg. Je passe ensuite chez le boucher – au *Cochon régaleur*. Puis chez le fromager, *Xavier*, et termine par les légumes. Tout cela aux halles de *Victor Hugo* : le ventre de Toulouse. Il y a beaucoup de monde. La municipalité a installé les illuminations, et c'est très beau.

Comme une enfant, la bouche ouverte, les yeux ébahis, je m'enthousiasme devant tout ce scintillement. Je flâne un peu sur la place *Wilson*. Le grand sapin est habillé de lumière et la nuit m'apparaît parfaite.

C'est la magie de Noël. Que ma ville est belle !

À quelques rues de là, l'immeuble de Carolina.

C'est un appartement haussmannien dans la rue de Metz. Un trois-pièces rénové. Carolina ouvre dès que je sonne à l'interphone et me laisse la rejoindre.

La porte est entrouverte. Elle doit avoir un truc sur le feu. Elle n'a jamais peur et laisse toujours sa porte déverrouillée. Combien de fois ai-je pu ainsi, entrer chez elle et l'attendre ?! Un comble pour moi qui travaille dans les assurances.

L'entrée donne directement sur le salon. Une pièce d'une trentaine de mètres carrés. Deux canapés colorés s'y font face. À gauche, la cuisine laboratoire – comme chez les vrais chefs –, Carolina aurait pu être diplômée de cuisine. À travers la verrière, je la vois s'activer près du four. Au fond, une chambre pas très grande, mais très douillette, avec ses deux tapis au sol et des tentures couleur prune. Les pièces de vie sont éclairées par de grandes fenêtres, encadrées par de beaux rideaux de taffetas vert sombre. Les hauts plafonds donnent un côté cérémonial, et la belle corniche ouvragée file en une farandole tout autour des pièces. Au sol, le parquet craque sous mes pas. L'odeur de cire flotte. Je me revois toute gamine, cirant les parquets de ma grand-mère avec maman. La meilleure des patinoires !

Je m'affale sur le canapé, les bras chargés de paquets. Pas le temps de me reposer que je suis rappelée à l'ordre par la cheffe :

– Eh fainéante, il faut venir m'aider !

– Dis ! Qui vient de monter trois étages sans prendre l'ascenseur ? Il est toujours en panne celui-là, et je n'ai pas qu'un seul paquet dans mes menottes !

Mais comme toujours, elle a raison. Les provisions

seront mieux au frais. Je me lève avec effort. Comme si j'avais pris vingt kilos. C'est le canapé, il est trop mou. En vérité, c'est un monstre. Quand il tient une invitée, il ne veut plus la lâcher et l'engloutit dans ses entrailles. Je me suis enfin libérée. J'arrive devant le bar de la cuisine et dépose le bouquet de violettes.

– Oh merci, qu'elles sentent bon !

Et elle entonne la chanson de Luis Mariano et, d'un sourire, elle me désigne les pommes de terre.

C'est bon, j'ai compris ! Je suis aussi le commis dans cette histoire. Heureusement qu'elle a un lave-vaisselle, sinon j'aurais dû faire la plonge !!!

J'adore voir Carolina préparer un repas. Elle est très organisée, suivant à la lettre les recettes de sa mère. Écrites en espagnol, elles me font voyager, car Carolina énonce à voix haute la liste des ingrédients.

Quand elle officie ainsi, elle se transporte dans son pays, près des siens. C'est une cuisine faite d'amour et de nostalgie, et ses plats en témoignent. Ils sont divins. J'attends donc ses directives. Un coup j'épluche les oignons, un autre les carottes. Ce soir, Carolina concocte une salade chaude argentine. Voici la recette.

Dans un récipient, versez l'huile d'olive achetée dans l'Aude chez monsieur Coulon. Des oignons finement hachés, que l'on fait suer avec de l'ail écrasé, du curry, un peu de moutarde. Non c'est trop ! Remuez. Ajoutez sel et poivre. Coupez en quatre les œufs durs et mélangez avec mes fameuses patates de Normandie, déshabillées de leurs robes des champs. Accompagnez le tout d'un peu de persil.

Durant le repas, j'ai tout raconté à Carolina de

mon entrevue avec Max. Pour elle, il faut que je vive cette histoire au jour le jour. Cependant, elle aimerait bien le rencontrer pour se faire une idée du Don Juan.

– On pourrait faire une soirée bowling avec ton Max et des potes à lui, qu'est-ce que tu en dis ?

– Je le lui demanderai jeudi. Quant à inviter ses copains, je suppose que c'est à ton intention ?

– Non, enfin, oui ! On pourrait inviter Florie et Matt à se joindre à nous ?

– Bonne idée.

L'hiver, nous faisons souvent des parties aux *Minimes*. C'est une petite salle de bowling – une des plus vieilles de Toulouse. L'ambiance y est amicale, nous y avons nos petites habitudes.

Après avoir débarrassé la table, nous continuons nos caquetages. Chacune allongée sur un divan, nous refaisons le monde en revenant sans cesse à nos histoires de cœur.

Carolina me ramène à la réalité.

– Dis Querida, il est plus de minuit. Si demain tu as ton rencard, tu ne seras pas bien fraîche. Allez, au lit !

1985

Méryl sait ce qu'il lui reste à faire. Elle doit acculer Enzo à avouer. Elle missionne Sophie d'aller lui rendre visite, dans son entreprise, pour en savoir un peu plus sur cette femme.

Elles élaborent un plan.

C'est un mercredi que Sophie se rend dans les locaux de « Tout Frais ». Elle y va régulièrement pour s'approvisionner en fruits et en légumes non vendables, Enzo ne s'en étonnera donc pas.

Le jour J, Sophie fait le marché pour elle et pour Méryl. C'est en revenant dans les bureaux, où se trouve Enzo, que Sophie croise cette femme brune, aperçue lors de la pendaison de la crémaillère.

De près, Sophie la trouve quelconque, peu souriante, le teint terne et sans aucune prestance. Une vieille fille, sans sex-appeal. Que lui trouve donc Enzo ? Le soir même, Sophie indique à Méryl que Marion Bruel travaille au sein de « Tout Frais » – dans la pièce attenante au bureau d'Enzo. Elle gère les commandes. Elle est en relation permanente avec lui.

C'est décidé, Méryl va faire du chantage à Enzo en lui faisant croire qu'elle a engagé un détective et qu'elle sait tout.

14

Jeudi 9 décembre 2010

Ce soir, j'ai deux rendez-vous. L'un professionnel, avec Sacha, pour le relevé des empreintes. L'autre personnel, puisque je dîne avec Max.

Après un copieux petit-déjeuner chez Carolina, j'aborde la journée du bon pied. Comme elle dit toujours : comment veux-tu bien travailler avec ton cerveau, si ton ventre, lui, crie famine ?

Je ressens encore le réconfort du café, mais, au fur et à mesure que je descends les escaliers, l'humidité s'insinue. Quand je franchis la porte cochère, je suis transie. Dehors, il pleut. C'est d'un pas décidé que je file vers la bouche de métro. Il a fallu jouer du cou pour éviter les coups de parapluie. Vous n'avez pas remarqué comme c'est dangereux la vie de piétons les jours de pluie ? Une armée d'araignées de couleurs sombres, camaïeu de noir, gris, bleu, essayent de vous crever les yeux avec leurs piques acérées. Et comme dans les Game-boys, on doit éviter une attaque par ici, une autre par là. Zut, je me suis fait piéger : une petite vielle m'a laminé le dos. C'est de celles-là dont il faut se méfier le plus. Elles paraissent inoffensives et puis, par-derrière, vous assassinent. Tant pis pour moi, je n'avais qu'à prendre mon arsenal.

Ouf ! Je suis en sécurité maintenant, à l'abri dans la rame. Les araignées ont refermé leurs tentacules et ont piètre figure, toutes dégoulinantes de bave. L'attaque est passée, mais pas l'averse.

Heureusement, en sortant de la station Compans Caffarelli, je n'ai que quelques mètres à faire pour me retrouver, au sec, dans ma forteresse.

Rien de particulier ne m'attend pour cette journée de travail. Taper les courriers, aller déjeuner, revenir travailler. À ce stade, je ne suis pas loin du Métro… Boulot… Dodo des années 80. Finalement, cette étrange affaire est la bienvenue.

C'est enfin l'heure de rejoindre Sacha au commissariat. Que va-t-il m'apprendre ?

Arrivée devant le guichet, je demande à Mado s'il est disponible.

Un coup de fil plus tard, le voilà, tout sourire, venir à ma rencontre.

– Tu as un truc intéressant pour moi ?

– D'abord, on dit bonjour quand on est poli, mademoiselle. C'est quoi cette jeunesse ? Allez ! Une bise à son copain.

Je m'exécute, toute confuse. Il a raison, c'est irrespectueux cette attitude, mais j'ai tellement hâte de connaître les résultats.

– Suis-moi, la pétulante ! Mais avant, as-tu pris ton dictionnaire ?

– Arrête ton char, tu veux ! Ce ne sont pas quelques acronymes et abréviations qui vont me faire perdre mon Français. C'est promis, je ferai des efforts pour le puriste que tu es.

Nous nous asseyons dans son QG. Il faudrait que je lui offre une de mes boutures de fougère. Elle, au moins, tiendrait le choc et mettrait un peu de couleur dans cette grisaille. Il sort du tiroir une chemise cartonnée qu'il ouvre. Qu'il est lent, je suis sûre qu'il le fait exprès. Il lit :

La lettre et l'enveloppe ont révélé trois empreintes différentes. Une empreinte totale du pouce gauche. Les deux autres sont celles du majeur et de l'index de la main droite, un peu moins exploitables. Elles appartiennent à… une femme. Les dix points de rupture n'ont permis aucune comparaison dans le fichier de la police nationale.

Un cil a été trouvé, collé dans le rabat de l'enveloppe. L'analyse ADN a confirmé l'identité féminine, de type européen, d'une quarantaine d'années, cheveux blond foncé.

Génial ! C'est tout simplement génial. Je sais qu'*IL* est finalement *ELLE*. Je sais aussi son âge. En 1985, elle avait une vingtaine d'années. Qui est cette femme par rapport à la morte ? Pourquoi remue-t-elle le passé si longtemps après ? Pourquoi n'est-elle pas venue nous trouver et nous expliquer ce qu'elle voulait ?

Sacha me tend la feuille sur laquelle je vois les empreintes et la photographie du cil, (il m'avait échappé celui-là), ainsi que les éléments chiffrés.

– Dis ! C'est un Traité d'Anatomie que j'aurais dû apporter pour déchiffrer cette analyse ! En attendant, on dit quoi à son frérot adoré ?

Et en disant cela, il me présente sa joue. Je me lève, fais le tour du bureau et y dépose un *gros poutou* bien sonore.

– Veux-tu arrêter de faire la limace ? Je sais bien qu'il pleut, mais c'est dégueulasse, me dit-il dans un sourire – tout en essuyant du revers de sa chemise les traces de mon affection – ça t'avance, ces infos ?

– Oh oui ! Je sais maintenant que le corbeau est une femme. Elle semble connaître la victime puisqu'elle nous relance sur cet accident un quart de siècle plus tard.

– À quoi tu penses ?

– À un élément qui pourrait remettre en cause les versements des capitaux !

– Tu as déjà vu ce cas ?

– Non ! Mais cela doit être suffisamment important pour qu'elle remue le passé. Ce qui me perturbe, c'est que je suis à sa merci, dans l'attente des indices, et c'est frustrant !

– Tu as quand même avancé, c'est bien !

– Je peux garder la copie ?

– Oui ! C'était pour toi. Tiens !

– Tu n'as toujours rien reçu sur l'accident ?

– Non, rien de la gendarmerie. Pour nous, c'est une autre paire de manches, car nos archives ont déménagé. Je devrais avoir cela courant semaine prochaine. Quand nous sommes venus nous installer en 2000 au bord du canal, il y a eu un peu de pagaille et nous avons eu du mal à nous y retrouver. Maintenant, nous les avons localisées, il ne manque plus qu'à y mettre la main dessus.

– Tu vas trouver, tu trouves toujours !

– Si c'était une affaire récente, j'entrerais la date et les rapports s'afficheraient à l'écran. Eh oui ma fille ! Nous avons évolué, dans la police. Nous possédons des scanners et nous savons les faire fonctionner.

Nous partons d'un grand éclat de rire, pensant aux jérémiades de Sacha sur le peu de moyens conférés à la Police. C'est vrai que ce boulot est une sinécure.

– Allez fillette ! Pas le temps de traîner. Tu ne

m'as pas dit avoir rendez-vous avec un homme qui te faisait vibrer ?

– Tu as raison, je file, sinon tu vas me faire passer le test de vérité !

Son bip se met à sonner.

– Tu es chanceuse toi ! Comme on dit : sauvée par le gong !

J'arrive à la maison. Peuf, comme à son habitude, vient se frotter à mes jambes avec son miaulement qui veut dire : (alors maîtresse, c'est maintenant que tu rentres pour t'occuper de moi ? Il était temps ! Comme je suis bon seigneur, je te pardonne. Mais elle est où, ma boîte de thon ?).

Ce cher Peuf va en avoir pour ses frais. Ce soir, je sors. Je n'ai aucun remords ; qui dit maître amoureux, dit chat… heureux ! Chat… alors, tout va pour le mieux dans le meilleur des mondes !

Il y a longtemps que je n'avais pas eu la pêche comme cela. Je contemple mon visage dans le miroir. Mes yeux pétillent et mon sourire s'étire sans fin. Même mon nez, qui est légèrement tordu, eh bien ce soir, je le trouve mignon.

Me voilà donc toute pimpante : pantalon marron, chemise crème, veste velours brune, bottes cigare et manteau Camel.

Une petite casquette complète ma tenue. J'ai de la chance, j'ai une tête à chapeau.

Me voilà prête à partir. J'ai un peu d'avance, mais ce n'est pas grave, Max sera peut-être déjà là.

Je sors du métro, côté *Wilson,* il est exactement dix-neuf heures cinquante minutes. Nous avions rendez-vous à vingt heures. Je dois patienter, car je ne le vois pas. Je me poste près des kiosques, face à la Fnac, et je fixe la sortie des escalators. À chaque tête qui surgit, mon cœur fait le saut de la dernière chance. Mais non, ce n'est pas lui !

Les gens se rencontrent. D'autres sont pressés, peu flânent. Il fait frais ce soir, et beaucoup pressent le pas. Quelques hommes ralentissent à ma hauteur. Je détourne prestement la tête, car j'ai horreur de me faire aborder de la sorte.

Vingt heures. Il n'est pas là. Mais pourquoi suis-je arrivée si tôt ? Je bats le pavé et tape du pied. Je me refroidis.

Comme fait exprès, quand vous attendez quelqu'un ou quelque chose, le temps semble suspendre son vol. L'aiguille ne bouge plus. Elle reste fixe… fixe, moi j'attends… toujours.

Vingt heures cinq. Il n'est toujours pas là. Je jette un regard sur mon portable. Aucun message. Je me raisonne… Il va arriver. Les battements de mon cœur deviennent irréguliers. Je me sens bizarre. Comme si j'étais oppressée. J'ai mal au ventre. Et mon cerveau qui s'y met… et s'il ne venait pas ? S'il m'avait posé un lapin ?

Vingt heures huit. Il est là ! Je ressens cette chaleur, au creux de mon plexus, qui se diffuse partout. Mes joues rosissent. Il est près de moi.

Il se penche, me fait la bise, puis me prend par le bras et me dit tout sourire :

– Un vrai poulbot ! Il y a longtemps que t'es là ?

J'hésite à dire la vérité pour ne pas trahir mon impatience, mais bon, je ne suis pas une menteuse. Je préfère que notre relation soit basée sur la franchise. Tant pis pour ce qu'il va en déduire. J'assume.

– Un bon quart d'heure.

– Tu dois être frigorifiée ?

– Un peu ! J'ai oublié mes gants. En marchant, je vais me réchauffer.

– Donne !

Il me prend les mains. Les siennes sont toutes chaudes. Je les lui laisse avec plaisir. Il a l'air heureux. Moi, je suis aux anges.

Je me laisse diriger, marchant rapidement vers *Victor Hugo*.

– Tu connais ? me demande-t-il en pénétrant dans un restaurant du premier étage.

– Non ! Je n'ai jamais mangé ici. J'en ai entendu parler.

– Tu vas voir, nous allons nous régaler !

Si les mets me contentent autant que je suis comblée de le regarder, alors la soirée s'annonce très réussie.

Max connaît les lieux. Un homme de petite taille, corpulent, l'accueille d'un large sourire.

– Alors mon grand, en forme ? Et, d'une tape dans le dos, il accompagne ses dires. Je vois que tu es très bien accompagné, comme d'habitude. Je vais vous installer dans un endroit calme. Vous pourrez discuter à votre aise !

Une fois placés, Émile, le patron s'en retourne à ses fourneaux.

Je n'ai pas trop apprécié le « *comme d'habitude* ». Sonia aurait-elle raison ? Stop Jaz ! Ne gâche pas cette soirée avec des idées noires. Laisse-lui une chance ! D'ailleurs, Max est un peu énervé, il se justifie :

– Tu sais Jazie, Émile sert toujours la même chose

dès que je rentre dans son restaurant au bras d'une belle fille. Mon cousin a toujours été taquin avec moi et il ne pense pas à mal. Certaines fois, je l'ai cher payé avec une ou deux relations. Je ne lui en veux pas. Et je ne vais pas te mentir. J'ai eu des aventures, je ne suis pas un saint, mais je ne suis pas à la recherche d'une liaison sans lendemain. Je veux trouver l'âme sœur !

– C'est marrant, vous les hommes, vous avez toujours le même discours…

Il me coupe.

– Non ! Ma réputation est surfaite, crois-moi. Je n'estampille pas mes conquêtes pour flatter mon égo !

Il a l'air sincère. Je décide de le croire. Après tout, c'est avec moi qu'il est ce soir, et notre relation évolue plutôt bien. Elle est même assez romantique.

Son petit air navré m'attendrit. Aussi, pour le rassurer, je lui dis :

– Eh ! Pas de problème. Ne te justifie pas. Moi j'ai juste entendu que tu étais bien accompagné.

– Un point pour toi, ma belle !

– Tu sais, je me ferai bien ma petite idée toute seule !

Il a quand même fait allusion à ses conquêtes, alors j'éprouve ce sentiment que j'exècre – madame Jalousie serait-elle de retour ? *Merde* ! Je suis vraiment accro.

1985

Méryl s'est expliquée avec Enzo. Elle veut reconquérir son amour. Elle sait que rien n'est fini entre eux. Il faut juste qu'elle trouve une idée pour l'éloigner de cette Marion.

Alors, Sophie lui propose de partir avec toute la clique, comme il y a deux ans, à l'Océan. Méryl sait que Sophie a vu juste. Il faut qu'Enzo retrouve l'ambiance qu'il aime – festive. Il adore être entouré d'amis, en compagnie de son fils et de sa femme.

Enzo, une fois informé, est tout à fait d'accord, Méryl aurait-elle gagné ?

En tout cas, elle est plus rayonnante, et c'est avec entrain qu'ils préparent ces vacances. Enzo rentre tôt le soir, sensible aux efforts de Méryl pour le séduire. Sophie est contente, tout semble redevenu comme avant. Même Hugo a senti le changement.

Quant à Enzo, il tient son rôle de père – qu'en est-il de celui de mari ? Seule Méryl connaît la réponse.

Comme Sophie ne sait rien de leurs explications, elle n'est pas rassérénée et se pose des questions :

Méryl tient-elle son destin entre ses mains ?

Enzo a-t-il mis fin à sa liaison ?

Les trois semaines de congés sur la côte landaise permettront-elles de retrouver le bonheur perdu ?

Il se met à rire et me répond :

– Toi alors, tu n'es vraiment pas comme les autres filles. Tu verras, je te montrerai que je ne suis pas ce type de mec ! Pourrions-nous être amis ?

Je ne réponds pas tout de suite, car, bien sûr,

j'attends autre chose. Mais tout arrive à qui sait attendre, n'est-ce pas ?

Et puis, vous le voyez me dire : « Pourrions-nous être amants ? » N'importe quoi !

Comme il me regarde avec insistance, guettant ma réponse, je dis :

– Ouais, on fait comme ça ! Tu ne seras peut-être pas le macho que beaucoup décrivent !

Pour me rendre la pareille, il me dit taquin :

– Et moi, de savoir qui se cache derrière cette jolie fille toujours célibataire ? Qui me dit que tu n'es pas, une croqueuse d'hommes ?

Son regard me perturbe vraiment, et voilà que mes yeux me piquent. Ils s'embuent, car il va sur un terrain qui me met vraiment mal à l'aise.

Oui ! J'ai peur de rester célibataire. Ce n'est pas un secret. Il m'est arrivé de vouloir un mec uniquement pour le sexe. Parce qu'il était beau, gentil, et que j'avais besoin de me sentir vivante.

Max ne se rend pas compte que ce sujet est douloureux pour moi. Il me scrute d'une étrange façon.

– Tu as des yeux magnifiques, Jaz…

Il n'a pas le temps de finir que le serveur vient prendre la commande. Ce type est entré intempestivement dans notre intimité, l'instant est passé.

Qu'allait me dire Max ?

Il se ressaisit, me fait un sourire et me demande :

– Tu me permets de choisir pour nous deux ? Tu peux me faire confiance, tu vas adorer !

Se tournant vers le serveur, il lui chuchote je ne sais quoi à l'oreille. Celui-ci s'en va, sans que je sache ce que je vais manger.

Max me regarde. Il est heureux. C'est visible.

Un peu mal à l'aise sous son regard de braise, je cherche comment engager la conversation.

Il détend l'atmosphère le premier et me propose :

– En attendant d'être servi, ça te dit de jouer au portrait chinois ? J'aime bien ce jeu ! Qu'en dis-tu ?

– Pourquoi pas, c'est ludique, mais peut-être un peu dangereux… Avons-nous droit à un joker ?

– D'accord, mais je commence à poser les questions !

– OK, après tout, c'est toi qui invites !

La première interrogation ne me pose aucun problème.

– Si tu étais un animal ?

– Je serais Peuf, un sacré de Birmanie, mon chat de deux ans, indépendant et possessif à la foi.

Vous connaissez la règle du portrait chinois. Chacun, à son tour, répond à la question posée. C'est à Max :

– Je serais Pollux, mon Patou des Pyrénées, d'une force extraordinaire et d'une tendresse inhabituelle.

– Si tu étais une maison ?

– Je serais un chalet en pleine montagne, à l'abri des regards, spartiate, mais douillet. Je t'y emmènerai si tu es sage !

Ne pas relever, sinon je vais devenir toute rouge. Je poursuis à mon tour :

– Je serais une chartreuse en arrière-cour, discrète, mais pleine de charme.

Nous répliquons du tac au tac. C'est une façon détournée de parler de soi.

Il poursuit son questionnement.

– Si tu étais une saison ?

– Je serais le printemps, le réveil des sens, la vie, la joie, les amours naissants. Le vert de l'espérance.

– Vert comme tes yeux couleur prairie. Ils sont magnifiques !

Et à nouveau, je perçois le trouble de Max. Il va falloir que j'use de mon regard. Il se passe quelque chose à chaque fois.

Mais je fais comme si de rien n'était et je continue :

– Et toi, Max, si tu étais une saison, tu serais ?

Il se ressaisit et reprend :

– L'automne ! C'est un moment de plénitude. La terre a gardé en elle toute la chaleur de l'été et elle libère les senteurs emprisonnées. Et puis cette palette de couleurs, du jaune au rouge, en passant par l'or. La nature est en feu, ce sont les dernières chaleurs avant l'hiver.

– Comme tes yeux, quand tu es en colère, des yeux de braise que j'ai du mal à regarder de peur de me brûler !

Mais que m'arrive-t-il, j'en ai trop dit.

– De te brûler ?

Il se penche par-dessus la table et essaye de sonder mon regard.

– Tu peux développer un peu plus ?

– Non ! Joker, et n'essaye pas de me cuisiner !

Il sourit, mais n'a pas le temps de dire un mot, car nos plats arrivent. L'odeur ne trompe pas, un cassoulet toulousain digne de ce nom. Je l'ai échappé de peu, et je pique un fard en regardant mon assiette.

Le fumet réveille nos estomacs. De concert, nous prenons nos fourchettes.

– Tu es une chanceuse toi, mais je connaîtrai la fin de cet incendie !

Le ton n'est pas railleur et, me voyant commencer à déguster, il me demande :

– Alors, c'est comment ?

Il a suspendu son geste et me regarde faire. Je croque dans les haricots lingots, savoure ma bouchée et je lui réponds :

– Délicieux ! Cela me replonge dans mon enfance. Comme le cassoulet de ma *mémé*. Je n'aurais pas mieux choisi. J'adore !

Il est tout fier. Ma réponse lui va droit au cœur.

Nous nous délectons de ce plat de Roi en discutant de la neige qui est attendue ce week-end.

– Tu aimes bien skier ? Si je t'invitais ce week-end à Bonascre ? Nous nous y retrouvons entre copains. Ça te dit ?

Je réfléchis rapidement. Je n'ai rien de prévu, pourquoi pas ? De plus, nous ne serons pas seuls et cela me rassure. Au fond, malgré mon attirance pour lui, je ne sais pas qui il est…

– Suis-je la seule fille invitée ?

– Non, il y a aussi des copines dans le groupe. Alors, tu es partante ?

Il attend ma réponse. Voyant qu'elle ne vient pas, il me propose :

– Tu peux venir avec une copine. Et puis, il y a Cory. C'est l'occasion de faire sa connaissance.

La *fameuse* Cory… Pourquoi ne pas demander à Carolina de se joindre à moi ? Nous parlions bien, hier, d'organiser une sortie.

– Dans ce cas, je demande à Carolina ! Et ce faisant, je tape le SMS.

Je ressens une tension chez Max. Comme si c'était

vital que je parte avec lui. Que je voie sa cousine, ses copains.

La réponse à mon SMS ne se fait pas attendre. Cela ne m'étonne pas de Carolina :

Querida, je vais enfin voir ton Prince charmant ! Passe après ton dîner pour tout me raconter, veinarde !

Max s'impatiente :

– Alors, ma belle, c'est oui ou non pour ma proposition ?

– C'est oui ! Nous venons à Bonascre !

– Génial ! Avec ta copine, nous serons une dizaine. Nous allons nous éclater, dit-il. Le soulagement dans sa voix est perceptible.

C'est vrai que sa proposition aurait pu passer complètement à côté. Avec bonne humeur, nous entamons notre dessert. Une mousse au chocolat. Un pur bonheur.

Émile vient nous retrouver pour s'enquérir de notre avis.

– Votre cassoulet, monsieur, était divin. Aussi bon que celui de mon aïeule. Et grâce à votre mousse, me voilà retombée en enfance. Quels merveilleux moments !

J'englobe dans mes remerciements les instants partagés avec Max, et j'ai prononcé ces derniers mots en le regardant. Émile est touché. Il me le fait comprendre quand je l'entends me dire :

– Pas de Monsieur ! Appelez-moi Émile ! Vous faites partie de la famille, maintenant que vous avez mangé mon cassoulet – le spécial Max !

Nous nous sommes levés de table au cours de

l'échange d'amabilités. Émile poursuit en nous accompagnant prendre nos manteaux.

– Revenez quand vous voulez. Vous êtes un rayon de soleil !

Il se tourne vers Max et devant moi le sermonne.

– Et toi *grandas*, fais que ce rayon de soleil illumine ta vie le plus longtemps possible.

Il se retourne vers moi :

– Tu sais petite, je peux te tutoyer ?

Il n'attend pas mon autorisation et continue.

– Il faut que tu prennes bien soin de mon Maxou.

– Je vous le promets, Émile !

Flattée et heureuse, je dépose une bise sur sa joue. Gêné, il nous rabroue.

– Filez avant que je ne vous fasse payer la note !

Et sans autre manière, il nous met dehors. Max est perplexe – ma promesse ou la note qu'il ne règle pas ?

– Ne fais pas trop attention à tout ça, me dit-il d'une voix éraillée. Puis redevenu maître de lui :

– Je te raccompagne !

Ce n'est pas une question, c'est bien une affirmation.

– Oui, je veux bien. Par contre, je vais chez Carolina, rue de Metz.

– Nous y allons à pied ?

– Je préfère, cela nous fera digérer ce copieux repas.

Les boulevards sont illuminés de bleu et d'argent. L'air est très frais. Cela fait du bien après la chaleur du restaurant. Max ne tente aucun rapprochement. Nous cheminons côte à côte et notre conversation est des plus informelles. Je ne sais pas à quoi il pense.

Il est devenu un peu distant, plutôt mal à l'aise. Et si son cousin avait dit juste ? Que j'étais le rayon de soleil entré dans sa vie, lui révélant ainsi les sentiments ? Je peux rêver, non ?

En fin de parcours, Max oriente la discussion sur notre week-end et me propose de partir le lendemain à dix-sept heures.

– Tu veux que je vienne chez toi vous prendre ?

– Oui, avec nos chaussures, nos skis et nos casques, je nous vois mal prendre le métro !

À cette idée, je souris, pensant à monsieur Dus des « Bronzés », film passé la semaine dernière. Max a dû le regarder puisque lui aussi me parle de Michel Blanc. Il me rassure. Avec son *4X4*, il peut tout prendre : les skis, les chaussures et les grosses valises des filles que nous sommes.

Encore un qui fait fausse route à mon sujet. Je suis très pratique et j'ai horreur de m'encombrer du superflu. Un petit sac fera l'affaire, par contre, pour Carolina, deux valises ne suffiront pas. Là, il y en a qui se reconnaissent ?

Nous coupons par la rue du rempart Saint-Étienne – remparts qui entouraient Toulouse ou Perpignan, comme l'est encore aujourd'hui Carcassonne.

Arrivés devant l'immeuble de Carolina, je n'ai pas envie de le quitter. Tous deux, nous retardons cet instant.

Je demande à Max ce que nous devons amener pour participer aux repas ? Si nous avons besoin de draps ? Les questions pratiques que posent les femmes, sans oublier de connaître l'heure du retour.

– Tu n'es pas encore partie que déjà tu veux

revenir ? Tu regrettes d'avoir accepté ? me dit-il se rapprochant.

Reculant d'un pas, me voilà acculée contre le mur du porche. Décidément, je prends un abonnement aux reculades, avec lui.

Il me trouble d'autant qu'il remonte le col de mon manteau, ses mains si proches de ma peau. Ne sachant que répondre, je bafouille :

– Mais… mais, non ! Tu sais très bien, je veux dire… tu as raison… c'est idiot… qui vivra verra.

(Mais ma fille, c'est incompréhensible ce que tu dis !) Son visage est de plus en plus proche. Je me sens comme une collégienne avant son premier baiser. Je tente une diversion. Pourquoi ? La fébrilité, ou la peur d'être déçue ? Oh ! Et puis je n'en sais rien ! Qu'est-ce que je peux être *conne* dans ces moments. Au lieu de la boucler, je poursuis :

– C'est OK pour demain. Tu vois où c'est l'avenue Jean Rieux ? Nous serons devant mon portail à t'attendre. Et puis, s'il y a quoi que ce soit, j'ai ton num…

Max ne m'écoute pas. Son visage touche le mien… Plus près encore… Je ne respire plus. Je ferme les yeux et à l'instant où il va poser ses lèvres sur les miennes…

– Vous dormez dehors ou quoi ? À parler comme cela devant le coche, vous allez vous faire enguirlander !

Bien ! Carolina a décidé. Le premier baiser n'est pas pour ce soir. Je suis sûre qu'elle nous surveillait.

Max recule d'un pas, me sourit, puis porte mon poignet à ses lèvres. Il plante son regard dans mes yeux et murmure tendrement :

– J'ai passé une soirée inoubliable.

Et tout en s'éloignant à reculons, nous dit :

– À demain les filles !

Et mon Prince charmant s'en va. Un dernier signe de la main et il disparaît – sans son cheval blanc.

Je suis tout émoustillée par cette soirée. Mais elle a un goût d'inachevé. J'avais tellement envie de ses lèvres posées sur les miennes.

– Bon, tu bouges ? Tu le reverras demain. Allez, tu vas prendre froid Querida, et ce n'est pas le moment !

La chaleur de notre soirée est partie avec Max. Sans cette présence masculine, je deviens vulnérable. Alors, je pousse la lourde porte et rejoins Carolina. Malheureusement pour moi, nous ne sommes pas couchées, car elle a vu mon playboy. Il va falloir que j'écoute son avis.

Je vais tout de même lui dire ce que j'en pense de son interruption.

Je passe ma langue sur mes lèvres, mon ventre se serre de plaisir : ce sera pour la prochaine fois.

Il me tarde !

15

Dimanche 12 décembre 2010

Max vient de nous déposer toutes les deux à la maison. Carolina va dormir chez moi. Nous sommes vannées !

Ces deux jours furent extraordinaires, mais pas dans le sens que vous croyez.

Non ! Entre Max et moi, toujours pas de baisers.

Il faut dire que nous avons tous skié comme des malades, du matin jusqu'à la fermeture des pistes. Il y a bien eu un rapprochement quand nous avons passé le début de soirée au *Lou Cantou* – la seule boîte de nuit de Bonascre en Ariège. J'ai eu droit à quelques slows. Max bouge bien. Il me tenait collée, mais il n'a rien tenté si ce n'est d'avoir des gestes tendres à mon égard. Il est très réservé en société. Nous étions comme deux adolescents, transis d'amour l'un pour l'autre, un point c'est tout. Ne soyez pas déçus, ce fut d'un romantisme !

Dans sa voiture – un bijou cette caisse –, j'étais installée dernière Max. Durant tout le trajet, nous avons échangé des regards via le rétroviseur intérieur. Nos yeux se parlaient, et c'était d'une douceur exquise. Durant les deux jours, nous étions toujours côte à côte. Il fallait que nos corps soient le plus possible en contact. C'était notre forme de communication amoureuse. Pour la corvée de vaisselle, je me suis proposée, Max s'est écrié :

– Je viens te donner un coup de main !

Et nous voilà tous les deux dans la cuisine de

ce super appartement, en duplex, dernier étage, au pied des pistes, dominant tout le domaine. Dans la cuisine, Max se tenait très près de moi. Je saisissais une assiette, je l'essuyais et la tendais à Max pour qu'il la range. À chaque fois, il fallait que nos mains se touchent. Si nous prenions l'apéro, moi sur le canapé, lui sur l'accoudoir, son genou touchait mon bras. À table, nos pieds, nos jambes se rapprochaient, ou bien nos avant-bras se frôlaient sur la table. Tout cela était aussi intense qu'un baiser. Nous nous faisions la cour. Vous allez sans doute me dire que, pour des trentenaires, c'était bien puéril. Mais je ne suis pas d'accord avec vous !

Quand une personne vous offre un cadeau, quel est le moment le plus intense ? L'instant avant de l'ouvrir ou l'instant quand vous l'ouvrez et découvrez le cadeau ?

Pour moi, le meilleur moment est toujours celui qui précède la possession. Les émotions sont indéfinissables.

Est-ce pour cela que mes relations ne durent pas ?

Sa cousine est agréable. Ses copains et ses copines aussi, et ce n'est pas Carolina qui va me contredire.

Il n'y eut aucun excès, nous étions tous ravis de nous rencontrer. Nous avons programmé de nous retrouver le vendredi du réveillon du Premier de l'an.

Reverrai-je Max avant ?

C'est devant mon portail qu'il nous a déposées.

Il nous a fait la bise à chacune. J'ai eu droit à son bras autour de la taille. Sitôt entrées, Carolina passe à l'attaque pendant que j'allume le poêle.

– Je ne peux pas dire que tu m'aies embêtée ce week-end. Vous n'aviez d'yeux que l'un pour l'autre.

– Tu voulais connaître Max, c'est chose faite. Cerise sur le gâteau, tu as fait la connaissance de deux charmants messieurs. J'ai bien vu que Paul ne te laissait pas indifférente. Donc match nul, balle au centre. Je te propose d'aller dormir, moi je suis crevée ! Nous en discuterons un autre jour. Tu seras sûrement plus indulgente avec moi !

1985

La première semaine des vacances se passa dans la bonne humeur. Les quatre familles occupaient cinq emplacements et faisaient régner au sein du camping une sacrée ambiance. Voir Méryl resplendissante de bonheur – qui lui avait fait tant défaut ces derniers mois, la transportait de joie – d'autant, qu'elle aussi, s'était fait des copains.

Le péril pour Méryl était-il passé ? Enzo avait-il retrouvé la raison et compris que son avenir était avec sa femme et son fils ?

Ils avaient tous deux des moments de complicité, se prenant par la main, se bécotant une ou deux fois. Ce bonheur était fragile et ne dura que le temps de cette première semaine, car Enzo fut appelé le lundi suivant. Il devait écourter ses congés. Un salarié avait eu un accident dans sa société. Il rassura Méryl en lui promettant de revenir en fin de semaine. Durant toutes les soirées, Méryl occupait la cabine téléphonique du camping.

Mais la chance n'était pas de son côté. Enzo ne revint pas. Le sourire de Méryl disparut, la jalousie reprit le dessus. Et si ce soi-disant accident n'était qu'un prétexte facilitant le départ d'Enzo ?

La femme fatale n'avait-elle pas usé de ses charmes pour remettre le grappin sur cet homme ?

16

Mardi 14 décembre 2010

Je n'ai toujours pas eu de coup de fil ni de textos de Max. À quoi joue-t-il ? Que se passe-t-il ? Me suis-je fait des idées sur nos échanges de ce week-end ? Je n'ose pas lui faire un signe. Je cherche et je ne vois pas ce que j'ai pu faire de mal.

Mais pourquoi toujours croire que c'est de ma faute ? Est-il déçu ? Il voulait peut-être que je lui saute dessus ? Pourquoi ne m'a-t-il pas entrepris autrement ? Certes, je revendique mon féminisme, mais cela n'empêche pas qu'à un moment, il faut que l'homme… du moins, c'est mon point de vue !

Il me semble que je lui plais, sinon il n'aurait pas eu cette attitude envers moi tout au long du week-end. Je ne sais pas comment interpréter ce silence. Je suis perdue et je me sens mal. Et dire qu'il faut que j'aille travailler !

Peuf sent que quelque chose ne va pas. Je suis triste. Il saute sur mon lit, appuie son museau contre mon cou puis, avec sa patte, gratte mon épaule. Une manière de m'inviter à me lever ? D'un pas traînant, je file sous la douche, espérant que celle-ci me donnera un coup de fouet. Me voilà un peu mieux, mais ce n'est pas la grande forme. Mes pensées négatives me minent le moral. Prenant mon courage à deux mains, je chemine vers mon travail, à pied.

Mais le cœur n'y est pas. Il est tourné vers celui qui me manque. Pourquoi ne pas lui avoir fait signe la première ? Je décide d'arrêter d'y penser. Le sport a toujours été un exutoire pour moi.

J'inspire, j'expire…

Arrivée devant la porte de la Cie, je me sens d'attaque pour cette longue journée de travail. Me voilà récompensée : sur le bureau, un dossier m'attend.

Est-ce le dossier médical de madame Sauret ?

En toute hâte, je lance mon manteau sur le portant. Il s'accroche *aux branches*, tant bien que mal. Je n'ai pas le style de James Bond, mais j'ai réussi mon lancer. C'est l'essentiel.

Sur le dossier, le nom est inscrit en toutes lettres. Mon boss ne m'a pas menti en me disant que ce *Toubib* avait ses entrées. J'ouvre la chemise afin d'en retirer la substantifique moelle, comme dirait Victor. Il y a la lettre du Docteur Duval qui précise qu'aucun élément ne lui semble suspect. Alors que faire ?

Que sait cette femme qui m'envoie des indices ?

Je suis dans une impasse. Comment la retrouver ?

Cette affaire n'est ni un suicide ni un meurtre, et bel et bien un accident. Je décide de lire le dossier dans son intégralité. Mon bloc-notes est près de moi, ma tasse de café aussi. J'en ai pour un moment !

Je compare l'heure d'admission qui coïncide avec les éléments de l'article du journal. Les médecins ont noté minute après minute l'état de santé de madame Sauret. Celle-ci a perdu beaucoup de sang. L'opération est intervenue quinze minutes après son entrée à l'hôpital. Une phrase m'interpelle :

Aucune indication d'allergie/Opération programmée.

Je souligne en rouge cette phrase et je prends rendez-vous avec notre médecin-conseil actuel. Même si j'ai saisi l'essentiel, je voudrais avoir un avis professionnel sur ce que sont ces allergies.

Il peut me recevoir cet après- midi.

Il est temps de me rendre au 4ème étage.

Le long couloir me mène jusqu'au service de la prévoyance. C'est Fort Nox pour nous. Cette section est fermée par des sas de sécurité. C'est la loi. Je sonne, et la secrétaire vient m'ouvrir.

Voici les explications que le docteur me fournit après lecture de mon dossier.

En préambule, il m'indique que l'anesthésiste, en charge de la victime, n'a pas pu pratiquer les recherches d'analyses, ce qui est normal dans les cas d'urgence absolue. Son service a toutefois pu interroger un proche pour la deuxième opération, intervenue en fin de soirée.

– Je ne comprends pas ? lui dis-je.

– Cela veut dire qu'un proche a indiqué que cette patiente n'avait pas d'allergie connue. Il a coché *Non* sur le questionnaire. Vous voyez, là ! Il me désigne la phrase du doigt.

Je prends des notes, car je ne vais pas me souvenir de tout. D'autant plus qu'il enchaîne très vite :

– Je vous précise le protocole qui est suivi. Pour un patient, il y a trois phases :

Il réajuste ses lunettes et se racle la gorge, puis continue ses explications.

– Avant l'opération, la consultation chez l'anesthésiste est obligatoire depuis 1994. L'objectif est de laisser le temps à l'anesthésiste de faire appel à des spécialistes ou de demander des examens complémentaires. Pendant l'opération, l'anesthésiste endort le patient. Il veille à ce que les grandes fonctions vitales soient préservées. Après l'opération, il gère le réveil du patient.

– D'accord ! lui dis-je, mais cela c'est après 1994. Madame Sauret a été opérée en 1985 ! Quels étaient les risques à cette époque-là ?

– Le risque le plus redouté est l'allergie à l'un des produits. C'est cent fois moins fréquent que le risque cardiaque. Mais la phase de réveil était, il y a encore dix-quinze ans, un moment délicat. Aujourd'hui, elle est très encadrée. Les produits anesthésiants sont éliminés en vingt-quatre heures. S'il n'y a pas de réveil, c'est qu'il y a des complications.

– Qu'utilisez-vous comme substances ?

– Je me doutais que vous alliez me poser la question et, comme je ne suis pas anesthésiste, je vous fais le topo : Vous avez trois types de produits :

– Les opiacés diminuent la sensation douloureuse.

– Les hypnotiques induisent le sommeil et l'amnésie des événements.

– Les curares permettent le relâchement musculaire total nécessaire au déroulement d'une opération, notamment en chirurgie abdominale.

Il poursuit en me montrant le compte-rendu de l'anesthésiste.

– Ici, vous pouvez voir que cette patiente a reçu une dose importante de curare lors des opérations. Elle a subi une ablation de la rate, du pancréas, elle était sacrément amochée. C'est triste à dire, mais heureusement qu'elle est décédée. À l'époque, le curare a été pointé du doigt suite à de nombreux décès provoqués par des allergies.

– Elle aurait reçu trop de produits ?

– Les opérations qu'elle a subies demandaient beaucoup de temps, une forte dose était nécessaire.

Il ôte ses lunettes, se lève, m'indiquant que l'entrevue est terminée – c'est ce que l'on peut appeler un rendez-vous expéditif !

Je ressors de là avec un sentiment étrange. Aucune humanité dans les propos du médecin. L'individu n'est plus qu'un corps soumis aux expériences. Nulle trace de compassion. J'ai retenu que la médecine a fait de gros progrès et, en 1985, les risques étaient plus nombreux. De toute façon, madame Sauret n'est pas morte des suites de l'anesthésie puisqu'elle est restée plusieurs jours dans le coma.

Je retourne à mon bureau, le moral au plus bas, car je n'ai pas d'éléments pour orienter mes recherches et je n'ai pas de nouvelles de Max. C'est dans ces moments de doute que mon affect part en vrille, et là, je vois tout en noir.

Que fabrique Max ? Pourquoi ne me fait-il pas signe ?

Je n'ai pas le temps de m'attarder sur mes états d'âme que la petite fenêtre de mon ordinateur m'annonce un message. Voilà le signe du nouvel asservissement, le gourou informatique a parlé.

Non content d'avoir un patron sur le dos, genre, « voyez ce dossier Jazie, je l'aurais voulu hier », vous avez Outlook – littéralement regarde dehors – qui s'y met aussi. Tu parles, nous ne voyons que ces fenêtres agressives. Les notifications perturbent l'organisation de nos tâches. Il faut toujours les ouvrir à l'instant où le message apparaît. C'est donc à nous, êtres humains, à ne pas écouter le chant des sirènes !!

J'ai coupé le son d'annonce. C'est encore moi qui décide quand et comment… Sauf pour Max !

J'ouvre le message : il est de Sacha. Il doit avoir du neuf.

De : sacha.bond@dgpn007.fr
À : jaz.gau@lib.fr
J'ai le rapport de la gendarmerie et celui de la police. Comme dab, les données étant confidentielles, tu dois venir me voir pour que nous en discutions. Je suis de permanence ce soir. Tu peux passer si tu veux.
Bise, ma poulette.

Il n'est pas trop tard, j'ai le temps d'y aller, ensuite je passerai me faire remonter le moral par Caro.

Je réponds à Sacha par un texto laconique.

J'ariv !

Je ferme mon pot de colle (c'est comme cela que j'appelle mon ordinateur). Il a suffi de cliquer et, en moins de trente secondes, l'écran est devenu noir.

Je *chope* mon manteau que j'enfile tout en courant vers la sortie. Pas de temps pour le cérémonial du bonsoir. Après tout, je les retrouverai demain. Ils auront droit à une petite excuse afin de préserver les civilités d'usage.

Il y a des fois où c'est pénible, la vie en société !

En traversant la passerelle pour rejoindre le commissariat, je me surprends à sourire. Ils doivent se poser des questions : où va-t-elle ? Pourquoi est-elle si pressée ?

Cela ne les regarde pas. Je ne mélange pas ma vie privée et ma vie professionnelle.

Moins les gens en savent, mieux je me porte !

Malgré tout, il est impératif d'en dire un minimum, sinon l'on vous affuble de petits noms, plus ou moins sympathiques. Oh ! Jamais par-devant. Non, c'est plus insidieux. Par contre, par-derrière, on en prend pour son grade.

C'est cela, l'ambiance de bureau et les soi-disant relations franches entre collègues. À partir du moment qu'il y a du fric en jeu, c'est à la fin, chacun pour sa pomme.

Mon crédo, c'est de ne faire confiance à personne !

C'est peut-être cela, mon problème avec les hommes ?

J'arrive au commissariat, essoufflée. Comme d'habitude j'ai marché d'un pas allègre. Sacha n'est pas disponible, sa collègue m'informe qu'il prend une déposition. Zut ! Il va falloir que j'attende.

Je n'ai plus qu'à m'installer sur une chaise peu confortable et patienter.

J'en profite, comme à chaque fois, pour dévisager les gens qui m'entourent. Vous ne vous êtes jamais livré à ce genre d'observation sociologique ? C'est comme au théâtre. Chaque personne tient un rôle.

À ma droite, il y a celui qui vient faire une déclaration de vol. Sa voiture n'était plus là où il l'avait garée. Son univers s'écroule. Comment va-t-il faire pour aller au travail ? Le prêt qui n'est pas fini de payer. Quelle somme son assureur va-t-il lui rembourser ? Ce n'est pas avec ce qu'il gagne qu'il va pouvoir en racheter une. C'était une belle voiture presque neuve. D'après lui, car elle a déjà huit ans, pas vraiment toute neuve. Son voisin compatit.

Lui, il a un problème avec l'énergumène qui habite au-dessus de chez lui. Il veut porter plainte.

Tous les soirs, à minuit, c'est la musique à fond alors qu'il commence aux aurores son service à la Poste. Cela fait des mois qu'il ne dort plus, et ce petit *con*, ne veut rien entendre. Pire, il le fait exprès. Il n'en peut plus. Avant qu'excédé il ne fasse une connerie, il espère que les flics feront le nécessaire.

Un individu rentre en gueulant dans le commissariat. Il pue le vin et la saleté. Que vient faire ce SDF ici ? Son chien lui a été pris alors qu'il dormait. Il est sûr que ce sont *les poulets*… il veut voir le commissaire de suite.

Le policier de faction vient le chercher pour lui expliquer que son chien doit être à la SPA. Ils vont ensemble les contacter.

Cet échantillon montre la misère et les problèmes de société, d'incivilité, les difficultés économiques…

Au départ, ces faciès peuvent prêter à sourire, mais là, cette atmosphère me plombe encore plus le moral. Et Sacha qui n'a toujours pas fini. Si ! Il se lève, raccompagne la personne et se dirige vers moi.

– Salut poulette, viens par-là !

Nous traversons le long couloir triste et sombre. Nous entrons dans son fameux QG. La plante a rendu l'âme, elle est partie à Lourdes – pas celui de Bernadette, mais celui de la poubelle !

Sacha me tend le rapport.

– Tu sais, je ne vois rien d'extraordinaire dans cette affaire. C'était un accident, semble-t-il, tout à fait banal. Le chauffeur avait des antécédents de conduite en état d'ivresse. Alors qu'il était salarié dans une société de transports scolaires, son employeur l'avait licencié.

– Pourquoi n'a-t-il pas eu un retrait de permis ?

– Tu sais, y a vingt-cinq ans, c'était différent !

– Peut-être, mais cette femme serait encore en vie !

– Cela va être de la faute de la police, à t'entendre !

– Mais non ! C'est juste que je ne comprends pas que les gens qui boivent puissent prendre le volant.

Je me mets à lire le document pour ne pas plus l'irriter.

Le rapport précise :

Madame Sauret circulait dans le sens Fonsegrives-Toulouse, à une vitesse de 70 km/h quand son véhicule a été heurté de plein fouet par le camion.

Celui-ci roulait à une vitesse de 100 km/h, vitesse supérieure à la vitesse autorisée sur cette portion.

Des traces de freinage et d'évitement sont visibles, effectuées uniquement par le véhicule de madame Sauret.

Suivent, le plan de l'accident, les métrés correspondants et les photographies des véhicules.

Sur celui de madame Sauret, tout le côté conducteur est enfoncé jusqu'à toucher le siège du passager arrière. Ce qui veut dire que cette femme a reçu, le volant et le tableau de bord, en plein thorax et dans l'estomac.

C'est incroyable que l'enfant n'ait rien eu ! La ceinture de sécurité y est pour quelque chose. Par contre, aucun airbag sur ce type de véhicule dans les années 80.

Sacha tient d'autres clichés dans sa main.

– Je te montre la suite si ton estomac est bien accroché, car ce n'est pas *jojo*. Le gendarme qui a assisté à la désincarcération a fait des photos de la victime inconsciente.

– C'est si atroce que ça ?

– Cœur sensible s'abstenir, alors ?

– Il faut que je la voie !

Je regarde et enfin je découvre son visage. Il s'imprègne sur ma rétine. Je ne vois qu'elle. La pauvre ressemble à une poupée de chiffon. La tête un peu sur le côté, elle semble désarticulée. Du cruor imbibe son chemisier clair, exacerbant la vision morbide.

Seule sa tête semble intacte – aucune goutte de sang.

Qu'elle est belle ! C'est irréel, cette beauté luminescente au milieu de cette horreur.

Cette lumière, soulignant l'ovale de son visage, me laisse dans un état indéfinissable. Un ange. Voilà ce que j'ai devant les yeux à cet instant-là. Très troublée, je n'arrive pas à détacher mon regard de ces clichés.

La voix de Sacha parvient à mes oreilles.

– Ça va poulette ?

— Oui !

– Alors, tu vois, il n'y a rien de particulier dans cet accident. Ce n'est qu'un banal et tragique accident de la circulation ! Et de conclure :

– C'est dommage, c'était une très belle femme !

– Merci Sacha de m'avoir permis de lire ce rapport et surtout de la voir. Vous faisiez souvent des photos des victimes à l'époque ?

– Non ! Là, c'est particulier. Le collègue revenait

d'une reconstitution et il avait l'appareil sur lui. Il a été un des premiers à intervenir. Quand les pompiers sont arrivés, il est resté et a tout photographié.

1985

Le retour des congés fut difficile. Méryl était abattue.

Enzo était revenu le dernier jour pour faire bonne figure et reprendre la caravane. Le miracle n'avait pas eu lieu. Sophie pressentait qu'Enzo était retombé dans les griffes de cette brune aux cheveux longs. Cette femme aux antipodes de ce que représentait Méryl. Sophie, en repensant à elle, se rappelle l'été dernier. Sa sœur était arrivée avec une de ses amies, Patty.

Qu'avait dit Enzo à son sujet ? Ah oui, ça y est, elle s'en souvenait. Il avait dit que c'était le type de femme qui lui aurait plu.

Méryl avait rigolé. Pour taquiner son époux, elle lui avait répondu qu'il était un peu trop vieux pour une si jeune fille, au teint blanc et aux cheveux noirs, à l'allure d'une Madone. Et cette Madone, en plus vieille, était entrée dans la vie d'Enzo. Cette Marion était le sosie de cette gamine, de cette Patty, et cela n'augurait rien de bon.

L'attitude d'Enzo était déroutante. Il était aux petits soins pour Méryl, voulant se faire pardonner son absence. Il lui disait qu'il l'aimait, mais elle n'était pas dupe. Il la trompait encore.

Sophie décida Méryl à reprendre le basket, sport dans lequel elle excellait étant plus jeune.

Elle se laissa convaincre, d'autant plus que Sophie, très bonne joueuse, l'accompagnerait les après-midi. Hugo irait pendant ce temps-là chez sa nounou.

Ces mercredis sportifs étaient sacrés. Sophie retrouvait sa cousine, battante, souriante. Ils étaient une bouffée d'oxygène pour Méryl.

Cet antidote lui permettait ainsi d'être plus légère dans ses rapports avec Enzo, et de penser sérieusement au divorce.

Cela ne faisait plus aucun doute, Enzo avait une maîtresse. Il fallait qu'il avoue. Continuer comme cela n'avait aucun sens. Après tout, elle aussi pouvait refaire sa vie et avoir une liaison. Elle ne lui avait rien caché des avances qui lui avaient été faites. Mais voilà que c'était lui qui les utilisait maintenant contre elle.

La haine s'installait insidieusement.

Méryl devait se reprendre en main. Après tout, les allusions de ses collègues prouvaient bien qu'elle était encore désirable. Il suffisait de voir l'avenir sous un autre jour – sans Enzo. Mais ça, c'était plus facile à dire qu'à faire.

Sophie lui conseilla d'avoir une discussion avec Enzo, avant de tenter quoi que ce soit.

Quelles étaient les intentions de cet homme ?

– Il est toujours en activité, ton ancien collègue ?

– Oui ! Ce matin, je l'ai appelé pour savoir s'il pouvait se remémorer cet accident. Eh bien, figure-toi qu'il s'en souvenait comme si c'était hier. Tu sais ce qu'il m'a dit avant de raccrocher ?

J'étais tout ouïe. Qu'avait-il pu révéler à Sacha, dont il se souvienne encore vingt-cinq ans après ?

– Il m'a dit que ce jour-là, il avait vu un ange !

Je déglutis avec difficulté.

– Dis poulette, ce n'est pas que je m'ennuie avec toi, mais la Mado va me faire passer un sale quart d'heure si je ne retourne pas aux dépositions !

C'est vrai que sa collègue n'était pas une tendre. Mais vu les conditions dans lesquelles ils travaillaient, je respectais ces gens. C'est un vrai sacerdoce ce boulot. Je m'en étais rendu compte depuis que je fréquentais le commissariat. Ne pas juger sans connaître !

Voilà près d'une demi-heure que nous étions sur ce dossier. La grosse pendule blanche du bureau, avec sa trotteuse indolente, n'indiquait pas loin de dix-huit heures quinze. Je n'avais pas vu les aiguilles tourner. Il faut dire que ces photos avaient de quoi accaparer toute mon attention !

Il fallait que je libère Sacha. Un mot d'encouragement pour sa dure soirée à venir et un bisou. Voilà comment je le quittai.

De retour à la maison, et prenant mon téléphone pour appeler Carolina, je me rends compte que je n'ai pas enlevé le mode avion depuis le commissariat.

À l'instant où il capte, une notification apparaît. Mon cœur ne fait qu'un tour. Fébrile, je laisse le téléphone s'échapper de mes mains, je m'enguirlande en le ramassant.

C'est bien Max !

Entendre sa voix est un pur bonheur – une douce mélodie à mes oreilles. Le contenu du message est des plus excitants. Il faut que je fasse vite, il ne me reste que trente minutes pour le rejoindre.

Si, mauvaise langue, je vais y arriver !

Un SMS pour confirmer :
C'est OK 20 h à Jean Jaurès.

Mon Max m'invite ce soir. Nous allons enfin nous revoir après ces deux jours passés à nous draguer. Soudain, je suis tout enjouée. Il en redemande. Vite, une douche, du parfum, mon pantalon noir, mon joli petit haut gris assorti avec mon pull en cachemire.

Un trait de crayon vert, un rose aux lèvres et, trente minutes plus tard, je me retrouve dans la rue en train de courir pour attraper le bus qui arrive. Il y en a qui ont de la chance, me dit le chauffeur. Il a raison. Il s'en est fallu de peu que je le manque.

Réajustant mon manteau, je me positionne, prête à sortir. Il est déjà vingt heures deux quand je badge au portique du métro. Et j'en ai encore pour quinze minutes.

J'ai mal au ventre. J'ai peur… qu'il ne m'attende plus, qu'il pense que je lui ai posé un lapin. Et la rame qui s'arrête en plein tunnel !

C'est toujours pareil quand on est pressé. Tous les éléments se liguent contre vous.

Que c'est long ! Voyons voir l'heure qu'il est ?

Oh non !… Pas ça ?

J'ai oublié mon téléphone sur la machine à laver. Mes yeux encore… Je ne vais pas chialer, tout de même ? La rame repart. J'ai peut-être une chance qu'il m'ait attendue. Je suis la première à sortir. Cette fois, j'escalade quatre à quatre les marches de l'escalator.

Je regarde de tous les côtés. Personne. Mon cœur bat la chamade. J'ai les mains complètement gelées. Il est quelle heure ? J'apostrophe un passant, celui-ci m'indique vingt heures vingt. Il a dû essayer de m'appeler et vu que je ne lui ai pas répondu… Max a dû repartir. C'est mort !

Je me maudis. Comment ai-je pu oublier ce portable ?

Mon Dieu qu'est-ce qui m'arrive ? Pourquoi suis-je dans cet état ? Mon ventre se noue. Des crampes m'étreignent.

Ah non ! Je ne vais pas, en plus, être malade ! Même lors de mon premier rendez-vous amoureux, j'étais beaucoup plus maîtresse de mes émotions. Respire ma fille, respire !

Gaga, je vous dis, ce mec va me faire devenir *gaga* !

Comme dans les films, je suis seule au milieu de la place, tournant sur moi-même. Le cherchant toujours des yeux. Mais quelle idiote, je lui ai dit l'heure, mais je ne lui ai pas indiqué où. *Pu*… ! J'en deviens grossière tellement que j'ai mal. Un étau me serre le cœur, il ne manquerait plus que je crève au milieu de rien. Sans lui !

J'ai arrêté de tourner comme une toupie. Les bras ballants, la défaite irradie irrémédiablement mon cerveau et chemine inexorablement vers mon cœur.

Mes yeux… une larme coule, puis une autre… C'est foutu ! Il est parti. Tout est fini. Deux bras m'encerclent. Je n'esquive même pas : je sais que c'est lui !

Tendrement, ses deux mains glissent sur mes poignets, sa voix suave me susurre à l'oreille :

– Je suis là ma douce !

Je ne me retourne pas. Je ne dois pas. Pas question de lui laisser voir cet instant de faiblesse.

Je laisse mon buste s'abandonner contre son corps. La tête repose au creux de son épaule. Mon cœur vient de marquer un arrêt… puis repart. Mon amour est là !

Max resserre son étreinte. Je sens son cœur battre très fort. Alors le mien reprend sa course… vers lui, vers l'homme de ma vie !

Il dépose un baiser sur mes cheveux et, d'une voix rauque, me chuchote :

– J'ai cru que tu m'avais posé un lapin suite à mon silence. Tu sais, j'avais besoin de réfléchir à nous ! Depuis que je t'attends, c'est le supplice. Tout est clair pour moi. De ne pas te voir, cela m'a rendu fou.

Je me retourne. Il essuie la larme qui surfe sur ma joue, glisse sa main derrière ma nuque, se penche et, de l'autre main, me saisit par la taille, et là… c'est comme au cinéma : il m'enlace…

Il a pris possession de mes lèvres et ne les lâche plus. De toute façon, je ne pourrais pas l'arrêter.

Il me tient fort, comme s'il avait peur de me perdre. Nous sommes en apnée, un baiser interminable. Que c'est bon !

Ses lèvres sont charnues, douces, chaudes. Son baiser est sucré. Non ! Je ne dis pas n'importe quoi ! Les salives qui se mélangent créent une alchimie. Et là, je peux vous dire que la chimie fait son effet. J'en ai même les jambes qui flageolent. Je suis comme ces naufragés. Je me tiens à ma bouée, en ayant le cœur qui chavire. Mais avant que je ne me noie, j'ai le réflexe de le repousser.

Il m'interroge du regard.

Je mets mes mains sur sa poitrine. Je sens ses muscles se contracter et je lui dis :

– Temps mort, laisse-moi reprendre mes esprits !

– Désolé ! Jaz, je ne sais pas ce qui m'a pris, j'étais énervé de ne pas te voir. Je t'ai cherchée de ce côté de la place, puis de l'autre alors que je t'avais laissé un mot pour te confirmer le rendez-vous exact. Tu ne réponds pas sur ton portable ?

– J'espère que tu seras toujours désolé comme

cela ! J'en redemande ! Mon portable, je l'ai oublié. J'étais tellement pressée de te rejoindre et d'arriver à l'heure, que je me suis mise dans un état, tu ne peux pas savoir !

– Oh si ! Ma colère s'est évanouie quand j'ai aperçu un petit oiseau, complètement perdu au milieu de cette place, ne sachant où voleter. J'ai attendu qu'il s'épuise pour mieux l'attraper – sans lui faire de mal. Quelle pauvre petite chose !

L'instant de grâce est passé. Voilà qu'il me taquine.

Alors, à mon tour, je le pousse du coude et je lui dis :

– Puisque le chasseur a si faim, donnons-lui quelque chose à lui mettre sous la dent avant qu'il ne me mange toute crue. Tu m'emmènes où ?

– Tu vas voir, allez viens ma douce colombe !

Et d'un geste possessif, me prend par la taille.

L'oiseau est bel et bien en cage. Une belle cage dorée.

Durant le chemin, je l'informe de mes dernières trouvailles et de mon désarroi face à cette affaire qui reste au point mort. Il m'entraîne dans sa marche, collés l'un à l'autre. En parlant, il tourne son visage vers moi, m'attire, reprend possession de mes lèvres, puis me propose :

– Et si nous allions chez moi, c'est juste à côté ?

Panique à bord !

Chez lui, il veut que nous allions chez lui ? Dois-je dire oui, sachant les conséquences ? Et si je dis non, il ne va pas comprendre.

Et pourquoi dirais-je non ? Je voulais une relation

amoureuse, je l'ai. Je suis une grande fille ! Mais voilà, je suis devant mon cadeau. Vous vous rappelez ? Là, j'ai peur de l'ouvrir et d'être déçue ! Dilemme ? Si je dis oui, je vais passer pour quoi ? Une fille qui veut un beau mec dans son lit. Alors que moi, je voudrais une belle et longue histoire d'amour. Les propos de Sonia me reviennent à l'esprit. C'est un Don Juan, il est en train de parvenir à ses fins.

Grosse tempête dans ma tête. Que faire ?

Il a senti que quelque chose n'allait pas, car, imperceptiblement, j'ai relâché mon étreinte et mis une distance entre nous.

– Qu'y a-t-il Jaz ?

Il faut que je lui dise mes craintes.

– Max ! Ne crois-tu pas que cela soit prématuré ? Nous ne nous connaissons que depuis… disons trois semaines, et connaître est un bien… Il m'interrompt, me saisit par les épaules et me répète en me fixant :

– Veux-tu venir avec moi, chez moi ? Je n'ai pas dit autre chose. Tu sais, ce n'est pas une proposition malhonnête. J'ai envie, contrairement à toi, de te montrer où je vis. Tout simplement. Ensuite, il arrivera ce qu'il doit arriver !

Ses beaux yeux de feu allument mon âme.

Mais je n'ai entendu que son reproche et je m'empresse de rectifier :

– Si je n'ai pas voulu t'inviter, c'est que je ne voulais pas passer pour une fille facile. Cela induit trop de choses. C'était le début d'une relation et je ne savais pas la tournure que cela prendrait.

– Tu as raison. Si tu m'avais proposé de te suivre, peut-être n'en serions-nous pas là aujourd'hui ?

Nous nous sommes arrêtés, nos visages sont si près. Pourtant, il n'ébauche pas le moindre geste vers moi. Il plante son regard dans le mien et là, prenant une grande inspiration, m'avoue :

– Jaz, cela fait exactement vingt-deux matins que tes beaux yeux verts se sont posés sur moi. Depuis ce jour, je ne suis plus le même. Alors oui, nous ne nous connaissons pas encore intimement, mais je ne demande que cela. J'ai aussi peur que toi. Alors que faisons-nous ?

Ça alors, il compte les jours comme un amant transi. Cet homme désarmé, attend ma réponse avec la plus grande crainte. Je ressens, un sentiment de plénitude, de volupté. Max est bien amoureux.

Pour toute réponse, je saisis son visage entre mes mains, et j'approche mes lèvres pour goûter à son baiser.

Il est passionné, plein de promesses, de désir. À ce moment-là, nous sommes seuls au monde.

J'ai dit nous sommes seuls, alors arrêtez de regarder !

Max s'écarte le premier :

– Si cela ne veut pas dire oui, alors je ne m'y connais pas en baisers !

Il faudra que je m'y fasse, c'est dans son tempérament. Il faut toujours qu'il me charrie dans les moments les plus intimes.

Est-ce un moyen pour lui de détourner la tension provoquée par ses sentiments ?

Main dans la main et tout sourire, nous nous dirigeons vers la place Jeanne D'Arc. À cet instant, je me sens comme elle conquérante. Rien ne peut m'arriver, et tant pis, si plus tard je brûle en enfer !

Max m'indique avoir acquis cet appartement en duplex avec l'argent de la succession de ses parents.

À l'adolescence, il a été élevé par son oncle Antoine et sa tante Malou, la sœur de sa mère. Ce sont les parents de Cory. Voilà pourquoi Max est si proche de sa cousine. Ils sont comme frère et sœur. Mon cœur s'allège – miss jalousie est mise au placard !

Nous arrivons devant une grande porte cochère d'un bel immeuble Haussmannien de trois étages. Des ferrures ornent le balcon du deuxième étage, mais pas de beaux lambrequins pour décorer les fenêtres.

La façade est construite en pierres de taille et en briques roses, ce qui apporte une note chaude à cet ensemble.

Passé la haute porte, nous rentrons dans un hall pavé avec, sur la gauche, trois marches permettant d'accéder aux appartements. Un vieil ascenseur nous ouvre ses bras. Les deux petites portes se plaignent délicatement de notre présence dérangeante. Il doit être bien fatigué et nous le fait gentiment sentir quand, dans un tressaillement, il consent à démarrer. Nous voilà revenus au début du vingtième siècle. Un doux parfum d'antan nous enveloppe, un mélange d'encaustique – cire d'abeille – et odeur de vieux fers.

À travers les parois, je discerne un escalier patiné par les âges, enroulé dans une rambarde de fer forgé. J'adore cette ambiance, cela me transporte au temps des belles dames et des gentilshommes. Une fois lancé, le vieil ascenseur ne semble plus vouloir s'arrêter. Max le sait, puisqu'il me tient par la taille et me chuchote à l'oreille :

– Prête pour le septième ciel ?

– Prétentieux !

Je me retrouve projetée sur son torse. Il en profite pour resserrer son étreinte. Alors, amusée, je lui balance :

– C'est ton complice ou quoi ? Un vrai piège à filles, votre duo !

Au dernier étage, dans un petit soubresaut, l'ascenseur s'immobilise tant bien que mal, terminant sa course, comme épuisé de nous avoir transportés.

– Après vous *mademoiselle* !

Max m'invite d'un geste à entrer chez lui. Une douce chaleur nous accueille. Un feu finit de se consumer dans le poêle, au fond de la grande pièce. Les murs, de blanc vêtu, exposent un choix de photos bigarrées.

– C'est ton œuvre ? C'est où ?

– En Bretagne, près de Roscoff, là vers Perpignan, Ille-sur-Têt, des excrétions, appelées cheminées de fées comme en Amérique, nous en avions…

Je le coupe :

– Exact, tu les avais évoquées au resto quand tu avais parlé de ton métier de photographe.

Je me promène comme dans une galerie d'art. D'un pas nonchalant, me reculant pour juger de l'effet. Max me regarde. Un sourire aux lèvres, il apprécie mes découvertes et mes – Oh, que c'est beau – Ah, c'est superbe !

Poursuivant ma visite, je me retrouve dans sa cuisine américaine où il m'attend, les coudes sur le bar, son visage entre ses mains, fier comme Artaban.

– Max, c'est magnifique !

– Je peux te montrer le reste de l'appart. Tu as fini de découvrir ton expo du jour ?

Nous entamons une visite guidée. Il me montre son labo jouxtant son bureau, puis nous montons à l'étage.

Charmant, cet appartement, tout simplement charmant. Sous les combles, une vaste mezzanine dessert deux chambres spacieuses et une petite salle de bain. Les lucarnes, en chien-assis, laissent entrer les lumières de la ville. La girouette de la basilique Saint-Sernin fait un clin d'œil aux demoiselles.

Nous redescendons.

Tout dans cet appartement est dans un style contemporain. Esthétique et chaleureux, grâce à deux beaux tapis en laine à poils longs qui se languissent devant le poêle. Max est en train de l'alimenter. Il me propose de m'installer dans l'un des grands canapés de cuir marron pendant qu'il prépare un petit apéro de bienvenue.

Sur la table basse trônent plusieurs revues de Géo, mais aussi de cuisine. Je l'interpelle :

– C'est toi l'auteur de ces photos ? Tu aimes la cuisine et aussi les jardins fleuris ?

Je viens de découvrir, sous la pile, un *Mon Jardin, Ma Maison.*

– Pourquoi, cela t'étonne ? Je ne suis pas assez sensible pour apprécier les fleurs ? Pourtant, je suis en présence d'une belle plante ce soir !

Vous me direz que je l'ai bien cherchée, celle-là. Je rosis de plaisir.

Max, un plateau entre les mains, nous apporte un étrange breuvage.

– C'est de mon oncle ! Tu vas m'en dire des nouvelles.

Je goûte et, effectivement, c'est très bon.

– C'est quoi comme vin, je n'ai jamais goûté à un truc pareil ?!

– C'est un cidre de pomme et figue qui se boit très frais. Il est trouble, car il conserve toutes les vitamines.

Il s'est assis sur le tapis. Je pose mon verre et le rejoins près du poêle.

– Tu as froid ? me demande-t-il.

– Non ! Je n'aime pas qu'un homme reste trop longtemps à mes pieds.

Un sourire se dessine sur ses lèvres, il poursuit :

– Veux-tu que nous préparions notre repas ?

– Tu sais, je ne suis pas un cordon bleu. C'est Carolina le chef, moi je suis plutôt le commis.

Nous nous dirigeons de l'autre côté du bar pour nous laver les mains, puis il s'équipe de son tablier de cuisine.

– Ça tombe bien, j'adore les jolis commis comme toi. Je vais pouvoir te faire marcher à la baguette, car le chef, ici, c'est moi !

– Non, Chef ! Et je m'esclaffe.

Alors, il sourit et me prend dans ses bras

– J'ai surtout faim de toi !

– Moi, j'ai faim tout court. Il ne fallait pas t'avancer sur tes talents culinaires. Maintenant, je veux voir et goûter. Et j'ôte ses mains pressant ma taille.

En deux trois mouvements, il nous prépare une salade surprenante, sort un plat du congélateur qu'il met au four, installe la table et m'invite à m'asseoir face à lui.

– Tu triches !

– Tout vient de moi ! Il fait signe de jurer.

Le repas est succulent. Le vin rouge choisi aussi. Une douce chaleur m'enveloppe. Je suis heureuse – mais pas encore pompette.

– Que me réserves-tu pour le dessert ?

– Un fondant au chocolat, préparé en cinq minutes chrono !

– Tu plaisantes ?

Le voilà parti, à mon top départ, dans ses préparatifs. À mon stop, le fondant trône dans mon assiette.

– Alors là, je dis chapeau bas !

1985

La discussion eut lieu, mais pas comme Sophie l'aurait souhaitée. Méryl avait organisé l'anniversaire d'Hugo et l'on ne peut pas dire qu'il fut des plus réussi. Bien que le temps soit très chaud, l'ambiance fut glaciale quand Enzo arriva en retard pour le repas, oubliant gâteau et champagne.

Une scène inévitable éclata devant tout le monde.

Méryl somma Enzo de confirmer qu'il avait une liaison, et que c'était pour cela qu'il arrivait en retard, oubliant ainsi son fils.

Enzo n'avoua rien. Il tourna la situation à son avantage, alléguant que Méryl avait un amant.

Qu'elle se faisait belle le matin avant d'aller travailler et qu'elle avait répondu aux avances de certains collègues. Il insinua que lui, il n'avait que son travail pour faire passer sa jalousie et c'est pour cela qu'il arrivait tard tous les soirs.

Sophie était sur les fesses. Quelle mauvaise foi. Méryl n'avait aucun amant.

La situation était des plus compliqués. Le couple se déchirait, au vu et au su de tous.

Sophie en avait mal au ventre. Un sentiment de haine commençait à l'animer. Cet Enzo était finalement un beau salaud !

Qu'allait devenir Hugo dans cette bataille ?

Max débarrasse la table, me propose un café gourmand comme au restaurant, à déguster au coin du feu.

Des petits cannelés, cela ne se refuse pas !

Nous nous allongeons sur le tapis et nous parlons

d'abord de mon affaire. Il pense qu'il faut que j'en sache plus sur cette madame Sauret.

– Comment veux-tu que je trouve quoi que ce soit ?

– La dernière fois, tu avais déclaré que cette victime était de Perles-et-Castelet. C'était bien Cros, le nom de jeune fille ?

– Cros, oui ! Méryl Cros. Pourquoi, ce nom te dit parle ?

– Il me semble que ma tante avait une copine plus âgée du nom de Cros. J'appellerai Malou demain pour avoir confirmation.

– Dis-moi, si c'est le cas, ce serait une drôle de coïncidence !

La conversation en reste là et s'oriente sur nous deux. Il me dit qu'il avait été troublé lors de notre première rencontre.

– Ce n'est pas ton physique, mais tes yeux qui ont tout chamboulé en moi. La lumière verte d'un laser qui m'aurait atteint en plein cœur !

En disant cela, il se penche, plonge son regard dans le mien et m'embrasse. Nous roulons sur le côté dans les bras l'un de l'autre. Je colle mon nez dans le creux de son cou, m'enivrant de son parfum et lui avoue :

– Moi, c'est l'attraction de ton corps qui m'a fait vibrer. Je suis attirée par toi comme un aimant ! Tu es magnétique !

Il m'embrasse. Le goût de ses lèvres, de sa peau, est un régal pour moi. J'éprouve dans mon corps un désir fou pour cet homme, des picotements au creux de mon sexe.

J'ai envie de lui et il a envie de moi. Je sens mes

hormones parler, mon clitoris se réveiller, il devient humide.

Je n'ai jamais connu cela aussi intensément. Cet homme m'ouvre les portes du paradis. Ça va devenir torride.

Il déboutonne mon chemisier. Je l'aide à ôter son pull. Au moment où il défait la fermeture éclair de mon pantalon, mon cerveau réagit au quart de tour. Il y a un truc qui cloche. Non ! *Merde* alors… Je suspends le geste de Max et lui dis :

– Faut que j'aille une seconde aux toilettes !

– T'es belle comme un cœur, reste !

Et de sa main, il essaye de me retenir.

Putain !... Oh ! Hé ! Bon ! Je sais que je suis vulgaire, mais pourquoi cela m'arrive maintenant ? Vous verriez la tête que je fais dans les toilettes. Assise sur la cuvette, le visage entre mes mains, j'ai les larmes aux yeux en voyant ce sang rouge couler entre mes cuisses. Il n'y a qu'à moi que ça arrive !

Quelle mouise ! Eh oui ma fille, la vie, ce n'est pas comme dans les romans, où tout est beau, propre, et où je serais déjà en train de grimper aux rideaux avec un bel apollon musclé. Bon… il faut que je pare au plus pressé.

Je déroule le PQ pour m'en faire une protection et cherche dans ma petite tête ce que je vais pouvoir lui dire. Est-ce que (chéri, j'peux pas ce soir, j'ai mal à la tête, on remet à plus tard) est convaincant ?

Ne m'énervez pas, à rire comme ça ! Aidez-moi plutôt à trouver une excuse sans que je perde la face. Je me sens d'un ridicule. Je suis à fleur de peau. Et puis zut, je vais lui dire la vérité.

Max m'attend, une couverture près de lui. Lumière

tamisée sur une mélodie de Nina Simone. Un joli jazz, reprise des années 20. Il me tend la main, et suspend son geste en voyant que je me reboutonne.

– Qui a-t-il, Jaz ?

Contrite, les yeux baissés, je lui avoue que je suis indisponible.

– Que veux-tu dire, tu as quelqu'un d'autre ?

– Non ! Il n'y a que toi. C'est juste que j'ai les Indiens. Les ragnagnas. Je suis indisposée !

Je tombe à genoux devant lui, désemparée, prête à pleurer.

– Tu m'en veux ? Je m'empresse d'ajouter.

D'une main, il me relève la tête, m'embrasse et me dit.

– T'en vouloir ? Mais non ! Tu veux rentrer chez toi ?

Quand je vous dis que j'ai trouvé le mec parfait.

– Oui, je préfèrerais.

À minuit, mon Max me laissait devant ma porte. Un langoureux baiser me réconfortant de cette déconvenue.

Nous devions nous rappeler le lendemain.

17

Mercredi 15 décembre 2010,

Je me suis couchée gardant sur moi l'odeur de notre désir, de sa peau, en attendant mieux.

Malgré tout, j'ai bien dormi et Max m'a laissé un message ce matin :

Tu me manques, je pense à toi !

Alors je lui ai répondu avec des cœurs, le temps du parcours en métro. Du coup, je suis en pleine forme pour attaquer ma journée – avec une nouvelle lettre. C'est mercredi ! Elle trône sur mon bureau

Cinquième indice :
Retrouvez Eva Cros, elle sait tout !

Alors là, quelle coïncidence ! Nous en parlions hier avec Max. Finalement, tout tourne autour de ce patronyme. Et si cette Eva était la connaissance de la tante de Max ?

Avant d'appeler *mon homme*, je cherche sur les pages blanches. Il n'y a que trois personnes prénommées Eva Cros sur Perles-et-Castelet et deux à Toulouse. J'ai peut-être de la chance. Je décide d'appeler Max et l'obtiens à la deuxième sonnerie.

– Je pensais justement à toi, !

Dès qu'il me parle, même à l'autre bout de la ville, je le sens contre moi. Mon cœur bat mieux.

– Je te manque alors ?

– Oui ! D'autant que je dois m'absenter. Nous ne nous verrons que samedi soir, enfin si tu le veux ?

– Samedi, c'est loin ! Je ne sais pas si je vais pouvoir tenir jusque-là !

Tout à coup, je suis bien triste, mais ne veux rien laisser paraître.

– Je dois monter à Paris pour finaliser la couverture de *Mon Jardin* de février et signer un nouveau contrat.

– C'est super pour toi !

– Tu ne m'en veux pas ?

– Tu plaisantes ! Avec ce que je t'ai fait vivre hier ! Et puis, je vais avoir moi aussi du travail. Le corbeau m'a adressé un nouvel indice, et figure-toi que c'est en droite ligne de notre conversation d'hier. Il veut que je retrouve madame Eva…

Max termine la phrase avant moi :

– Eva Cros, oui ! C'est le prénom de la copine à ma tante. Il poursuit :

– En rentrant hier, j'ai essayé de me le rappeler. Impossible de trouver ce prénom. Je me souviens bien de cette femme. Elle doit avoir plus de quatre-vingts ans. Elle était super sympa, toujours prête à rire. Pourtant, elle a dû faire face à beaucoup d'adversité. Malou le disait souvent. Je t'envoie le numéro de ma tante. Tu l'appelles, elle t'en dira plus !

– Mais je ne connais pas ta tante. Je ne peux pas la joindre comme cela ! Que va-t-elle penser ?

– Elle sait qui tu es. D'ailleurs, toute la famille a eu vent de la belle *mademoiselle* Gau. Cory et Émile se sont chargés, comme toujours, de faire leurs commères.

– D'accord, je l'appellerai. Mais avant, peux-tu la prévenir ?

– Oui, je vais te préparer le terrain. Donne-lui ce coup de fil demain, en fin de matinée.

Je dois te laisser, j'ai du boulot, et si je t'ai trop longtemps au téléphone, tu vas me hanter toute la journée. Bisous ma petite colombe !

– Tu me manques déjà, bisous !

Je raccroche, mes doigts sont en train d'enrouler une mèche de cheveux, mon esprit vagabonde.

Bon ! Il faut que je me mette au travail.

Je relie les notes prises sur cette affaire. Quelque chose me turlupine, mais je n'arrive pas à savoir quoi. C'est en rapport avec ce que m'a dit le médecin-conseil sur les allergies. Il faut que le docteur Duval me fasse une copie du bilan postopératoire des deux interventions. Je vais bien finir par trouver ce qui me tracasse !

Je laisse un mail à Sacha :

De : jaz.gau@lib.fr

À : sacha.bond@dgpn007.fr

J'ai eu un autre message du corbeau. Je dois trouver Eva Cros qui, apparemment, sait des choses.

J'ai une piste : Max connaît une Eva Cros. Elle semble être la bonne personne puisqu'elle a une nièce, Méryl Cros. Et si c'était ma madame Sauret ?

Je laisse enfin ce dossier et m'oblige à effectuer les autres tâches. Je dois respecter les délais de traitement, sinon ma prime de fin d'année me passera sous le nez.

En fin d'après-midi, Sacha me répond :

De : sacha.bond@dgpn007.fr
À : jaz.gau@lib.fr
Drôle de coïncidence que ton copain ait la clé de cette énigme ! Pour moi, il y a un truc qui cloche !

Sacha me file les chocottes ! Qu'insinue-t-il ? Que Max connaîtrait mon corbeau ? Je ne peux y croire !

Je décide d'aller voir Carolina. J'ai le *bourdon* de ne pas retrouver Max, et cette insinuation me met mal à l'aise. En plus, je suis un peu cafardeuse quand je suis menstruée. Beurk, quel mot affreux. Et c'est que pour nous cette galère. Les mecs ont de la chance !

Pauvre Carolina, toute la soirée, je lui ai rabattu les oreilles avec mon Max par-ci, puis par-là. Parler de lui me faisait le plus grand bien. À moins que ce ne soit le plus grand mal ? Carolina m'a mise en garde. Ne pas m'emballer, le laisser respirer.

De retour vers vingt-trois heures à la maison, je trouve, après un bon bain, un SMS de Max :

Terrain déminé pour demain. Malou te dira tout ce qu'elle sait. A2main mon ❤.

Le mot cœur, raisonne en moi, je file au lit rêver de Max.

1985

L'anniversaire d'Hugo avait été le théâtre d'un affrontement entre Enzo et Méryl. Pour les invités, la journée avait un goût amer. Où était la vérité, qui trompait l'autre ? L'attitude d'Enzo faisait pencher la balance vers Méryl. À partir de ce jour, tout commença à changer. Enzo prit une chambre à l'hôtel pour faire le point. Cela dura une semaine. À son retour, Sophie, en visite, retrouva un homme étrangement calme, décidé à faire tenir son ménage ; Hugo, disait-il, devait passer avant tout.

Quelques jours passèrent et Méryl, un mercredi, informa Sophie qu'ils avaient convenu de se laisser une chance. Enzo n'avoua jamais à Méryl qu'il avait eu une liaison. Il redevint un père modèle et un mari présent.

Ses heures de retour étaient régulières. Cela permit à Méryl de retrouver une certaine confiance en l'avenir – même si le doute subsistait.

Sa gaieté légendaire s'en ressentait et Sophie faisait tout pour lui changer les idées. Elle trouvait que Méryl se flétrissait. Des rides étaient apparues autour de ses lèvres. Aucune lueur de bonheur n'emplissait, désormais, ses beaux yeux bleus.

Quel était l'avenir de ce couple ?

18

Jeudi 16 décembre 2010

Ma nuit ne fut pas celle que j'escomptais. Tantôt j'étais avec un Max amoureux, tantôt avec un Max Lucifer. Même réveillée, j'ai du mal à retrouver le chemin de la raison.

Je sors de sous la douche et je viens de louper un appel de Max. Je le rappelle aussitôt, mais je tombe sur sa messagerie.

Je m'en veux. J'aurais tellement aimé entendre sa voix. Qu'il me dise qu'il n'y est pour rien dans cette histoire, que tout était fortuit. Finalement, il vaut mieux que nous ayons une explication de vive voix.

Samedi, Max sera là, je lui poserai toutes les questions. Comme disent les Polynésiens : demain est loin.

Je me rends au travail à pied ; l'air frais me fait du bien.

J'attaque la journée en me rassurant, je vais en savoir un peu plus. Est-ce que cette Eva Cros est vraiment la tante de madame Sauret ? Intérieurement, je souhaite presque que cette Méryl Cros ne soit pas *ma* Méryl Cros. Cela règlerait le problème et, cette fois, Sacha n'aurait pas le dernier mot.

Vers midi, je prends enfin mon courage à deux mains et, avec fébrilité, je compose le numéro de Malou.

Le combiné, de l'autre côté, est vite décroché.

– Bonjour, excusez-moi de vous déranger…

– Oh, bonjour vous devez être Jazie ? J'attendais votre appel !

Elle engage la conversation :

– J'ai été étonnée par la demande de Max. Il m'a dit que vous travaillez dans les assurances sur un dossier un peu particulier et que vous êtes à la recherche d'une Eva Cros, en relation avec une Méryl Cros. Vous pouvez m'en dire un peu plus ?

Elle n'allait pas me la faire. C'est moi qui devais poser les questions. J'allais devoir appliquer la méthode de Sacha. La spirale : partir de loin et arriver à l'essentiel.

– Avant toute chose, pouvez-vous me dire si à Perles-et-Castelet, beaucoup de gens portent ce nom ?

– Oui, il est très répandu. Par contre il n'y a que deux personnes prénommées Eva. Seule mon amie avait un lien avec une Méryl Cros.

– Pourquoi parlez-vous au passé ?

– Parce que Méryl est morte et il y a bien longtemps de ça, c'était, voyons…

Malou essaye de se remémorer cette période. Soit elle le fait exprès, soit elle n'est pas préparée à cette question.

– Cela devait être dans les années 80. Je crois me souvenir qu'elle est morte dans un accident de voiture. Eva était anéantie. Elle était très attachée à sa nièce. Cette perte faisait écho à la douleur du décès de sa propre fille.

– On dirait que cette personne semble être celle que je recherche !

– C'est incroyable ça, le monde est vraiment petit !

Vous vous rendez compte, c'est mon Eva Cros. J'en suis sûre, mais tout cela n'est-il que coïncidence ? Et si Sacha avait raison ?

Malou m'invite à venir à la fin de semaine.

– Vous en profiterez pour rendre visite à Eva. Je me charge de la prévenir. Elle est âgée et il est préférable que je la prépare à vos questions !

J'accepte, car il faut que je sache au plus vite ce que cette dame peut me révéler.

Malou semble gentille. Elle n'a fait aucune allusion à Max et à notre rencontre.

Après le déjeuner, à la reprise, je vais voir Victor pour lui indiquer que les indices me mènent à Perles-et-Castelet. Je ne vois toujours pas ce qui peut clocher, ni lui non plus d'ailleurs. Pourquoi n'aurions-nous jamais dû payer ces sommes ?

Durant la journée, j'ai toutefois obtenu quelques satisfactions sur deux autres dossiers. J'avais localisé des bénéficiaires. Juste avant les fêtes, je serais un peu leur Père Noël. J'en étais très contente.

La journée se finit ainsi, je regagnai mon chez-moi sous une pluie battante. Aussitôt après avoir dîné, je téléphone à Max. Il décroche à la première sonnerie.

– Alors ma douce, je t'ai manqué ?

– Non pas du tout ! Ma voix n'a rien d'engageant.

– Menteuse ! Et de poursuivre, mal à l'aise : alors, pourquoi tu me téléphones ?

– Pour te dire que j'ai eu ta tante et qu'elle connaît bien une Eva Cros, la tante d'une Méryl Sauret. Tu ne trouves pas cela bizarre ?

J'ai mis de la colère dans ma voix et je sens Max désarçonné par ce ton-là.

– Que veux-tu dire par bizarre ?

– Que la personne que je recherche soit la copine de ta tante ?

– Ce n'est qu'une coïncidence, voilà tout. Qu'est-ce que tu insinues ?

– Je n'insinue rien. Je trouve juste étonnant de faire ta connaissance en cherchant des éléments sur cette lettre anonyme, et qu'ensuite tu me mènes directement à la tante de la morte !

– Tu regardes trop de films, Jazie. J'ai cherché avec toi uniquement parce que tu m'avais tapé dans l'œil. Qu'est-ce que j'y peux, si ton affaire t'amène à mon village ? Tu me soupçonnes de quoi au juste, d'avoir tout manigancé ? Vraiment n'importe quoi ! Max est très en colère. Il m'a appelée par mon prénom, ce signe ne trompe pas. Est-ce que je suis allée un peu trop loin ? Je perçois un fond de vérité dans son ton, du moins je m'en convaincs.

Un long blanc s'installe entre nous. Je ne sais que dire. Finalement, Max reprend :

– Écoute Jazie, ma tante t'a invitée samedi. Tu verras Eva et tu sauras que je n'ai rien à voir avec tout ça ! Je suis furieux que tu doutes de moi. Je ne comprends pas. Je vais mettre toutes ces conneries sur le compte de mon absence. Nous y verrons plus clair samedi.

Max semble vraiment sincère. Je dois lui laisser une chance. Ce n'est pas au téléphone que nous devons nous expliquer.

C'est la faute de Sacha aussi ! Il m'a mis la pression. Quel *couillon* ! À cause de lui, j'ai failli tout faire rater. C'est avec une voix plus engagée que je réponds à Max :

– Tu as raison, ce serait idiot de nous séparer sur un malentendu !

– Ouais, j'aime mieux ça. Que fais-tu demain ?

– Je pense rester chez moi. Il faut que je me fasse à l'idée de rencontrer tes parents adoptifs !

– Eh ! Ne te mets pas la pression. Tu verras, ils sont très gentils. Tu ne viens que pour une raison bien précise. Pas pour leur être présentée comme ma future. Quoique, je me serais bien fait à cette idée. Alors ne te prends pas la tête. Tu vas les subjuguer, comme tu l'as fait avec moi !

– Tu sembles le regretter Max ?

– Oh non, pas du tout ! C'est juste que je suis contrarié, mais nous en rediscuterons.

C'était vrai, il ne regrettait pas. J'avais retrouvé par ces derniers mots, tous mes beaux rêves. J'aimais cet homme, pourquoi avais-je douté ?

Je l'avais connu grâce à cette affaire. Alors, pour détendre l'atmosphère et profiter encore un peu de lui, je lui demande comment a été sa journée.

Le ton de ses réponses me rassure. Max ne semble pas m'en vouloir. Il me parle de son contrat et de sa nouvelle mission photos début janvier à Biarritz. Il doit y effectuer un repérage de trois jours la semaine prochaine.

Et avant de raccrocher, avec un ton plein de défi, me lance :

– Je ferai tout pour toi Jaz, je t'aime !

Vous entendez, IL M'AIME !

Pas le temps de lui dire, que moi aussi, j'ai des sentiments pour lui. J'entends le tu…tu… tu…

Il a raccroché.

19

Vendredi 17 décembre 2010

Toute la journée, j'ai repensé à cette curieuse coïncidence. Je veux en conclure que Max ne peut être un intrigant.

Les indices ont été adressés au service réclamations et non pas à mon nom. Nous sommes quatre à faire ce boulot. La distribution des tâches est aléatoire.

Pour les recherches, je n'étais pas obligée d'aller à la Dépêche. Je pouvais écrire et je n'aurais jamais rencontré Max.

Je n'ai pas pris rendez-vous pour ma première visite à la Dépêche, par conséquent, personne ne savait que je venais et personne ne pouvait savoir que nous aurions un attrait l'un pour l'autre !

Si je ne l'avais pas tenu au courant de mes recherches, il ne m'aurait jamais dit connaître Eva Cros.

Après ce bilan, je me sens mieux et j'écris à Sacha pour lui dire que c'est un vilain garçon de me faire peur comme cela. C'est une déformation professionnelle de sa part. Sa réponse ne se fait pas attendre :

De : sacha.bond@dgpn007.fr
À : jaz.gau@lib.fr
Je n'ai rien trouvé sur ton Max Malaud, ni sur Malou Malaud, ni sur Eva Cros. J'ai eu un peu peur pour toi. Sois sur tes gardes. J'ai connu tellement d'affaires rocambolesques que je ne veux pas qu'il t'arrive quelque chose. Tiens-moi au

courant et n'hésite pas à m'appeler si ça tourne mal. Encore désolé, ma grande. La bise, ton frérot.

J'allais rester sur mes gardes, mais au plus profond de moi, une petite voix me disait que je ne risquais rien.

Pour mettre toutes les chances de mon côté et résoudre cette affaire, je cherche mon dossier Sauret pour faire un nouveau point. Impossible de mettre la main dessus alors que je l'avais mis dans mon tiroir. Il ne peut pas avoir disparu ?

Je me pointe au bureau du chef, celui-ci relève la tête dudit dossier :

– Jazie, je me suis permis de le prendre pour lire vos notes. Il faudrait que Duval nous emmène à Rangueil. Il faut consulter ce dossier médical. Il doit bien y avoir des personnes qui se souviennent de cet accident. Il avait fait les gros titres pendant près de dix jours. Regardez tous ces articles ! (un par un, il les étale sur son bureau, le recouvrant presque.) Par contre, sur votre résumé, y a un truc qui me perturbe. Ces allergies ? N'y a-t-il pas un moyen d'en savoir un peu plus ?

– Ah ! Vous aussi, cela vous semble bizarre ?

– Oui ! Vous êtes en congé la semaine prochaine ?

– À partir de jeudi, jusqu'au deux janvier. Vous pensez que nous pourrions avoir un rendez-vous avant que je ne parte ?

– Je vais voir avec Duval ! Sinon, comment avance ce dossier pour vous ? Il me fait signe de m'assoir.

– Je dois, samedi prochain, rencontrer la tante d'une Méryl Cros. C'est par l'intermédiaire d'une connaissance que j'ai eu cette information et ce contact… Eva Cros serait une amie de sa mère adoptive.

Son sourcil gauche vient de former un accent circonflexe. Trouve-t-il cela inquiétant lui aussi ?

Comme toujours il se cale dans son fauteuil et m'écoute.

– Pour tout vous dire, mon copain flic m'a mis les chocottes. Il a trouvé louche que tout soit si facile. Pour lui, mon ami est suspect.

– Vous Jazie, qu'en pensez-vous ?

– Que c'est simplement fortuit, ce n'est pas possible que tout soit manigancé ! Personne ne pouvait savoir que cette affaire m'incomberait.

– Fiez-vous à votre instinct, cela vous réussit en général, et j'adhère à votre analyse. Bonsoir Jazie.

– Bonsoir !

Même si Victor était expéditif dans ses manières, il m'avait rassurée. Et cette question sur les allergies, c'était une piste à suivre.

Je pars l'esprit rasséréné. Ce soir je m'occuperai de moi, car je veux me faire belle pour le lendemain. Max allait revenir et les Indiens se repliaient.

J'avais sûrement une chance, ces prochains jours, de finir dans les bras de mon homme et d'accéder au nirvana !

Après une épilation à la cire, j'enfile un pyjama et je me prépare un plateau moquette. La sonnette d'entrée retentit. Pourtant, je n'attends personne ?

Carolina téléphone toujours avant de venir. Ce doit être le voisin qui a encore oublié ses clés.

Je mets rapidement le peignoir, me dirige vers le portail et ouvre.

Une valise à la main, un homme se tient devant moi. Il fait sombre, car la nuit est noire et je n'ai pas l'électricité dans la venelle. J'ai oublié la lampe électrique.

L'attitude de cet homme est peu engageante. Je suis à sa merci.

L'homme ne fait aucun geste et ne prononce aucun mot. J'hésite pourtant à refermer la porte.

Que me veut-il ?

Les phares d'une voiture l'éclairent.

Je n'ai que le temps de dire, Max ? Qu'il me précède d'un pas décidé, traverse la cour et attend devant la porte d'entrée. Je le suis et je ne saisis que les dernières paroles de son monologue.

– J'ai expédié mon dernier rendez-vous pour rentrer ce soir. Il fallait que nous ayons une explication avant de partir demain chez mes parents. Tes allégations me sont restées en travers de la gorge. Tu me soupçonnes de quoi au juste ?

Je ne fais pas la bravache. Alors je lui explique tout.

Les craintes de Sacha, ces petits riens qui, mis bout à bout, font flipper, puis le bilan que j'ai dressé et qui m'enlève ces doutes.

– Je ne veux pas te perdre Jaz ! Je te jure que je n'ai rien à voir avec cette histoire.

Il me saisit par les épaules, plonge son regard au plus profond de mon âme et me demande :

– Tu me crois ?

Oh oui, à cet instant je crois Max ! Pour toute réponse je me jette littéralement sur sa bouche.

Je ne veux que lui. Nous échangeons un langoureux baiser qui dure… dure.

Max, à chaque respiration, resserre son étreinte. Je suis prisonnière. Au plus profond de moi, je suis saisie de vertige. Mes sentiments pour lui me font mal.

Je ne pensais pas tomber si facilement amoureuse. C'est cela l'amour ? Je n'aurais jamais cru souffrir de bonheur !

Max se détache de mes lèvres et me serre dans ses bras en me chuchotant à l'oreille :

– Je t'aime Jaz, et j'espère que je ne t'effraie pas en te l'avouant pour la deuxième fois. Je sais que c'est de l'amour, car j'ai mal dès que je suis loin de toi.

Il desserre son étreinte et me questionne :

– Tu me fais entrer ?

– Oui. Viens !

Je le précède puis l'aide à se débarrasser de son manteau. Quelle classe ! Il est vêtu comme un mannequin, un petit pull le moule à merveille. Cela me perturbe, je me racle la gorge et lui propose :

– Je me faisais un plateau moquette – frugal, mais bon. Tu en veux ?

– Du moment que je suis avec toi, peu m'importe ce qu'il y a dans l'assiette. C'est de toi dont je ne peux me rassasier. Main dans la main, nous nous installons près du feu, sur le tapis. Tout en picorant, il se dévoile en me parlant de son village, des siens et de son attachement à ses montagnes.

Nous ne voyons pas le temps passer. Nous sommes bien ensemble, mais un bâillement me trahit.

Il est près de minuit à la pendule du four à microondes. Ramenant mon regard sur lui et avant que je ne lui dise quoi que ce soit, il formule ce que je n'osais lui proposer :

– J'ai follement envie de passer cette nuit avec toi. Je peux prendre une douche ?

– Tu as follement envie de rester avec moi ou follement envie de moi ?

Je ne lui laisse pas le temps de répondre. Je lui prends la main et l'invite à me suivre dans la salle de bain. Je lui tends une serviette :

– Fais comme chez toi !

– Je ne serai pas long. Je te rejoins dans ton lit ?

– Si t'es sage !

Je referme très vite la porte, ne voulant pas d'invitation pour une douche coquine. Même si une première fois, cela s'arrose !

J'en profite pour ranger et préparer le petit-déjeuner du lendemain. Nous pourrons rester un peu plus au lit.

Max apparaît en petit boxer, il est drôlement bien foutu. Un beau Chippenboy ! Un vrai mâle comme les publicités de Dim.

Je le guide vers ma chambre avant qu'il ne prenne froid.

– C'est très mignon chez toi : sobre et féminin à la fois. Il s'installe comme s'il avait toujours été là. Ouvre ses bras et me dit :

– Viens mon cœur, j'ai besoin de te sentir contre moi. J'ai tellement eu peur que notre histoire ne se finisse avant d'avoir réellement commencé !

J'ôte mon peignoir, le bas de mon pantalon de pyjama, garde ma petite culotte et mon haut. Mon 90 C est protégé… pour l'instant.

Je rejoins Max, me glisse dans ses bras, mon corps imbriqué dans le sien.

Le long soupir de Max me fait me retourner. Il a les yeux fermés. Il resserre son étreinte et me demande :

– Tu es bien ?

Je caresse sa main, respire sa peau et lui réponds :

– Mouais, pas mal… et toi ?

Aucune réponse. Je le regarde, Max vient de s'endormir.

Voilà l'effet que je lui fais ! Je souris.

Je ne tarde pas à calquer ma respiration sur la sienne. Je suis aux anges, et glisse à mon tour dans un sommeil profond.

20

Samedi 18 décembre 2010

Un matin comme celui-ci, j'en redemande.

J'ai un homme dans mon lit ! Bon, il ne s'est rien passé, mais est-ce important ?

Je m'éveille, goûtant ce nouveau plaisir. Je me lève précautionneusement, le laissant dormir encore un peu. Une bonne douche et me voilà prête. Max est confus de s'être endormi si rapidement. Mon large sourire l'invite à déjeuner en toute sérénité, mon peignoir sur le dos. Quelle dégaine ! ! !

Nous en rions tous les deux en dévorant les croissants tout chauds. J'ai la chance d'avoir la boulangerie à la porte d'à côté.

Fin prêts, nous partons. En route pour Perles-et-Castelet. Nous sommes heureux. Max me prend la main. Pour l'instant, je reste sereine.

Plus nous approchons de la destination, moins je parle. J'appréhende de rencontrer ses parents – enfin sa tante et son oncle.

Mes peurs sont infondées, Malou et Antoine me reçoivent comme leur fille, simplement, me mettant à l'aise, comme l'avait prédit Max.

Durant le repas, Malou m'informe qu'Eva nous recevra l'après-midi pour le café. En attendant l'heure de cette rencontre, Max me montre sa maison et les alentours, mais j'ai la tête ailleurs.

Il est temps, Max m'accompagne chez Eva Cros.

C'est une belle femme âgée, peu ridée, qui nous

ouvre la porte. Une personne très soignée. De beaux yeux bleus. Un charme fou.

À la vue de Max, elle ne peut s'empêcher de lui dire :

– Mon Dieu Max, te voilà bel homme ! Voyons, cela doit faire au moins vingt ans que je ne t'ai vu. Comme tu ressembles à ton père ! Ce pauvre Arthur…

Elle se tourne vers moi, me saisit la main et presse délicatement mes doigts et me dit :

– Vous devez être Jazie, c'est bien ça ?

– Oui madame !

– Entrez, je vous ai préparé du café et des gâteaux.

– Nous n'allons pas vous déranger trop longtemps. Vous savez pourquoi nous venons ?

– Oui, me poser des questions sur ma nièce ! Mais tu peux me tutoyer, Max ! Je dois te dire que j'ai été très surprise de l'appel de Malou. Depuis, je ne dors pas bien. Méryl rôde dans mes rêves et je me sens replonger dans le passé.

Vous voyez, Max n'est absolument pas un intrigant, il n'a rien à voir avec cette affaire. Cette personne âgée ne peut jouer la comédie. Pour une fois, Sacha a tort et tant mieux. Me voilà soulagée d'un énorme poids.

Assise sur le canapé, Eva me questionne :

– Vous voulez savoir si ma pauvre nièce est la personne que vous recherchez ? Max a dit à Malou que vous aviez vu les photos de l'accident, alors voilà ma Méryl !

Et elle allonge le bras et prend un cadre qu'elle me tend. Je regarde le portrait de sa nièce. Cette photo date, car Méryl est bien plus jeune. Mais c'est bien la femme de l'accident. Les mêmes yeux bleus que sa tante, de longs cils noirs et un sourire que je ne pourrai jamais oublier. Il contraste tant avec les photos de l'accident.

Max, voyant mon trouble, me presse le bras. je relève la tête, le regard embué :

– Oui, c'est la même personne.

Eva me reprend le cadre des mains, caresse avec amour ce visage du passé puis se rapproche.

– Je n'ai pas bien compris le but de votre visite ainsi que le rapport qu'il peut y avoir avec ma pauvre nièce et son accident ?

Je lui explique depuis le début. Les lettres anonymes et la dernière qui me conduit à elle. Je lui précise les recherches faites et mon incompréhension devant ce qu'il est reproché à mon entreprise.

Eva pose ses mains sur son cœur. J'ai peur qu'elle n'ait un malaise.

1985

En ce début du mois de novembre, Méryl a invité Sophie et quelques-unes de ses copines du basket à passer l'après-midi entre filles.

Cela lui fait du bien. Elle tente de se reconstruire. La discussion est animée. Les filles parlent des cadeaux qu'elles vont pouvoir acheter pour Noël. Un rendez-vous est pris pour faire une journée shopping.

À bâtons rompus, chacune parle de ce qui l'intéresse.

L'une de son nouveau copain, l'autre de ses ennuis au travail, Sophie de ses partiels et de son dernier devoir de philo sur la mort.

Une des amies indique qu'elle est favorable à sa crémation. Toutes sont surprises, car ce n'est pas très répandu. Il y a ce poids de la religion, le culte du souvenir.

Sophie, elle, raconte la mort de sa grand-mère et la période très troublante où, à l'âge de neuf ans, elle pensait entretenir une communication avec elle.

Elle pensait que l'âme continuait de vivre par-delà la mort. Sa grand-mère, comme un ange, veillait sur elle avec amour.

Méryl allait dans son sens puisque la veille de son accouchement, elle avait rêvé de leur aïeule.

Un message de l'au-delà, si loin de la date du décès, ne pouvait s'assimiler à un sentiment de refus de ce deuil. Il devait y avoir forcément quelque chose d'autre.

Elle avait ajouté, en regardant Sophie dans les yeux, que si elle venait à mourir, elle serait toujours là pour la protéger et pour la guider. Leur affection étant trop profonde. Voyant Sophie blêmir, Méryl était partie d'un grand éclat de rire et l'avait rassurée sur sa volonté de vivre au moins jusqu'à quatre-vingt-dix ans.

Sophie avait souri, s'imaginant toute cette bande de filles en vieilles grand-mères, discutant de leur arthrose et regrettant leur belle jeunesse.

Mais un voile noir venait de passer sur son cœur.

Rien ne devait arriver à Méryl !

D'un regard, elle me rassure :

– Ce n'est rien, je pense à Jean qui n'est plus là et à Méryl. Me remémorer ces moments malheureux, c'est difficile. Ils remontent à la surface comme si c'était hier. Hélas, nos sentiments, eux, ne vieillissent pas. Méryl était notre soleil. Je vais vous aider !

– Je comprends, cela a dû vous faire un choc d'apprendre le décès de votre nièce.

– De l'accident, je n'en ai rien su, car j'étais moi-même à l'hôpital, subissant une intervention de l'épaule. Mon mari ne fut averti que deux jours après quand ma belle-sœur, Jacqueline, arriva à le joindre au téléphone. Enzo les avait prévenus. Méryl était en soins intensifs. Personne n'était autorisé à venir la voir. Il était dans l'attente de l'avis des médecins. Jean, ne voulant pas compromettre mon rétablissement – j'avais eu des complications –, ne m'en informa que quelques jours plus tard. Il me prépara au pire, m'expliquant l'accident de Méryl et son état très alarmant. Ce que nous ne savions pas, c'est qu'elle était au même étage, à quelques portes de ma chambre.

– Vous étiez dans le même hôpital, à Rangueil ? Vous auriez pu la voir ?

– J'aurais surtout pu leur dire ! Je m'en veux tellement. Elle serait encore parmi nous. Si seulement j'avais su qu'ils l'opéraient.

– Que voulez-vous dire par là ?

– Que Méryl avait eu des problèmes d'allergies lors d'une anesthésie et qu'il fallait faire attention aux dosages.

– Quelles sortes d'allergies ?

– En 1970, elle avait été opérée d'une épaule et elle avait failli mourir. Elle avait eu un œdème de Quincke combiné à une chute de tension et autre chose dont le nom m'échappe. À Rangueil, je sentais que le malheur était sur nous, mais je croyais que j'en serais la victime. J'aurais dû savoir que ma petite était en danger !

Un silence douloureux s'installe dans la pièce.

Il faut que j'en sache un peu plus. Prenant mon courage à deux mains, je poursuis :

– Il ne faut pas culpabiliser. Saviez-vous qu'elle avait été opérée deux fois ? Ablation de la rate, du pancréas. Son pronostic vital était engagé. Le rapport médical, que notre médecin-conseil nous a fourni, précisait que les chances de survie étaient quasiment inexistantes. Le décès a fait suite à un arrêt cardiaque. Et il n'y avait plus de réponse neurologique.

– Raison de plus. S'ils ont utilisé les mêmes produits, ils ont précipité Méryl dans l'au-delà.

– Vous pensez que prévenir les médecins lui aurait sauvé la vie ?

– Oui, sans aucun doute !

– Mais dans quel état aurait-elle vécu ?

– Je le sais ! Durant toutes ces années, je n'ai eu que cela pour me consoler. Me dire qu'elle aurait été lourdement handicapée.

Eva essuie les larmes qui coulent, lentement, comme une fontaine presque tarie. Puis tout d'un coup, elle se lève, se dirige vers son secrétaire, ouvre un tiroir puis nous dit :

– Je dois l'avoir gardé… je n'ai rien jeté de sa vie… Ah, le voilà ! Elle nous ramène une radio avec un compte rendu. De ses longs doigts décharnés, elle nous désigne les conclusions faisant état de l'accident opératoire de 1970.

– M'autorisez-vous à en faire une copie avec mon appareil ?

– Oui, si cela peut vous aider !

De son autre main, elle me tend un album photo.

– Regardez comme elle était belle.

Je découvre ainsi la vie de Méryl Sauret. De sa jeunesse, passée souvent auprès de sa tante. De ses amis, son fiancé qui allait devenir son mari, mais aussi d'Hugo accompagné d'une jeune fille.

– Voyez Méryl et son inséparable cousine. Pauvre petite, elle s'est toujours culpabilisée de cette mort. Elle disait qu'elle aurait pu l'éviter si elle avait été avec elle. Elle n'a jamais pardonné à Enzo d'avoir remplacé si vite Méryl.

Un début d'explication se fait jour dans ma tête. Si je comptais bien, cette petite avait aujourd'hui une quarantaine d'années. Cela correspondrait pile à la tranche d'âges de mon corbeau.

La vengeance était peut-être le mobile de ces lettres anonymes.

Max, suivant le même cheminement que moi, me devance et pose la question à Eva :

– Penses-tu que ta nièce puisse être l'auteure de ces lettres anonymes ?

– Ce que je sais, c'est que cette petite n'a jamais fait son deuil. Pour la communion de son filleul, elle avait hésité à y aller, n'ayant pas revu Hugo depuis la mort de sa mère. Mais il était écrit qu'elle devait être présente ce jour-là. Durant le trajet, elle a demandé à Hugo si sa mère ne lui manquait pas trop dans ce moment-là ?

Eva presse sans cesse ses mains, l'une contre l'autre, visiblement triste à cette évocation.

Après une longue inspiration, elle poursuit :

– Savez-vous ce qu'Hugo lui a rétorqué ?

Elle n'attendait pas une réponse de notre part. Elle semblait ailleurs, dans une douleur profonde, et nous fûmes saisis par les propos qui suivirent.

Hugo lui a répondu : *oh, ma mère, elle est partie en me laissant seul !* Elle lui a alors fait remarquer : *c'est normal, elle est morte !* Et là, Hugo lui a indiqué, ça, *tu peux le dire, et qu'elle ne revienne pas, car elle est bien morte pour moi. Et ne me parle plus d'elle, ma mère c'est Marion !*

Elle n'avait su que dire. Elle avait les larmes aux yeux. Elle a très mal vécu cette journée où elle n'avait plus sa place.

Quand elle vint me voir pour me raconter cet échange, cela me rappela la fois où j'appelai Enzo pour avoir des nouvelles. Au lieu de tomber sur lui, comme d'habitude, c'est Hugo qui décrocha. Il devait avoir six ou sept ans.

Eva était toute blanche. Je lui pris la main et la fis se rasseoir.

– Mon Dieu, je m'en souviens comme si c'était hier. J'entendis le petit *Allo* d'Hugo. Alors je lui répondis : *Hugo mon chéri !* Il me cria, tout heureux : *Maman, c'est toi maman ?*

Nous avions un peu la même intonation avec Méryl. Elle l'appelait toujours ainsi. Déstabilisée, je raccrochais vivement. Jean était près de moi et, me voyant livide, recomposa le numéro et obtint Enzo. Je me souviens qu'à ce moment, je me suis dit qu'Hugo avait gardé en lui la voix de sa mère. Il croyait qu'elle était toujours vivante. En recoupant cela, nous en avons conclu, avec ma nièce, qu'Enzo n'avait jamais rien dit à son fils. Elle pense que c'était la volonté de cette Marion. Il y a six ans, Hugo a revu sa marraine suite au décès de son grand-père maternel. Dans le testament, il était le seul héritier puisque sa mère était morte. À cet instant, il connut la vérité et ne fit plus confiance à son père. D'ailleurs, peu de temps après, il est parti à l'étranger et correspond toujours avec Sophie. Il ne voit plus son père ni sa belle-mère. Je peux vous dire que j'en suis très satisfaite, d'autant qu'ils n'ont jamais pu avoir d'enfant. Je sais que Méryl y a veillé de là-haut. Elle a tout fait pour protéger Hugo et se venger.

Max reprend la parole et repose la question :

– Donc, d'après toi, ta nièce est celle que nous cherchons ?

– Je ne sais pas. Elle a sa vie maintenant et elle ne vient plus me voir comme avant.

Une idée se précise. Si je la contactais, après tout, c'est peut-être ce qu'elle voulait ?

Je demande à Eva :

– Avez-vous toujours ses coordonnées ?

Je souhaiterais l'appeler et avoir un entretien avec elle !

– Je dois les avoir, mais je ne sais plus où. Si cela ne vous dérange pas, repassez demain. Je les aurai retrouvées. Je suis fatiguée !

– Bien sûr, excusez-nous d'avoir remué ce passé douloureux.

Max se lève, me prend la main, pour m'inviter en en faire de même. Il embrasse Eva en lui demandant :

– Nous pouvons te laisser ? Tu te sens bien ?

Dans un murmure, Eva le lui confirme :

– Oui mon petit ! Ça va aller. Je veux juste rester seule avec mes souvenirs, avec ma Méryl.

Sur le pas de la porte, je me retourne :

– Merci Eva, à demain.

Mais je n'ai aucune réponse. Elles sont déjà ensemble.

Regagnant le logis des Malaud, Max, un bras autour de ma taille, me dit :

– Alors, contente de cet entretien ? Tu vois le bout du tunnel ?

– En partie, car cela n'explique pas pourquoi nous avons versé de l'argent à tort !

M'arrêtant, je lui fais face :

– Dis ! On peut oublier tout cela ? C'est samedi, je ne suis pas au boulot et j'ai envie de profiter de toi. Alors que me proposes-tu ?

– Tu vas voir. Attends près de la voiture, j'arrive !

Que de mystère ! Cinq minutes plus tard, chargé de deux énormes sacs, Max me rejoint.

Je veux l'aider, mais…

– Bas les pattes ! Monte dans la voiture !

Je m'exécute sans un mot.

Nous partons sur les routes enneigées. Le paysage est magnifique. Les dernières chutes de neige ont bordé les pâturages d'une belle couverture ouatée.

La route sinueuse est jalonnée de sapins, de chênes, supportant difficilement le poids de la neige.

Quel tableau ! On dirait une armée de soldats revêtus de leurs manteaux blancs, défendant un château imaginaire au sommet de la montagne. Max n'y résiste pas. Il se gare, sort son appareil et prend quelques clichés. La luminosité est merveilleuse.

Remontant à bord, il me glisse :

– Nous allons nous arrêter près du lac. Il doit être gelé. Tu verras, c'est extra !

Au détour d'un virage, je l'aperçois, majestueux. La surface est recouverte de glace immaculée, scintillant de mille feux sous le soleil.

Max se gare et nous sortons tous les deux admirer ce paysage.

Nous respirons cet air frais revigorant. Il se penche, dépose un baiser sur mes lèvres et me dit :

– Ne bouge pas ! Je reviens !

Me retournant vers le lac, je ressens toute la sérénité de l'endroit. Je suis heureuse.

– Jaz ! appelle Max.

Je me retourne en lui souriant, confiante. Me voilà mitraillée par mon paparazzi.

– Tu es incorrigible !

– Elle est belle et elle est à moi ! crie Max.

Je cours vers lui en riant, le sommant de se taire. Que vont dire les gens ? Il rit, car ici, il n'y a personne.

Je me glisse entre ses bras. Il m'embrasse passionnément.

Le reste du voyage, je le presse de questions sur ce que nous sommes censés faire. Il reste muet comme une carpe. Il stoppe enfin le véhicule en contrebas d'un fossé menant à une grange. Un aboiement se fait entendre et une grosse boule blanche couverte de longs poils de crylor, dévale le chemin et saute les derniers mètres qui nous séparent.

Max me présente Pollux, son montagne des Pyrénées.

Ce chien de grande taille – il fait la moitié de moi au garrot – vient me renifler.

– Pourvu qu'il ne sente pas l'odeur de Peuf. Je ne donne pas cher de ma peau !

Je reste immobile, impressionnée par ce seigneur des Pyrénées dont il est originaire.

Mais le Patou met sa tête sous ma main pour que je le caresse.

– Pollux semble t'apprécier ! Un bon point pour toi, ma belle. Tu sais, même si ce sont des chiens gentils et protecteurs, ils ont tout de même leur caractère. Allez viens mon Pollux !

Il est fier de son animal et il y a de quoi. Le chien fait fête à son compagnon et Max atterrit dans la neige. Je ris tellement de bon cœur que le chien s'élance vers moi, croyant à un jeu, et il me pousse à mon tour.

Une solide main, brunie par le soleil, me relève d'un geste souple. C'est Antoine qui vient me sauver de ce champ de coton dans lequel je m'enfonce.

– Merci ! dis-je en continuant à rire.

– Allez ! Dépêchez-vous de partir tant qu'il fait encore jour. Max, tout est prêt !

Sur le côté de la grange, un scooter des neiges nous attend. Max y charge les deux sacs et m'invite à m'asseoir.

– Où allons-nous ?

– Tu verras ! Tu en as déjà fait ?

– Non ! C'est la première fois que je monte sur cet engin.

– Tu dois bien te tenir. Une main à l'arceau et l'autre autour de ma taille, et tu mets ce casque !

D'un geste, il remercie son oncle et, accompagnés de Pollux, nous partons vers les sommets.

Dommage que ce ski-doo ne soit pas électrique. Le sentiment de liberté serait décuplé.

Je serre de toutes mes forces ce corps musclé. Collés, nous ne faisons qu'un. Déjouant les pièges des congères, nous sommes enivrés par la vitesse. Le chien ne se laisse à aucun moment distancer. Max et lui doivent souvent faire ce trajet.

Tout à coup, Pollux bifurque sur la gauche et disparaît à nos yeux. Je m'inquiète, mais le revoilà plus haut, sur un chemin qui mène à un chalet de montagne.

Il aboie à plein poitrail. Il doit y avoir quelqu'un. De la fumée s'échappe de la cheminée. J'aurais préféré être seule avec Max !

Le froid nous mord le bout du nez et quelques flocons commencent à tournoyer. Le soleil entame sa descente vers les montagnes de Bonascre. Le panorama est éblouissant.

Descendu de l'engin, Max me prend la main et m'attire vers lui.

– Alors princesse, heureuse ?

– C'est une super surprise !

– Viens !

Chargés chacun d'un sac, nous manquons de chavirer, bousculés par Pollux. Max fait tomber la clé du dessus du chambranle et ouvre la lourde porte de chêne.

Ouf ! Nous sommes bien seuls au monde.

Une douce chaleur vient m'envelopper. La pièce est nimbée de lumière opaque. Au centre, un petit poêle toussote de plaisir. Le canapé, un tapis de peau de mouton et une grande table avec ses bancs agrémentent la pièce.

Un escalier – tout en bois – étriqué et sans rambarde se dresse vers le grenier. Près de la vieille cheminée, un évier de pierre, modeste coin cuisine bien aménagé, complète l'ensemble.

– Bienvenue au début du siècle ! me dit Max. C'était la maison de mon grand-père. Il était berger. Antoine continue la tradition avec Pollux.

– J'adore, et je suis heureuse que tu m'aies emmenée jusqu'ici !

Je fais le tour de la petite pièce puis viens le rejoindre, me blottissant dans ses bras.

– Nous aurons tout le temps, chaton. Préparons tout avant qu'il ne fasse nuit noire ! ordonne Max.

Sous l'éclairage d'une seule ampoule, je vide le premier des sacs. J'en sors ma trousse à nécessaire. Il a pensé à moi. Le deuxième est rempli de victuailles emballées précautionneusement. Il y a du pain, un gâteau et de la brioche.

Je dispose le tout sur la grosse table, ne sachant où les entreposer. Max est en train d'allumer la cheminée.

– Tu peux tout ranger là, s'il te plaît !

Il me désigne un grand rideau de grosse laine. Dissimulé derrière, un grand placard en bois ouvre sa bouche pour avaler mes présents. Le garde-manger est déjà bien rempli. Beurre, fromages et quelques bouteilles de vin. Le froid règne dans ce meuble – l'ancêtre du frigo.

Le feu crépite maintenant dans l'âtre et une odeur de fumée m'attire près de Max.

Au fond du foyer, un jambon s'affine. Cela éveille des souvenirs d'enfance.

– Waouh, c'est la caverne d'Alibaba !

Des grattements à la porte. Max me prend la main et chuchote :

– C'est sûrement un loup !

– Arrête ! dis-je, mi-inquiète, mi-amusée. C'est ton chien !

– Tu es sûre ? C'est peut-être un ours ?

– Et il vient de manger ton chien, car il n'aboie plus ! Et, il gratte pour s'inviter à souper !

Max se lève pour ouvrir et part d'un grand éclat de rire.

– Pollux veut sûrement que nous sortions profiter des derniers rayons du soleil. Viens, il ne neigeote plus !

En moins d'un quart d'heure, les nuages et le soleil ont étalé leur palette de couleurs. La montagne est en feu. Les pics dentelés, couronnés de rubis, se dressent majestueux dans cette immensité.

Il n'y a pas un bruit.

Assis sur le banc de pierre accolé à la façade ouest, nous dégustons cet instant de paix.
Au moment où le soleil disparaît, je frissonne. Max en profite pour m'emprisonner sous son étreinte et prend mes lèvres avec douceur.

Je suis bien avec cet homme. En accord parfait avec lui. L'ours est à nos pieds. Il nous regarde avec sa jolie gueule. Un vrai nounours ce Pollux.

Il est temps de rentrer. Le mercure du thermomètre descend à toute vitesse.

La chaleur du logis nous surprend dès que nous passons le seuil de la porte. Le feu dans l'âtre n'est pas de trop.

Quittant nos blousons, nous nous installons sur le canapé, étroitement serrés l'un contre l'autre. Max se livre. Il évoque son enfance. La mort tragique de ses parents, guides de haute montagne. La tristesse de sa voix m'émeut.

Sa bouche sur mes cheveux, il me murmure :

– Je retrouve en toi la douceur de ma mère. Quand tu me regardes, tu m'apaises !

Max se reprend. Il n'aime pas ces instants de faiblesse. Alors, il prend les choses en main.

Nous mangeons rapidement, pressés de nous retrouver dans les bras l'un de l'autre. Avant de monter au grenier, Max ouvre une petite porte. C'est une salle d'eau avec une toilette sèche.

Il m'invite à me préparer le temps qu'il finisse de ranger.

Il fait chaud dans cette pièce, le tuyau du poêle passe par là, avant de ressortir par le toit. La douche fonctionne à merveille avec, en plus, de l'eau chaude. Comment fait-il pour avoir tout ce confort ?

Je commence juste à enfiler ma petite culotte qu'il entre avec un peignoir.

– Pas la peine de protéger ton joli petit cul. Je n'en ferai qu'une bouchée de ton bout de tissu. Passe plutôt ça, tu n'auras pas froid et je pourrai passer mes mains où je veux, comme je veux !

Joignant le geste à la parole, il prend mes seins

dans ses mains. Plante son regard dans le mien et, avec la complicité du miroir, il me souffle à l'oreille :

– Depuis que tu as reboutonné ton chemisier chez moi, je n'ai eu de cesse de les imaginer. J'étais loin du compte. Monte vite avant que je ne te viole sur place !

Je file sans attendre mon reste, je crois qu'il ne plaisante pas. D'habitude pudique, j'ai trouvé tout naturel d'être nue devant lui. Ses flatteries m'excitent. Je connais l'emprise de mon corps sur les hommes, mais Max a une façon particulière d'exprimer son désir. C'est un vrai macho.

Allongée sur le lit, j'ai tout juste le temps d'embrasser du regard cette superbe chambrette, qu'un Adonis, nu, se plante devant moi, un truc entre les dents.

Vous n'imaginez pas ce qu'il tient ?

C'est un préservatif. Il me fait penser à la pub d'Ultra-Brite. En le voyant ainsi, je me mets à rire.

– C'est tout l'effet que je te fais ? Je suis déçu ! me dit-il en riant à son tour.

D'être ainsi, nu, semble tout naturel pour lui. Ou alors veut-il m'impressionner ? C'est maintenant réussi et, si je doutais encore de son désir, là les choses sont claires !

Max est beau et il le sait. Sans hâte, il se glisse à mes côtés.

– À nous deux maintenant !

Il me fait rouler sur lui et me présente le condom d'entre ses dents. Le prenant, je lui dis :

– Tu penses à tout et tu as raison. Tant que nous n'avons pas fait le test, il vaut mieux prendre nos précautions ! N'est-ce pas ?

– Oui ! Allez, à toi de me montrer de quoi tu es capable !

– Goujat ! Tu vas morfler, et interdiction de dire stop tant que je ne l'ai pas décidé !

– Prétentieuse !

Cet homme sait s'y prendre avec moi, mais il ne perd rien pour attendre. Je vais lui en faire voir de toutes les couleurs.

L'animal est bien monté. Glabre où il faut, le choix de la reine. Soutenant son regard, je prends mon temps et entre dans la danse. Lui n'est pas en reste. Les préliminaires sont une invite au plaisir.

Je ne me reconnais pas. D'habitude, je suis moins entreprenante. Là, je me sens femme et pleine d'assurance. Je redouble de caresses, de baisers. Je veux lui prouver que j'ai des sentiments pour lui. Prenant le préservatif, j'habille le bâtonnet et je dévore ma gourmandise à la vanille.

Il abdique le premier, me tirant par les cheveux pour me faire arrêter. Puis il m'amène à sa hauteur.

– Tu es une sorcière ! Tu m'as envoûté !

D'un coup de reins, il roule sur moi et m'emprisonne les mains. Clouée au matelas, je ne peux remuer.

Seul mon bassin oscille sous son ardeur.

Il me regarde au fond des yeux et je ne lâche rien. Moi aussi je lutte. La vague de jouissance nous submerge en même temps.

Éreintée, le souffle court, je me retrouve la tête sur son torse. Il caresse lentement la naissance de mes fesses.

Il nous faut retrouver notre souffle.

Son cœur, comme le mien, est monté au

firmament. Dans un même tempo, ils s'apaisent petit à petit.

Le calme après la tempête.

Max remonte la couette sur nos corps encore fiévreux. Ivres de bonheur, mes yeux débordent d'amour.

Une larme coule sur ma joue puis roule sur sa peau.

Se méprenant sur mes sentiments, inquiet, il se glisse jusqu'à ma hauteur et questionne :

– Qui a-t-il ? J'ai fait ou pas fait quelque chose, parle-moi ! Je t'ai déçue ? J'ai cru pourtant que nous étions en osmose !

– C'est le cas, Max. Ce que je ressens me fait mal. Tout ça, enfin… je n'y croyais plus !

– Jaz… je te l'ai dit. Tu es mon amour et je vais te le prouver !

Sur ces mots, il glisse ses bras sous mon corps et m'attire à lui. D'une main il descend lentement du creux de ma nuque vers mes fesses. Puis reviens explorer mon trésor. Le désir est là, je commence à effectuer un va-et-vient. Il se glisse en moi et notre danse amoureuse reprend… plus lente… plus profonde.

– À ce rythme, la boîte ne suffira p…

Sa bouche emprisonne mes derniers mots.

À minuit, nos corps comblés, nous descendons prendre un petit encas bien mérité et remettre du bois dans le poêle. Nous remontons vite sous la couette, pour nous accoupler à nouveau.

– Tu es une gourmande ! Jamais repue. Je t'adore, me déclare Max.

Et moi donc, jamais je n'avais autant fait l'amour en une seule nuit.

L'odeur de la brioche, réchauffée me réveille. J'ai du mal à ouvrir les yeux. Je m'étire comme une chatte. Quelle nuit !

Le soleil tape timidement à la fenêtre. C'est comme une invite. Je me penche vers la vitre, et le paysage qui s'offre à moi me laisse interdite. Quelle beauté ! Une neige immaculée scintille de rose et d'argent. Le ciel est en feu, c'est extraordinaire. Au loin, un troupeau d'isards s'avance lentement dans la neige. La nature est sereine, je suis heureuse.

Non, je ne rêve pas. Je suis bien dans le chalet avec Max. J'enfile en hâte mon gros pull de laine et ma petite culotte – qu'il a épargnée. Je descends le rejoindre.

– Salut ma puce ! Bien dormi ?

Pour toute réponse, je me scotche à son dos, l'entoure de mes bras. Il ne dit rien pendant quelques instants. Puis il pose sa main libre sur mon postérieur, me collant encore plus à lui – instant de tendresse. Nous jouissons de cette plénitude. Nous sommes heureux. Son naturel reprenant le dessus, il me pince et me dit :

– Les œufs ne seront jamais cuits si tu me prends par les sentiments. Il faut que je retrouve des forces : tu m'as lessivé cette nuit ! Va prendre ta douche, c'est bientôt prêt ! Ensuite nous partirons !

– À vos ordres mon apollon !

Malgré l'eau chaude, je ne reste pas sous la douche et suis prête rapidement. Être avec lui, le voir, le sentir, le toucher, voilà ce que je veux. Je ne dois pas perdre de temps.

Le petit-déjeuner prêt, nous mangeons avec appétit, car j'en conviens : j'ai faim !

Max a tout organisé et la matinée passe vite. Balade en raquettes. Observation de la faune, capturée par le photographe qu'il est, sans oublier la foultitude de photos qu'il me vole. Bien sûr, Pollux est toujours dans nos pattes.

Nous avons déjeuné en haut de la montagne devant un panorama à couper le souffle. Puis l'heure est venue de redescendre voir Eva, avant de repartir vers Toulouse.

Le retour a pris moins de temps. Le ski-doo rangé a mis fin à un week-end de rêve. En entrant dans la voiture, le froid m'anéantit. Je commence à avoir le bourdon.

Il ne reste plus qu'à retrouver Eva.

– Bonjour les enfants ! J'ai retrouvé la dernière adresse de ma nièce, mais je n'ai pas conservé son numéro de téléphone.

– Ne vous inquiétez pas Eva ! Merci beaucoup !

Elle me fait promettre de revenir la voir. Avant de partir, elle me remet un foulard de soie qu'elle passe autour de mon cou.

– Méryl le portait. Son mari, peu de temps après sa mort est venu m'apporter tout ce qui lui avait appartenu. Il n'a rien gardé d'elle – comme pour l'effacer. Hugo m'a dit qu'il n'avait rien retrouvé – pas même une photo. Prenez-le, elle en aurait été contente. Vous qui œuvrez pour le salut de son âme !

Sa phrase me met mal à l'aise.

– Je ne peux l'accepter !

– Si, vous verrez, vous allez sentir sa présence !

Elle nous embrasse et nous partons, accompagnés des dernières lueurs du jour. Le temps file à toute allure quand les instants passés avec l'homme que vous aimez prennent fin.

Max me laisse devant ma porte après m'avoir embrassée longuement. Il doit partir tôt le lendemain pour son séjour à la Rhune. Il ne reste pas manger.

Je le regarde s'éloigner, une douleur au creux de l'estomac. La séparation est toujours cruelle. Elle vous laisse un sentiment d'abandon et de perte. Comme si la personne que vous aimez ne devait plus jamais revenir. Avez-vous déjà ressenti cela ?

Il faut que je bouge. Peuf doit m'attendre !

Je l'entends dernière la porte, miaulant comme un dératé. Plus rien dans sa gamelle. Pauvre chéri ! Vite des croquettes. Moi, je n'ai pas faim. Max me manque déjà. J'ai une folle envie de vivre avec lui.

21

Lundi 20 décembre 2010

Après un dépaysement comme celui que j'ai vécu, la réalité est bien déprimante. Max m'a laissé un message. Il est déjà en route. Il espère me revoir avant mon départ de jeudi.

J'ai posé des congés pour fêter Noël avec ma famille. Jeudi, je prends mes parents et nous partons rejoindre ma sœur, au fin fond du Tarn.

D'habitude, j'adore les retrouver pour cette fête.

Défaire les cadeaux avec mon filleul. L'observer quand, le visage collé à la vitre, il espère voir Papa Noël. Tenir sa menotte dans la mienne quand nous cheminerons vers l'église. Écouter les cantiques, ressentir cette ferveur, cette communion qui réchauffe nos cœurs.

Mais cette année, mes sentiments sont ailleurs, près de Max. Il ne sera pas avec moi. Je pense à lui, à nous.

Il faut que je lui trouve un cadeau et que je le lui offre avant mon départ.

Non, pas de stylo ni de caleçon. Laissez tomber, je vais me débrouiller !

Il passe Noël parmi les siens et nous devons nous retrouver à Bonascre pour le réveillon.

C'est bien loin !

Je me mets au travail rapidement pour ne pas broyer du noir.

Heureusement qu'Eva a retrouvé l'adresse. Il y avait un paquet de Marquez à Toulouse.

Google Mapp me montre une maison de maraîcher près de Launaguet. Habite-t-elle toujours là ? Les pages jaunes me le confirment.

J'imprime le plan, ainsi que la photo Street View.

Je tergiverse sur la manière de la contacter. Je repousse à plus tard. Il faut que je mette à jour mon dossier Sauret. Je sais que je passe à côté de quelque chose. Mais quoi ?

Mon iPhone est vraiment pratique, grâce à lui, je télécharge les documents que j'ai scannés chez Eva.

J'imprime, car je veux lire les rapports médicaux et pouvoir annoter. Je reprends dans l'ordre chronologique les comptes-rendus opératoires tapés à la machine.

Le premier est celui de 1970, donné par Eva.

Méryl Sauret a été opérée d'une fracture de l'épaule suite à un accident de basket. Le médecin qui s'est occupé de la patiente note que, durant l'opération, il y a eu complication. Baisse de tension suivie d'un arrêt cardiaque provoqué par un étouffement – œdème de Quincke. La réanimation a été immédiate. La patiente a ensuite été maintenue deux jours dans le coma afin que ses fonctions soient restaurées. Il n'y a pas eu de séquelles.

Le médecin précise que pour toute nouvelle opération ou accouchement, il faudra être très prudent en cas d'anesthésie. Je souligne ce passage.

Je note en marge ce que nous a dit Eva – *j'aurais pu leur dire qu'elle avait des problèmes d'allergies !*

Je prends le deuxième compte rendu opératoire. Et là, je sais que j'ai trouvé ce qui me turlupinait. La phrase que j'avais soulignée en rouge – *aucune indication quant aux allergies possibles, pas le temps d'attendre pour opérer,* et plus bas, les notes prises lors de mon entretien avec le médecin-conseil – *le questionnaire médical a été rempli, on peut y voir que toutes les réponses sont négatives y compris celle sur les allergies.*

Il faut donc que je sache qui a inscrit ces réponses sur le formulaire.

Pourquoi la question des allergies est-elle négative ?

Mardi 12 novembre 1985

Sophie est prise entre deux feux. Floris vient de lui laisser un message à l'accueil du Crouss. Il arrive vers dix-sept heures, il a une autorisation de sortie. Floris fait son service militaire et il ne peut pas retrouver Sophie comme il le souhaite. Heureuse elle l'attend. Mais elle doit prévenir Méryl que demain, elle ne pourra pas la rejoindre.

La cabine au rez-de-chaussée est déjà occupée. Elle n'a plus le temps de l'avertir, sinon elle va manquer le début des TD. Elle repousse donc son appel au lendemain midi. Mais que lui dira-t-elle ?

Va-t-elle lui avouer que Floris est là ? Non, il ne faut pas lui faire de la peine avec son bonheur à elle !

Elle va tout simplement dire que, ce mercredi, elle ne peut pas venir. Sophie se sent coupable, elle sait que Méryl attend toujours ces journées avec plaisir. Pour une fois, Méryl comprendra – comme elle dit souvent –, il faut que jeunesse se passe !

Elle l'imagine allant aux courses avec Hugo à bord de sa petite Visa de couleur prune, regrettant son absence.

C'est décidé, mercredi prochain, elle lui avouera tout.

Plus que quelques heures et Floris sera là.

Eva affirme n'avoir pas donné cette information.

Alors qui a rempli ce document ?

Comme seule indication, une signature. Enfin plutôt un gri-gri… J'ai une impression de déjà-vu. Mais où ?

Avec ces éléments en main, je peux rencontrer

cette Sophie Marquez et connaître les raisons de ces lettres anonymes. Est-elle mon corbeau ?

Je tente de la joindre par téléphone. Une première sonnerie, deuxième… dixième. Il faut que je me rende à l'évidence, elle n'est pas chez elle.

Je renouvellerai mon appel cet après-midi. Pour l'heure, je file manger au self. Cette fois, c'est moi qui rappelle à l'ordre Léo !

À mon retour, j'essaye, mais sans résultat de recontacter Sophie Marquez. Toujours pas là ! Elle doit travailler. J'aurais pu le demander à Eva. Finalement, j'en sais peu sur cette femme.

Je laisse un mail à Sacha pour avoir son avis.

De : jaz.gau@lib.fr

À : sacha.bond@dgpn007.fr

Es-tu libre cette fin de soirée, je voudrai te montrer quelque chose, je crois avoir trouvé qui est mon corbeau et les raisons de l'envoi des lettres anonymes.

Ce n'est qu'en fin d'après-midi que Sacha me répond par SMS, m'invitant à dîner.

À l'heure dite, je me pointe à leur appartement. Nine m'ouvre avec un grand sourire. Elle est contente de cette visite. J'adore Nine ! C'est une femme douce et bienveillante, mais il ne faut pas la chercher… sinon tu la trouves.

Je m'installe près de Sacha et lui remets le dossier.

– Bon, laisse-moi lire afin de me faire une idée ! m'ordonne Sacha.

Nine me sourit et, à mi-voix, me dit de ne pas faire de bruit et de m'installer dans le fauteuil.

J'adresse un message à Max.

Je pense à toi, tu me manques, il me tarde de te revoir, mercredi j'espère ?

Sa réponse ne se fait pas attendre :

Tu me manques. Je n'ai fait que penser à nos étreintes. J'ai encore le goût de tes baisers et je ressens la douceur de tes lèvres.

J'ai rêvé de ton corps. De tes fesses callipyges. Il me tarde de te faire jouir sous mes caresses. Je t'aime et je te veux !

Oh, là, là, c'est hot, mais que c'est agréable à lire.

Il faut qu'il stoppe ça. Je ne suis pas chez moi, nous ne pouvons pas faire l'amour au téléphone. Pas ici !

Je m'empresse d'éteindre l'incendie :

Si tu continues, je ne vais pas pouvoir me retenir et, comme je ne suis pas chez moi, cela va faire désordre. Range ton objectif et prends une douche froide, cela calmera tes ardeurs !

… Il répond immédiatement.

Tu es sortie, déjà infidèle, qui est l'heureux élu ?

Est-il vraiment jaloux ? Je lui pose la question.

Tu es jaloux ? Ce n'est pourtant pas la peine, car je suis chez Sacha. Je crois que j'ai trouvé un truc, mais je préfère avoir l'avis d'un pro avant de te raconter ce que j'ai !

…

Pour ta première affirmation, c'est oui, un peu.

Pour ton affaire, je suis content que cela avance et il me tarde de savoir ce que tu as trouvé.

Avons-nous une chance de nous joindre plus tard dans la soirée ?

Oh je lui manque !

Je ne sais pas quand je serai chez moi, si c'est avant minuit, je t'appelle ?

...

Oui, tu peux. J'ai toutes les prises de vues d'aujourd'hui à classer. À tout à l'heure, j'attendrai ton appel, bisou mon cœur !

– Eh, je te parle ! me répète Sacha. Tu es dans la lune ou tu dors ?

– Excuse-moi, je dialoguais avec mon homme !

– Il faudra me le présenter celui-là. Il faut que je sache s'il te mérite ! Tu ne m'as rien dit sur lui.

Quand je vous dis que Sacha se prend pour mon grand frère. Il est surprotecteur.

J'en profite pour lui faire une blague :

– Monsieur et madame Malaud ont un fils, comment le prénomment-ils ?

– Chad, comme chamallow. Facile !

– Non, c'est Max ! Comme des Maxmallow !

– Tu n'es pas en forme ce soir, ma poulette, ou alors il t'a lobotomisé le cerveau, ton Max ! Il rit de moi puis ajoute :

– Allez, viens me voir, j'ai fini !

Je le rejoins ainsi que Nine qui nous apporte le repas, nous commençons à manger. En même temps, Sacha donne ses explications. Pour lui, il y a deux hypothèses : la première, c'est que Méryl Sauret est morte des suites de son accident sans réaction allergique. Par contre, avec les lésions qui sont inscrites ici, il vaut mieux qu'elle ne soit plus de ce monde. Nine hoche la tête en signe d'assentiment.

La deuxième, c'est que cette femme était bel et bien allergique au curare, comme expliqué par Eva Cros et le compte rendu de l'opération de 1970. Il y a alors un problème avec ce questionnaire médical de 1985 qui précise le contraire.

– La question se pose. Pourquoi aucune mention de cette allergie ?

– Peut-être que personne, hormis Eva Cros, ne le savait ?

– Il faudrait savoir qui a signé ce questionnaire.

– Cette histoire est vieille, qui va se souvenir de ce détail ?

– C'est sûr que c'est un problème ! soupire Sacha, et de poursuivre :

– Ce n'est pas dit qu'une autopsie soit possible. Si elle l'est, tu auras une petite chance. La science a fait d'énormes progrès. Les ingénieurs du CARME…

Je l'interromps :

– C'est quoi ce truc ?

– Excuse-moi, c'est le Centre d'Application et de Recherche en Microscopie électronique. Ils font des prouesses, même avec des vieux os. Mais pour l'instant, tu sembles dans l'impasse !

– Tu me mines le moral là ! Tu le sais ?

– Tu voulais mon avis, non ? Et ton corbeau, tu n'as aucune preuve que ta Sophie Marquez soit celle que tu crois ?

– Justement, j'y travaille !

– Tu connais les procédures de ta boîte, quand vous avez un doute sur une affaire de cet ordre ?

– Si nous avons des suspicions sur le paiement de capitaux aux bénéficiaires, mon chef transmet à notre service fraude. Il est le seul habilité à poursuivre. Toi, tu penses que mon affaire est loin d'être réglée, si elle l'est un jour ?

– Tout dépend de ton corbeau. Il a sûrement un élément déterminant. C'est lui que tu dois interroger en premier !

– J'ai voulu la joindre aujourd'hui, sans succès. Demain je rappelle.

– Fais attention, tu ne connais pas les intentions de cette femme. C'est peut-être une barge ! J'interrogerai le fichier au cas où, et je te dirai ce qu'il en est !

Sacha est toujours flippant dans ces moments-là, mais il a raison, je serai prudente.

– Dis ! Demain, tu viens voir le Stade contre Glasgow en *H Cup* ? J'ai trois places, à moins que tu n'aies mieux à faire avec *Ton Homme* ?

– Max n'est pas là ! Alors je viens ! Je vous rejoins ici ? J'amène le casse-croûte et on file au stade. C'est bon pour vous ? dis-je en me retournant vers Nine, repartie dans la cuisine.

– On fait comme ça, minette ! me répond-elle.

Je les embrasse et pars.

Il est tard quand je referme la porte de mon chez-moi. Pas assez pour ne pas appeler Max.

Je vais pouvoir lui raconter les conclusions auxquelles nous sommes arrivés avec Sacha.

À mon récit, Max aussi me met en garde contre cette femme. Il préfèrerait être avec moi. Mais bon, je suis grande et je n'ai jamais eu peur de me fritter avec les garçons, alors une fille !

Dès demain, j'essayerai de joindre cette Sophie Marquez et, dans la foulée, de la rencontrer. Ainsi, je saurai si c'est elle mon corbeau.

Quelques mots d'amour et nous nous couchons dans les bras l'un de l'autre. En pensées.

Que c'est bon d'avoir quelqu'un dans sa vie !

22

Mardi 21 décembre 2010

Ce matin, je me réveille enthousiaste. Je vais enfin savoir si Sophie Marquez est bien mon corbeau.

Pas sitôt levée, je laisse un message à mon Max :

Bonjour mon chéri, je pense à toi. Il me tarde d'être dans tes bras. Je t'aime.

Tout en me préparant pour mon travail, je suis à l'affût de la réponse à mon texto. Ce n'est que sur le parcours que je lis :

Bonjour poupée, je reviens mercredi soir, bisous, je t'aime.

Un peu laconique, mais l'essentiel est là : il m'aime !

Dès mon arrivée dans les locaux de mon entreprise, je compose le numéro de Sophie Marquez.

À la quatrième sonnerie, le cœur battant, je suspends ma respiration. Vais-je entendre mon corbeau ? Oui ! Mais par le biais du répondeur :

Je ne suis pas là pour l'instant, merci de me laisser votre message, peut-être que je vous rappellerai.

Je raccroche immédiatement, comme si l'on m'avait prise la main dans le sac. Elle n'est toujours pas chez elle. Pourtant, il faut que je la rencontre.

Si j'allais jusqu'à son domicile ?

J'imprime l'itinéraire et localise une station de vélo à l'arrêt du métro *La Vache*. (Cette station existe, je n'insulte personne !)

J'irai voir si elle est chez elle à ma pause déjeuner – c'est l'affaire d'une demi-heure. En attendant, je me consacre à un autre dossier. Absorbée, je ne vois pas le temps passer et c'est l'irruption de Léo qui me fait lever la tête.

– Nous partons déjeuner. Tu viens ?

Décidément, il veille sur ma santé. Il a toujours peur que je ne m'alimente pas. Il est midi passé. J'appuie sur la touche de rappel du numéro de Sophie Marquez. Toujours aucune réponse. Ma décision est prise.

– Non ! Pas cette fois. Je déjeune dehors. J'ai une course à faire. À tout à l'heure !

Tandis que je m'éloigne, les dernières semonces de Léo me parviennent.

– Ah ! Ces jeunes, tous les mêmes !

Je sors, m'achète un sandwich et prends le métro. Il a raison mon Léo, je ne dois pas sauter de repas sinon je vais ramer à vélo. Je rigole de cette expression. Imaginez, les pieds sur le guidon et une pagaie dans les mains !

Jusqu'à la station *La Vache*, j'ai le temps d'avaler mon festin. Sitôt dehors, je loue un vélo, sors mon plan et me mets en route. En moins de vingt minutes, j'arrive sur la grande route de Launaguet. C'est sur cette zone que la violette était cultivée. Les maisons de maraîchers – tous ont presque disparu – sont alignées de part et d'autre de l'avenue. Elles sont toutes identiques. Certaines ont été achetées et rénovées, mais beaucoup ont été remplacées par d'immondes barres d'immeubles. La bataille que mènent les associations de défense du patrimoine semble perdue d'avance.

Voilà la rue de madame Marquez. Je m'arrête pour regarder la photo de la maison. Oui, c'est celle-là !

Je passe lentement devant et m'arrête sur la placette – un peu à l'abri des regards.

Ma montre indique midi et demi. J'observe encore un peu les alentours. Il n'y a pas âme qui vive. Le jardin est à l'abandon ainsi que la cour devant la maison. Comme les platanes et le tilleul qui perdent leurs feuilles, la peinture des volets est écaillée. Ce logis semble inhabité. Que faire ?

Je descends de vélo et attache ce dernier à un banc. Un bruit de moteur : je me dissimule derrière le platane.

J'agis comme une idiote. Pourquoi me planquer derrière un arbre ? Je n'ai tué personne. Pourtant, je reste cachée, me donnant tout le loisir d'espionner.

Une voiture stoppe devant le portail. Une femme, la quarantaine, en descend. Elle ouvre les deux battants de bois vermoulus, remonte dans sa voiture et stationne dans la cour. Le coffre resté ouvert me dévoile des sacs de courses.

De loin, je ne distingue pas si elle ressemble aux photos qu'Eva nous a montrées. La femme ouvre la porte d'entrée et dépose ses sacs puis vient refermer la malle. Je reste à l'affût derrière mon platane. Je scrute et je discerne une forme derrière la fenêtre.

Mon regard s'habitue à la distance. Je visualise la femme en train d'aller et venir dans la pièce. Elle range sûrement ses commissions.

Il est temps que je me décide. N'écoutant que

mon courage, je marche vers le portail. Près de la boîte aux lettres, une sonnette. J'appuie sur le bouton… La femme apparaît par la porte entrouverte. Même à une vingtaine de mètres, j'entrevois que son visage n'est pas très avenant. Le ton de sa voix encore moins.

– Qu'est-ce que vous voulez ?

Je dois la déranger dans ses tâches. Rageuse, elle s'essuie les mains sur son torchon.

Une discussion à cette distance ne me permettra pas de savoir ce que ressent cette femme. Élevant la voix, je lui demande :

– Bonjour madame, je cherche Sophie Marquez ?

– Que lui voulez-vous ?

– Vous êtes Sophie Marquez ?

– Oui, mais qui êtes-vous ? Je ne vous connais pas !

Elle a dit oui. C'est bien mon corbeau. Mon pouls s'accélère. Enfin, je vais tout savoir !

– Je m'appelle Jazie Gau, je voulais m'entretenir avec vous…

Elle ne me laisse pas finir ma phrase et réplique :

– Je n'ai pas le temps !

Et elle commence à refermer sa porte.

Aussi, je lui crie :

– Je viens de la part de votre tante, Eva Cros !

La porte s'immobilise puis s'ouvre en grand sur une Sophie Marquez perturbée.

– Il lui est arrivé quelque chose ?

– Non, rassurez-vous !

– Alors que venez-vous faire chez moi ? me dit-elle tout en s'avançant.

Elle se tient maintenant face à moi, la clôture nous sépare. Ses traits sont tendus.

– Que me voulez-vous ?

Le ton de sa voix a changé ; elle est sur ses gardes. Son regard épie les environs.

– C'est assez délicat !

– Je vous l'ai dit ! Je n'ai pas beaucoup de temps. Si rien de grave n'est arrivé à ma tante, je ne vois pas ce que je peux faire pour vous !

Alors, je sors le foulard que m'a offert Eva Cros et je tente un coup de bluff.

– Eva m'a donné ceci pour vous !

La femme est devenue livide. Elle saisit délicatement la soie et y enfouit son visage. Elle sait à qui a appartenu ce foulard, et c'est à peine si je l'entends :

– Elle vous a amenée jusqu'à moi. Vous savez qui je suis alors ?

Et pour elle-même, murmure :

– Je sens encore son parfum.

Et là, elle me regarde dans les yeux. La lueur de folie que j'y lis me fait prendre peur et ce que j'entends encore plus.

– Vous savez, depuis quelque temps, toutes les nuits je rêve d'elle. Enfin, ce n'est pas réellement un rêve. Je dirais plutôt qu'elle est là ! Je devine sa présence, son souffle. Quand je me réveille, la fragrance de son parfum flotte dans ma chambre.

Ben voyons ! Il ne manquait plus que ça. Elle me livre une histoire de fantôme ! Je n'y crois pas ! Pourtant mon estomac vient de faire un tour sur lui-même. Je déglutis péniblement. C'en est trop !

Cette femme est *foldingo*. J'ai envie de prendre mes jambes à mon cou et de me tirer d'ici !

Deux serres m'emprisonnent le bras. La femme rajoute d'un ton mystérieux :

– Rentrons, nous sommes observées !

Sa poigne est vigoureuse et aucun espoir pour moi d'y échapper. Je suis la direction de son regard et, effectivement, un rideau vient de se rabattre à la fenêtre de la maison voisine. L'ambiance a changé et une nappe de brouillard nous enveloppe maintenant. J'ai froid tout à coup.

La pression de sa main est forte et disproportionnée par rapport à sa stature. D'un geste vif, elle ouvre le portail et m'entraîne à sa suite. Me voilà prisonnière, et si Max et Sacha avaient raison ? Si c'était dangereux ?

La lourde porte fait un bruit sinistre en se refermant. Vous avez les chocottes ? Moi aussi !

Il faut que j'arrête de me faire un film. Il ne va rien m'arriver. Les fantômes n'existent pas ! Cette femme ne me veut aucun mal. Et puis, je dois tout savoir sur cette affaire. Allez, courage !

Une fois à l'intérieur, le comportement de la femme est devenu plus rationnel. Un cran de tension en moins.

Sophie Marquez m'invite à prendre place dans sa cuisine et, après avoir desservi la table des dernières conserves, s'assoit et me fait face.

– C'est vous qui avez reçu mes lettres ?

– Oui ! C'est moi qui ai ouvert le courrier du premier indice. J'ai été surprise, mais j'ai tout de même commencé à chercher. Je n'ai jamais eu l'occasion de travailler dans ces conditions. Au fil des indices et de mes trouvailles, je suis arrivée à l'accident survenu à votre cousine.

– Ce n'est pas un accident ! Vous ne comprenez pas ?

– Comprendre quoi ?

– Qu'elle a été tuée !

– Tuée ?

– Oui, tuée !

– Vous insinuez que l'accident n'en était pas un ?

Malgré le regard froid de la femme, je poursuis :

– Pour vous l'accident a été provoqué ?

– Non ! C'est un accident de la circulation. C'est après qu'elle a été tuée !

– Par qui ?

– Je sais qui l'a tuée, mais je n'en ai aucune preuve. C'est pourquoi j'ai écrit ces lettres anonymes. Je voulais qu'enfin il y ait une enquête !

– Mais cela fait vingt-cinq ans qu'elle est morte ! Pourquoi n'êtes-vous pas allée voir la police avant ? Pourquoi cette réclamation maintenant ?

– C'est une longue histoire ! Et là, je vous l'ai dit, je n'ai pas le temps. Il faut que je reprenne mon travail. Pouvez-vous revenir demain, en fin de soirée ? Disons vers dix-huit heures ? Je vous dirai tout ce que je sais !

Mince ! Max sera de retour vers cette heure-là.

Dilemme : mon affaire ou Max ? Je n'aurai peut-être pas une deuxième occasion de connaître la vérité. Plus vite je bouclerai ce dossier, plus vite je serai disponible pour lui. Si je lui explique cela, il comprendra. Si ce n'est pas le cas, c'est que nous ne sommes pas au début d'une belle et longue histoire d'amour.

– Qui soupçonnez-vous ?

– Vous recevrez demain le nouvel indice. Je l'ai posté juste avant midi. Je ne croyais pas que quelqu'un prendrait mes lettres au sérieux. Mais j'espérais. Que dites-vous de ma proposition ? Voulez-vous savoir ce que je sais ?

Il faut que je me décide. Rien ne dit que l'entrevue de demain durera longtemps. Ce soir, j'en informerai Max.

– C'est d'accord, je viendrai demain !

– Merci ! dit-elle, soulagée, et elle me reconduit en précisant :

– Vous savez, c'est important pour moi qu'elle soit vengée. J'espère ainsi trouver la sérénité. Je n'ai jamais fait mon deuil, et mon époux refuse que je continue à vivre dans la haine. Cela commence à interférer dans notre couple ! Vous comprenez ?

Refermant le portail, elle me tend le foulard :

– Gardez-le. Méryl veut que ce soit vous qui l'ayez. Vous êtes le salut de son âme !

Ouais, c'est ça ! C'est quoi toutes ces sottises ?

Moi ! Le salut de son âme ? Non, ce n'est qu'une question de justice. C'est mon métier de savoir si ma compagnie d'assurances ne s'est pas fait escroquer.

Pourtant, au fond de moi, une petite voix se fait entendre. Elle m'alerte. Je me sens un peu bizarre, mal à l'aise. Oui, cela ne vous rappelle rien ? Les paroles d'Eva. Sophie a utilisé les mêmes mots. Comme si cette femme hantait les vivants. Je m'empresse de repousser cette idée. Et là, cette femme me sourit et tendrement me dit :

– Vous ne me croyez pas ? Vous pensez que je suis folle ? Pourtant, je suis certaine que depuis que vous avez mis le nez dans cette affaire, vous êtes heureuse comme vous ne l'avez jamais été. Vous aussi, bientôt, vous sentirez sa présence. Méryl est un ange. Elle fait le bien auprès de ceux qui l'aiment.

Barjot celle-là, je ne l'aime pas Méryl. Je ne l'ai jamais connue !

Elle referme doucement sa main sur la mienne. Le foulard me procure une douce chaleur. Eh ! Il faut que tu te réveilles ma fille. Tu ne vas pas croire à ces sornettes ? Je me sens perturbée. Est-ce parce qu'effectivement, je suis heureuse comme je ne l'ai jamais été ? Je secoue ma tête, comme pour remettre mon cerveau dans le sens de la marche. C'est la faute de cette Sophie. Et dire que je vais la revoir demain !

Je file vers la placette sans me retourner, fourrant ce bout de tissu dans la poche de mon blouson.

Je détache mon bolide et roule à toute berzingue vers la station de métro. Cet effort me remet les idées en place.

Dès mon retour, je m'invite dans le bureau de Victor.

– Alors Jazie, cette affaire de corbeau ?

– Je l'ai localisé. Il tient encore son fromage dans son bec, mais demain soir, j'en fais mon affaire. Il le laissera tomber et je serai là pour le ramasser.

– Que me racontez-vous là Jazie ? Vous avez localisé l'auteur des courriers anonymes ?

– Oui ! C'est la nièce d'Eva Cros. Elle s'appelle Sophie Marquez. Je dois la revoir demain vers dix-huit heures. D'ailleurs, est-ce que je peux prendre mon après-midi, car j'ai pas mal d'heures *sup* à récupérer ?

– Oui, c'est vrai que vous avez bien avancé en dehors des heures de service.

Il clique sur le planning…

– C'est OK pour moi Jazie !

– Merci !

Alors que je m'apprête à sortir, il me stoppe :

– Duval nous a obtenu un rendez-vous au CHU le cinq janvier avec un anesthésiste. Et devinez… C'est celui qui est intervenu lors des opérations de Méryl Sauret.

– Pas possible ! Vous pensez qu'il s'en rappelle ?

– Sans aucun doute. Il a dit à Duval que suite à ces opérations et au décès de la patiente, il avait failli tout arrêter. Il se sentait responsable de cette mort.

– Pourquoi ?

– Duval n'est pas allé plus loin. Nous questionnerons cet anesthésiste quand nous le rencontrerons.

Revenant à sa lecture, il me signifie qu'il en a terminé avec moi. C'est sa manière de procéder. Alors je quitte son bureau. Je ne lui ai rien révélé du sentiment étrange, éprouvé face à cette Sophie Marquez.

À seize heures, je sors. Il faut que je me prépare pour le match. J'en profite pour faire un SMS à Max :

Tu rentres vers quelle heure demain ? Ce soir, je vais assister au match… Je t'aime.

Je crois que je le lui dis un peu trop. Je deviens envahissante.

Les sandwichs faits, je rejoins les Bond chez eux. Puis nous partons tranquillement au stade.

Pendant le trajet, j'informe Sacha de l'entretien avec cette Sophie. Je ne passe rien sous silence, contrairement à ce que j'ai fait lors de mon entretien avec mon chef. Je lui précise les sentiments inspirés par les commentaires de Sophie. Lui et Nine ne semblent pas perturbés et je comprends pourquoi :

– Tu sais minette, en tant qu'infirmière, j'ai rencontré des personnes ayant vécu ces expériences. Nous mettions cela sur le compte des *médocs*. Puis, devant la répétition des faits, je me suis documentée. C'est ce que l'on appelle EMI : l'expérience de la mort imminente. Les patients seraient entre dix et vingt pour cent à avoir ce genre de réaction au cours d'un infarctus.

Je hoche la tête en signe d'assentiment et lui indique :

– C'est vrai, nous n'avons pas encore fait le tour de toutes les possibilités de notre cerveau. J'ai lu chez mon *toubib* que les scientifiques n'ont exploré que cinq pour cent de ses capacités. Tout est possible !

– Tu devrais lire le bouquin du journaliste Stéphane Allix : « Après… Quand l'au-delà nous fait signe ». Fais-moi penser à te le prêter !

Sacha, plus pragmatique, revient à mon dossier :

– D'après cette Sophie, sa cousine aurait été supprimée après l'accident et demain, ton corbeau te dira tout ?

– Oui ! Elle dit que c'est une longue histoire et qu'avec le nouvel indice, tout sera clair. Elle manque de preuves et compte sur moi.

– Attends l'indice, et si tu le sens, tu files à ce rendez-vous. Je ne pense pas qu'elle te veuille du mal. Je n'ai rien trouvé sur elle. Un conseil, si elle parle comme une illuminée, va dans son sens. Il y a peut-être du vrai dans ses croyances. Demande-lui si tu peux l'enregistrer. J'aimerais bien l'entendre te raconter tout ça ! Elle détient peut-être des éléments qui peuvent nous conduire à la vérité. Ce qui m'ennuie, c'est qu'après tout ce temps, les preuves risquent de manquer. Dommage qu'elle ait attendu si longtemps !

– Tu as raison, je vais l'enregistrer.

Nous en sommes restés là, car nous arrivions à Ernest-Wallon et les gradins se remplissaient.

Le Stade ! Pour nous, Toulousains, c'est le poumon de la ville. Il faut nous voir, dans la victoire ou la défaite, communier au Capitole.

La plus grande équipe de France et d'Europe ! Si !

Guy n'est pas étranger à cette gloire ! C'est de Novès dont je vous parle. J'adore cet entraîneur et son franc-parler. Je suis une inconditionnelle de cette équipe. Vous connaissez : « *qui ne saute pas n'est pas toulou...sain* » ! Nous verrons peut-être Thomas Castaignède, le Petit Prince, qui a arrêté sa carrière en 2007. Sacha voit souvent les anciens joueurs à la mi-temps. C'est cool !

L'ambiance montait, le coup d'envoi n'allait pas tarder, les équipes pénétraient sur la pelouse. Nous allions nous régaler malgré ce froid humide. En gueulant, nous allions nous réchauffer.

Ce fut une belle victoire. De l'engagement, des *torgnoles* et des essais comme on les aime à Toulouse.

Je regagne seule mon chez-moi en repensant au livre que m'a cité Nine.

Je décide, avant de me coucher, de préparer ma

valise pour jeudi ainsi que les affaires de Peuf – il est du voyage. Je ne vais pas, tout de même, le laisser tout seul pendant une semaine ? Le pauvre !

Je cherche mes clés dans les poches de mon blouson. J'en sors aussi le foulard en soie de Méryl. Sa vue me trouble.

Je décide de le laver. Quitte à le garder, autant qu'il n'y ait plus trace du passé. Le foulard mis à sécher, cette histoire me sort de la tête. Une autre idée m'occupe l'esprit. Bien plus agréable celle-ci.

Que vais-je offrir à Max demain en guise de cadeau de Noël ?

Avant de m'endormir, bien calée dans mes oreillers, je consulte Internet. Je ne trouve aucun présent pour lui. Par contre, inconsciemment (?), je tombe sur « *les expériences après la mort et la survivance de l'âme* ». Ce que je lis m'interpelle. Il faut peut-être que j'ouvre mon esprit et que je ne porte pas de jugements. Un bâillement… il est temps de dormir. J'allonge la main pour éteindre ma lampe… Mon portable sur la table de nuit se met à sonner sur la chanson de « *Quand ton cœur éclate* » d'Iglesias – le fils – Max a de son charme. Le mien se met à palpiter. C'est avec plaisir que j'entends la voix de mon homme.

– Dis poupée, je t'ai vue à la télé !

– Arrête ! Tu me fais une blague ?

– Non ! Le caméraman a fait une fixette sur toi. Il doit aimer les jolies nanas. Il a raison. Tu étais très belle avec ton joli bonnet aux couleurs du Stade. J'en ai presque oublié de regarder les essais.

– Ça alors !

– C'est qui ce vieux avec qui tu fricotes ? Il te faisait un bisou à chaque essai !

– Mais ma parole, tu es vraiment jaloux ? C'est Sacha, mon copain flic. Il y avait aussi sa femme, la petite blonde avec un béret rouge à mes côtés. Rassuré ?

– Ouais !

J'aurais dû le faire marner un peu. La jalousie met du piquant dans les relations, mais il ne faut pas que cela devienne maladif. Le temps de cette réflexion, j'ai marqué un silence, et Max en profite pour me demander :

– Et toi, es-tu jalouse ?

D'un ton qui se veut badin, je réponds :

– Je crois que si je te vois lever les yeux sur une autre que moi, vous deux, serez occis ! Et je me mets à rire – gardant pour moi le fait que j'en serais tout à fait capable.

– Ouh ! J'ai intérêt à faire gaffe. Demain, je suis de retour vers dix-neuf heures. Tu veux que je vienne chez toi ?

Nous y voilà. Je marche sur des œufs.

– Justement, je voulais t'en parler. J'ai rendez-vous demain à dix-huit heures chez Sophie Marquez. Elle veut tout me raconter. Je ne sais pas vers quelle heure je rentrerai.

Un blanc, puis :

– Tu n'as qu'à me téléphoner quand tu voudras me voir !

– Tu es en colère ?

– Non ! Juste déçu. Ton boulot passe avant moi. Il me tarde tellement de te serrer dans mes bras !

Mais je rêve ! Lui qui part tout le temps par monts

et par vaux pour son travail… Mais ce n'est pas le moment de mettre de l'huile sur le feu.

– Je te promets de faire vite !

– OK, je vais trouver à m'occuper. Pour te faire pardonner, tu mangeras chez moi, et ce n'est pas une invitation. C'est un ordre !

– Promis ! Dès que je sors de chez cette femme, je t'envoie un message. Bonne nuit mon cœur !

– Bonne nuit poupée !

Sophie a raison, je n'ai jamais été aussi heureuse.

J'ai des sentiments très forts pour cet homme, et il semble très épris. Il en deviendrait même exclusif.

Le 13 novembre 1985

Méryl prépare Hugo. Ils doivent partir faire les courses. C'est dommage que Sophie n'ait pas pu venir. Le temps est magnifique. Elles auraient passé une belle après-midi. Elle se surprend à sourire. Les cachotteries de Sophie l'amusent. Elle n'est pas dupe. Sophie a un petit amoureux et n'ose pas en parler. Ce coup de fil vers onze heures pour lui indiquer qu'un ami venait la voir… Le ton de sa voix cachait bien autre chose : une impatience à le rejoindre, ce petit copain.

Elle se remémore le temps de sa jeunesse. Le moindre petit flirt devenait un amour interdit. Le jugement de ses parents était traumatisant – celui-ci n'est pas assez bien pour toi ou tu es trop jeune pour celui-là. Aucun ne trouvait grâce à leurs yeux, jusqu'au jour où elle leur avait présenté Enzo.

Mais le temps des amours était révolu. Ils étaient en passe de s'engager sur la voie du divorce.

Elle secoua la tête, chassant ses pensées noires. Il fallait, pour Hugo, qu'elle retrouve le moral. Penser à son petit bout de chou devait être sa priorité. Tout en le couvrant de baisers, elle l'installa dans son siège auto, à l'arrière. En matière de sécurité, il n'y avait pas mieux. En plus, elle ne le quittait jamais trop longtemps du regard, ayant mis le siège de l'enfant dans l'axe du rétroviseur. L'enfant aimait lui parler et recherchait ces contacts visuels. Elle veillerait toujours sur lui, quoiqu'il arrive. Elle eut un pincement au cœur en pensant au jour où il serait adulte et s'éloignerait d'elle.

C'était la vie. Comme tout le monde, elle disparaîtrait. Elle savait qu'elle serait toujours présente dans les souvenirs de son fils, et puis, Sophie serait toujours là pour lui, pour elle.

Elle se mit au volant et démarra.

23

Mercredi 22 décembre 2010

La nuit fut de très bon conseil. J'ai mon cadeau pour Max. Je ne dis rien, vous verrez !

Il fait beau aujourd'hui. Le froid sec me picote le bout du nez quand je sors prendre mon bus. C'est vivifiant.

Ce matin, j'ai rendez-vous avec un généalogiste en extérieur. Ensuite, je devrais recevoir l'indice.

Mon entrevue a duré plus que prévu, mais c'était très instructif. Cette personne a fait preuve d'une grande patience. Il lui a fallu deux ans pour retrouver les héritiers. Je vais pouvoir établir le chèque aux bénéficiaires et lui régler ses honoraires de dix mille euros. *Mazette,* c'est une belle somme. Tant mieux pour lui !

En arrivant à mon bureau, je trouve l'indice qui trône sur mon sous-main.

Sixième indice :
À *qui profite le crime ?*

Elle y va un peu fort la Sophie. Ces accusations de crime sont graves. En plus, elle n'a pas de preuves. Si je m'en tiens à son raisonnement, le premier suspect est le mari – il est bénéficiaire d'un des contrats.

Si c'est le mari, le mobile du crime est l'argent ? Comment s'y est-il pris pour la tuer ?

La tête entre les mains, je me repasse le fil et la chronologie des événements, et c'est la lumière.

Mais enfin, bien sûr ! Les allergies et les informations inscrites dans l'autorisation d'opérer.

Je rapproche le document médical avec les notes prises chez Eva. Rappelez-vous, le questionnaire précisait que Méryl Sauret n'avait aucune allergie alors qu'Eva nous avait indiqué le contraire.

C'est sûrement ça, la clé. En face de mes interrogations, j'inscris en rouge : qui a signé l'autorisation ?

Je reprends le tout. Il en ressort qu'Enzo Sauret n'est intervenu qu'après la première opération, soit le treize décembre vers dix-sept heures quarante… Je n'ai rien d'autre. Par contre, j'ai cet élément communiqué par Eva. Elle a mentionné l'opération de mille neuf cent soixante-dix. Elle m'avait montré le compte rendu et les radios. La mention évoquant un problème ultérieur lors d'une grossesse était inscrite et Enzo Sauret ne pouvait l'ignorer.

Victor a raison. Il faut que l'on puisse consulter les registres des entrées et sorties de novembre 1985.

L'hôpital a-t-il conservé ces registres ?

Mon chef n'étant pas là, je lui laisse mon dossier avec un post-it. Élément nouveau. Le mari est peut-être impliqué dans cette mort !

Si les allergies avaient été indiquées, Méryl Sauret vivrait aujourd'hui. Et si c'était bien un meurtre comme le dit Sophie Marquez ?

J'ai pris mon après-midi, alors je souhaite rapidement de belles fêtes de fin d'année à mes collègues puis je téléphone à Carolina qui m'invite à déjeuner chez elle.

Je suis contente, car je suis en vacances, mais en même temps, je suis triste. Je vais être séparée de Max. C'est cela le propre de l'être humain. Une capacité à connaître des sentiments contradictoires simultanément. Voilà mes pensées en me rendant chez Caro.

– Alors, tu ne viens pas avec moi en Espagne ?

– Non ! Tu sais bien qu'il est important pour ma famille que je passe ces fêtes avec eux. Depuis que mon neveu est né, je retrouve du charme à Noël. Sauf cette année. J'aurais préféré le passer avec Max.

– Dis ! Tu le verras pour le Premier de l'an. Nous fêterons ensemble la Saint-Sylvestre, et en très bonne compagnie !

– Tu as raison. Je dois profiter de mon neveu ; il grandit tellement vite. Ensuite, fiesta à Bonascre ! Tu en es où avec Paul ?

Devant son mutisme, je poursuis :

– Tu vois, tu me reprochais de ne rien te dire, mais tu fais pareil. Alors raconte, tu en meurs d'envie !

– Il m'a invitée plusieurs fois. Hier, j'ai eu droit à une déclaration et nous nous sommes embrassés.

– Tu aurais pu me le dire, cachottière !

– Tu es tellement obnubilée par ton Max que tu ne t'es pas rendu compte que l'on se téléphone et textote moins. Remarque, je ne fais pas mieux. Alors vivement le réveillon ! Sur ce, elle me prend dans ses bras.

– C'est vrai, Max occupe toutes mes pensées. Excuse-moi ! Je te promets de réparer cet oubli la semaine prochaine. Et je lui rends son poutou.

Je continue pour la taquiner :

– Et c'est tout ! Pas de partie de jambes en l'air ?

– C'est ça, fais la maligne. Plus romantique que toi je meurs ! Et puis tu connais mes convictions religieuses. Il me faut un minimum d'engagement pour passer aux choses sérieuses. Si tu continues, je ne te ferai plus de confidences.

Si Carolina se mettait dans une colère non feinte, c'est qu'elle était éprise. Mieux valait ne pas insister. Elle n'aurait pas goûté la plaisanterie. Nous parlons de nos vacances à venir. L'heure s'avançant, je décide de ne pas m'attarder, car je dois finir de préparer mes bagages et surtout aller acheter le cadeau de Max.

Carolina, de son côté, doit prendre le Bus Toulouse-Barcelone en fin d'après-midi. Il était temps de nous quitter.

– Tu m'appelles quand tu es arrivée ?

– Oui maman ! Joyeux Noël, Querida ! me dit tendrement Carolina.

Comme deux jumelles, nous avons toujours un pincement au cœur quand nous nous quittons.

Il est dix-sept heures, et je viens de finir ma valise et mettre de l'ordre dans la maison. Je suis fébrile à l'idée de retrouver Sophie Marquez et de connaître enfin ses révélations.

Avant de partir, je prends soin d'insérer dans mon sac à dos le présent pour Max. Eh oui je… l'ai… acheté !

À cette idée, mon esprit s'égaie et mon cœur est en proie à quelques palpitations d'ordre sentimental.

Va ma fille ! Il faut te mettre en route, sinon tu ne seras pas à l'heure à ce rendez-vous. Durant le trajet qui me mène chez Sophie Marquez, je ne peux m'empêcher de me demander ce qu'elle va bien pouvoir me raconter. Au bout de toutes ces années, les informations seront-elles fiables ? J'ai moins d'appréhension que lors de ma précédente visite. Je sais que je ne risque rien. Cette femme n'est pas dangereuse, tout au plus un peu dérangée. J'arrive en avance devant sa maison. Mon vélo en main, je sonne et attends. La porte s'ouvre sur une jeune adolescente fougueuse qui se précipite vers moi.

– Bonjour madame, Maman vous attend. Venez !

J'ai juste le temps de lui retourner son bonjour qu'elle enchaîne :

– C'est super que vous soyez venue. J'espère que vous allez le coincer… L'adolescente se fait sermonner par sa mère, arrivée sur ces entrefaites.

– Maeva, ça suffit, je n'ai pas besoin de ton avis. Laisse-nous tranquilles et va faire tes devoirs !

Je suis un peu embêtée que la petite se fasse réprimander. Même si je ne suis pas fautive, cela me rappelle quelques souvenirs. L'adolescente aux yeux bleus pailletés de jaune s'éclipse en bougonnant.

– Bonjour mademoiselle, me dit Sophie Marquez en me tendant la main. Vous pouvez laisser votre vélo contre la clôture. Il ne risque rien !

Nous entrons dans le salon. Elle me fait signe de m'asseoir et me propose :

– Voulez-vous boire quelque chose de chaud ?

– Avec plaisir, je me suis un peu refroidie sur la fin du parcours.

– Je peux vous offrir un café, un chocolat chaud, thé, tisane…

– Je veux bien un chocolat chaud.

– Je nous fais cela et reviens dans une minute ! Elle s'éloigne, me laissant le temps de faire un inventaire de la pièce. Le feu flambe dans le poêle norvégien – c'est comme une invite – je tends mes mains et m'imprègne de la douce chaleur.

Près de la fenêtre, un guéridon s'enorgueillit de plusieurs portraits dont l'un représente la petite Maeva au regard hypnotique. L'autre, une jeune fille au visage très doux, qui vous donne envie de la protéger. Elle ressemble énormément à Sophie. Ce doit être son aînée. Je reconnais aussi la photo de Méryl. Je m'approche, et là, un peu saisie, je constate que la petite Maeva possède ses yeux. L'expression, la longueur des cils, la forme en amande. Seule la couleur diffère, beaucoup plus claire pour l'adolescente.

La décoration de la pièce est sobre. Trois œuvres animent les murs grèges. Le salon renferme aussi un petit coin lecture avec une lampe des années cinquante. L'abat-jour, en forme de jupe plissée, regarde d'un œil bienveillant un vieux fauteuil club patiné, craquelé, usé d'avoir accueilli en son sein le séant de ses lecteurs.

Je reprends place sur le canapé, car Sophie apporte les boissons chaudes et des petits gâteaux. Elle les pose sur la table basse et s'installe.

Nous sommes aussi embarrassées l'une que l'autre. Comme je n'aime pas ces moments, je prends le prétexte de la ressemblance entre Méryl et sa fille pour entamer la conversation.

– Je trouve que votre petite Maeva a les yeux de Méryl. C'est saisissant !

– Oui, et elle n'a pas que ses yeux. Elle a aussi le caractère espiègle, les capacités sportives, et elle sait se faire aimer des gens. Elle est surtout née le même jour qu'elle !

– C'est une drôle de coïncidence !

– On peut dire ça ! Notre aînée, Victoire, est plus effacée, indépendante et réservée, comme sa grand-mère, dont elles partagent le jour de naissance. Elle possède sagesse et gentillesse. Nous avons énormément de chance de les avoir toutes les deux. Nous en sommes très fiers.

– Vous pouvez, car ce sont de très belles jeunes filles.

– C'est exactement ce que m'a dit Maeva à votre sujet. La dernière fois, elle vous a espionnée de sa fenêtre. Lors de votre départ, comme à son habitude, elle est venue poser des questions et me faire ses commentaires. Vous avez une fan ! Elle adore votre style vestimentaire. Moi, bien sûr, je ne suis pas à la hauteur !

– Les filles n'aiment pas trop les fringues de leur mère. Elles les trouvent trop dépassées. Mais au fond, quoi qu'elle porte, elles l'aiment quand même, leur maman.

– Oui ! J'étais comme elle à l'époque, et nous l'oublions avec l'âge. Ce que nous avons pensé et été dans notre jeunesse devrait nous rendre un peu indulgentes dans l'éducation de nos enfants. Mais vous n'êtes pas là pour faire la conversation, mais pour comprendre ce que contient le dernier indice !

– Oui, je l'ai bien reçu et je suis assez décontenancée. Vous portez des accusations sur le mari. Car c'est bien de cela dont il s'agit ?

– Je vais tout vous raconter en allant à l'essentiel afin que vous compreniez bien mon point de vue.

– Me permettez-vous d'enregistrer ? Je vais avoir besoin de réentendre tout cela avec mon responsable.

– Vous croyez ? interroge-t-elle hésitante. Mais

elle poursuit : après tout, je n'ai rien à perdre et si cela peut vous aider.

Elle entame son histoire.

– J'ai toujours côtoyé ma cousine. Vous savez elle était très liée à ma mère. Nous allions souvent la voir à Toulouse quand elle vivait avec Eva et Jean. Puis elle a rencontré Enzo. J'avais une dizaine d'années. Nous passions, au moins une fois par mois, un week-end avec eux. Nous allions au bowling au *Minimes*, au cinéma. Nous y dormions aussi et c'était toujours la rigolade. Enzo nous faisait des blagues à ma sœur et à moi. Lors de ces week-ends, tous participaient aux tâches : Grillades, vaisselle, repas. Il y avait pour les petits et grands des parties de pétanques interminables.

Quand je suis rentrée en Fac, les mercredis m'étaient réservés. Nous partions faire les courses et comme deux adolescentes nous nous amusions pour un rien. Tout allait pour le mieux. Pourtant quelques mois avant les deux ans d'Hugo, tout changea.

Méryl devint jalouse suite à l'attitude d'Enzo.

Celui-ci la trompait. Je l'ai aidée pour trouver des preuves, allant jusqu'à espionner Enzo sur son lieu de travail. Il n'y avait plus de doute. Méryl était bafouée, mais Enzo n'a jamais avoué.

Elle s'arrête, son regard devient absent, son visage blêmit.

Je n'ose parler… le temps s'est arrêté… je crois que je l'ai perdue… Non, elle revient à moi.

– Et puis, il y a eu cette journée du 13 novembre 1985. La veille, mon mari, enfin mon petit ami à l'époque avait eu une permission. Il faisait son service militaire à Balma et était venu me rejoindre au Crouss.

J'ai téléphoné vers onze heures à Méryl pour lui dire que je ne pourrais pas la retrouver. Je me sentais fautive de l'abandonner, sachant ce qu'elle vivait.

Ce n'est que le vendredi en rentrant chez mes parents que j'ai appris l'accident. Nous n'avions pas encore les téléphones portables. À partir de ce jour, je me suis culpabilisée. Vous comprenez, si j'étais allée voir Méryl, elle serait sûrement en vie aujourd'hui ! Enzo nous a donné des nouvelles par téléphone le samedi. Je lui ai demandé si je pouvais venir parler à Méryl pour qu'elle entende ma voix. Je me souviens de sa réponse, de ses paroles détachées, de son manque d'affection.

Maman répétait qu'il était courageux – le pauvre ! – disait-elle. Il n'était pas courageux. Non ! Cela l'arrangeait bien qu'elle ait eu cet accident.

Et là, telle une bête tapie, ma rancœur commença à se nourrit.

Pour Méryl, rien ne se déroulait comme prévu. Le coma persistait. Elle décéda le 21 novembre 1985. Il n'y eut pas d'autopsie. Son corps fut ramené chez elle ; nous étions tous présents.

Dans chaque pièce, je croyais l'entendre, la voir surgir. Je la sentais proche, toute proche, mais insaisissable. Je n'ai jamais aimé aller voir les morts, mais là, il le fallait. Elle reposait dans leur chambre, habillée d'un chemisier de soie gris et d'un pantalon bleu sombre. Elle avait un visage d'ange, opalescent. Elle était belle. Mon cœur lui criait mon amour. Plus jamais je ne pourrais entendre sa voix, son rire, me faire consoler. Plus jamais ses lèvres douces et chaudes embrasseraient mon front.

Je pleurai toutes les larmes de mon corps. Je posai ma tête près de la sienne. Mes mains caressaient ses cheveux. Je lui murmurai à l'oreille que je lui faisais la promesse qu'il ne l'emporterait pas au paradis.

Comme je me redressais, sa chevelure se prit dans ma bague. Méryl ne voulait pas me quitter.

Je n'arrivais pas à libérer ses cheveux. Je tirai, en arrachant quelques-uns. Je les ai toujours gardés précieusement avec ses boucles de naissance, données par ma tante Eva.

À ce moment du récit, elle se lève, s'essuie les yeux puis ouvre le tiroir du petit guéridon. Elle en sort une enveloppe et me la tend. À l'intérieur une mèche tenue par un élastique et quelques cheveux sous un ruban adhésif.

– Lors de la veillée mortuaire, Enzo n'a pas versé une larme. Il tenait son fils par la main. Tout le monde le trouvait digne. Moi seule savais qu'il avait une autre femme dans sa vie.

Nous nous retrouvâmes seuls, un instant, dans la cuisine. Je ne pus m'empêcher de lui dire que cette mort l'arrangeait bien. Il n'essaya même pas de nier. Quel salaud il faisait !

De sa main elle chassa ses larmes.

Je commence alors à comprendre. Les lettres reçues sont l'exutoire à sa culpabilité. Elle veut tenir sa promesse et venger Méryl.

Je me reconnecte à son histoire.

– Dans les mois qui suivirent, maman mit un

point d'honneur à réconforter Enzo. Nous y allions les dimanches. Cela ne dura que peu de temps, Enzo nous faisant comprendre qu'il pouvait assurer tout seul.

Tu parles ! Il voulait le champ libre pour être avec sa Marion.

J'en eu la certitude, quand, un mercredi en fin de soirée, je vins lui rendre visite sous prétexte de voir Hugo. Marion était là, tous deux semblaient, mal à l'aise.

Pour une fois, je fus hypocrite. Je m'excusai de les déranger, prétextant mon envie folle de serrer Hugo dans mes bras. Enzo cacha sa déconvenue en me proposant de rester et de donner le bain à son fils – comme avant.

M'éclipsant avec le petit, je laissais la porte entrouverte et entendis le début d'une dispute.

Marion demandait à Enzo quand il comptait officialiser leur relation. Cela faisait six mois que sa femme était morte, il était temps qu'il refasse sa vie.

Je gardai un œil sur Hugo le laissant barboter dans la baignoire et prêtai l'oreille.

Devenir la mère d'Hugo l'enchantait. L'enfant n'aurait aucun souvenir de sa mère. Elle pourrait alors le chérir comme le sien. Elle voulait aussi un enfant à eux. Il le lui avait promis. Mais il ne devait jamais révéler à Hugo que sa mère était morte. Il fallait lui faire croire qu'elle était partie.

Un couteau vint se planter dans mon cœur.

Méryl devait être oubliée des siens, de son fils, comme si elle n'avait jamais existé.

J'entendis un chuchotement, la voix d'Enzo, puis la porte se fermer violemment et une voiture démarrer. Que lui avait-il dit ? Mon intrusion leur avait au moins gâché leur soirée, et j'espérai leur nuit. Bien fait !

Quant à cette femme, elle était une moins que rien.

C'était la pire des garces !

– Excusez-moi, je m'emporte !

À cet instant Sophie Marquez soupire, se rapproche un peu plus près et précise :

– Vous comprenez, cette femme voulait une famille à tout prix !

Elle reprend son monologue.

– Je préparai Hugo pour le dîner. Je demandai à Enzo sans détour, si cette femme était en train de remplacer Méryl. Il me répondit que c'était une collègue de travail venue l'aider au repassage et au ménage. Il n'oublierait jamais Méryl qu'il avait tant aimée.

Mais si c'était une collègue de travail, que faisait cette brosse à cheveux, les sous-vêtements de femme dans la corbeille à linge, la petite boîte de maquillage ? Méryl elle ne mettait jamais de couleur verte sur ses yeux.

Je partis rapidement après avoir couché mon filleul. Je ne pouvais plus rester dans cette maison. Je ne retrouvais plus les odeurs de ma Méryl. Il y faisait froid. Tristesse me suivait d'une pièce à l'autre et imprégnait tout mon être. Il fallait que je parte loin de cet homme, ce menteur, vil et hypocrite. Mais il y avait Hugo, j'étais sa marraine.

Au volant de ma 2 CV, je laissai ma rage exploser. Quel salaud !

Sophie Marquez se mouche, elle pleure, revivant ses émotions.

– Excusez-moi ! Malgré le temps qui passe, cette période de ma vie me revient comme si c'était hier. Je me sens tellement coupable.

Voilà, je vous l'avais bien dit, c'est sa culpabilité le déclencheur de cette vengeance. J'étais un peu embarrassée, mais surtout mal à l'aise. L'ambiance dans la pièce avait changé, comme s'il y avait un poids, une présence, enfin quelque chose d'indéfinissable, impalpable… comment vous l'expliquer ?

Méryl a dépassé maintenant Fonsegrives. Elle est attentive à la circulation. Cela lui fait du bien de conduire. Entendre Hugo chantonner sa comptine préférée ; elle en oublie ses soucis.

L'instant d'un regard dans le rétroviseur, son fils est heureux, puis brusquement elle y lit de l'étonnement, puis elle l'entend prononcer : Mama canion !

Ramenant ses yeux à la route elle voit, imprimé en gros dans sa pupille un camion blanc qui arrive de front sur sa voie. Cela semble irréel… comme au ralenti son cerveau analyse… un réflexe et le volant tourne. Elle doit protéger Hugo.

Puis… le bruit… ce son métallique. La vibration de la tôle et… cette douleur… là… dans son estomac. Hugo ? Penser à Hugo… mon Dieu !

Hugo lui parle… il vit… elle ne sait plus si elle est… avec lui… le babil de sa petite voix est si lointain… Mama canion, boum canion… elle sourit, heureuse il est vivant. Elle se sent glisser… que sa tête est lourde. Que va dire Enzo ?

Sophie tend le bras vers la petite table. L'espace

d'un instant, l'ombre d'un visage flotte sous le halo de lumière.

Voilà que moi aussi je deviens folle. Je ressens un brin de panique à l'idée de ce que j'ai vu et surtout ressenti. Car un regard me fixait… je crois.

Les paroles qui suivent ne m'encouragent pas à la sérénité :

– C'est à partir de ce soir-là que je vécus mon premier rêve avec Méryl. J'avais déjà vécu à l'âge de neuf ans ce rendez-vous onirique avec ma grand-mère décédée. J'attendais la nuit avec impatience.

Ma mère m'indiqua que mon esprit faisait peu à peu le deuil de ces personnes. Elle ne comprit pas que j'avais établi un dialogue. Mes mortes me guidaient dans ma vie. Dans les situations difficiles, je les priais de m'aider. Petit à petit, la présence de Méryl estompa celle de ma grand-mère – comme un passage de témoin. Incomprise par ma mère et ayant peur d'être devenue folle, je me mis à lire tout ce qui touchait le paranormal et les expériences après la mort. Je développais ainsi mon sixième sens.

– Croyez-vous Jazie… je peux vous appeler par votre prénom ? Ma réponse lui importait peu, elle continua :

– Croyez-vous à votre sixième sens Jazie ?

Un sixième sens, je ne crois pas en posséder. J'ai juste des sensations, des évidences qui se font jour en moi. Puis-je pour autant appeler cela le sixième sens ?

Peut-être, mon boss me le dit bien ! Ne rigolez pas vous, j'aimerais vous y voir ! Cette femme était-elle folle ou avait-elle exploré quelque chose qui existait et était révélé à certains ? Vous savez, l'EMI comme

Nine avait indiqué et la décorporation. Le fait que la matière, les organes ont une mémoire. Que nous sommes reliés entre nous par le vide sidéral qui, semble-t-il, n'est pas si vide que cela. J'avais lu un truc du chercheur américain Stuart Hameroff sur la capacité du cerveau à percevoir le monde quantique ou tout ne serait que vibration.

Mais là, la morte était bien morte et cela faisait vingt-cinq ans. Peut-être que son âme n'avait pas trouvé le repos et se manifestait lors des rêves de Sophie ?

Ça y est, je suis contaminée. Voilà que je parle comme elle !

Sophie attendait une réponse de ma part.

– Je ne sais pas si j'ai le sixième sens. Souvent j'ai la sensation que je suis dans le vrai, surtout dans mon travail.

Elle hoche de la tête et poursuit :

– Je pense que nous ne connaissons pas les limites de notre monde, de l'infiniment grand ou l'infiniment petit. Beaucoup de livres traitent de ces points. Ce qui veut dire que nous sommes beaucoup à nous poser des questions, à vivre des instants particuliers.

Oh ! là ! Si elle m'embarquait sur ce type de sujet, j'allais avoir mal aux tripes. Je me pose trop souvent à mon goût des questions existentielles. Il fallait dare-dare retourner sur le plancher des vaches.

J'éteignais l'enregistreur. Le clac fit son effet. Elle me regarda droit dans les yeux. Ouf ! Les vaches étaient rentrées dans l'étable !

– Ce qui est sûr, c'est que vous n'avez jamais

oublié Méryl et que votre culpabilité, votre promesse, vous ronge.

– Vous avez raison ! Je suis toujours très malheureuse dès que novembre arrive. Cette année, j'ai pris la résolution de vous écrire. Je suis sûre qu'Enzo a provoqué la mort de Méryl.

Et si elle avait raison. Comment s'y serait-il pris ?

– Aviez-vous évoqué avec votre cousine quelques problèmes de santé ?

– Bien sûr ! Et c'est justement pour cela que je le soupçonne de l'avoir tuée. En 1970, elle a été opérée de l'épaule et elle m'avait dit qu'elle avait *failli y passer* – un problème d'allergie. Les médecins avaient recommandé de bien le préciser aux anesthésistes si elle devait subir d'autres opérations.

– Et d'après vous, Enzo le savait ?

– Mais oui ! C'est lui, lors de la grossesse, qui informa le gynécologue.

Voilà, tout devenait limpide et ma piste sur l'allergie se confirmait. Enzo était le suspect. J'espérais beaucoup de la visite au CHU.

Pour arriver à solutionner ce dossier, il me fallait un élément tangible et Sophie était en possession de cet élément.

– Madame Marquez…

– Sophie, appelez-moi Sophie. Avec ce que je viens de vous révéler… Elle ne finit pas sa phrase.

Réalisait-elle ce que tout cela impliquait ? Vouloir se venger pour respecter une parole était une chose. Accuser une personne en était une autre. Il ne fallait pas qu'elle se débine.

J'avais posé l'enveloppe sur la table basse. Savoir

que je tenais les cheveux de la morte me causait un certain malaise.

– Pouvez-vous me confier ses cheveux ?

– Que voulez-vous en faire ?

– J'ai peut-être une idée.

Et devant son hésitation d'ajouter :

– Vous êtes très attachée aux souvenirs de votre cousine. Ne vous inquiétez pas, je vous les rapporterai !

Elle prend délicatement l'enveloppe, saisit ma main et y dépose son trésor.

– Je vous confie ses cheveux d'ange. J'ai longuement hésité à me venger ; je me sentais responsable de sa mort. Je me disais que si j'étais allée à notre rendez-vous, elle serait toujours en vie… Depuis quelques mois, je sais ce qui me ronge. Il doit payer. Méryl le veut !

Ça y est, voilà qu'elle recommence ! Toutefois l'ambiance dans laquelle s'est déroulée notre entrevue impose la clémence. N'ai-je pas ressenti moi aussi cette présence ?

Une paix profonde régnait dans ce salon. Nous n'étions pas que deux êtres humains présents. Il y avait autre chose.

– Oui Sophie, j'en ai la conviction !

– Faites ce que vous croyez juste. J'ai confiance en vous. Nous avons confiance en vous !

Elle tapote ma main et m'invite à me lever :

– Il se fait tard …

C'était déjà dix-neuf heures trente, et je n'avais donné aucune nouvelle à Max. Il allait être drôlement en pétard.

Sophie me serre dans ses bras – j'en suis toute surprise – et me dit :

– Faites attention en rentrant, c'est dangereux de rouler à cette heure ! Pouvons-nous échanger nos numéros de portables ?

– Oui, bien sûr !

Elle note le mien et m'adresse le sien par SMS.

– Parfait, je vous tiendrai au courant du suivi du dossier. Au revoir Sophie, bonne soirée !

– Jazie, votre aide m'est inestimable. Je ne sais comment vous remercier et d'avoir voulu prendre en charge cette affaire. Je me sens tellement mieux de vous avoir parlé.

– Ce n'est rien. Je crois que je me suis piquée au jeu. La manière dont vous nous avez contactés n'y est pas étrangère.

– Vous y travaillez beaucoup trop sur votre temps libre !

– Cela me change de mon train-train quotidien. Et puis, comme vous me l'avez si bien révélé hier. Depuis le début de cette affaire, mes histoires de cœur ont pris une jolie tournure. Nous sommes quittes !

– Ne vous retardez pas si votre Prince charmant vous attend. Ne le faites pas languir, les hommes n'aiment pas ça… Ni ma fille d'ailleurs ! me dit-elle en riant.

En effet, Maeva ne se privait pas de le faire savoir : des bruits de casseroles et d'assiettes signalaient que nous avions dépassé l'heure.

– Bonsoir Sophie. Je vous donne des nouvelles rapidement dis-je, le cœur et l'esprit déjà tournés vers mon homme.

Sans perdre de temps, j'enfourche mon vélo tandis que Sophie m'adresse un geste de la main. Au métro *La Vache*, je tape rapidement un SMS à Max.

Suis en route pour te retrouver, je te raconte tout, je te Manq ?

J'arrive devant la lourde porte cochère de l'immeuble de Max. Au moment d'appuyer sur l'interphone, le mécanisme du portail s'ouvre sur un couple d'un certain âge. Je m'efface pour les laisser sortir, les accompagnant d'un bonsoir. Puis, je cours dans les escaliers, heureuse de surprendre mon prince. Je suis drôlement essoufflée en arrivant devant sa porte. Mon doigt est suspendu en l'air au niveau de la sonnette… je me sens happée à l'intérieur de la pièce. N'ayant pas le temps de reprendre mon souffle. Je me retrouve dans ses bras, écrasée contre son torse. Ses lèvres prennent possession des miennes. Prises au piège de son amour, de notre désir.

Comment Max a-t-il su que je me trouvais là, derrière sa porte ? Surveillait-il la rue ?

Je me sens tout à coup fautive de l'avoir fait attendre. Mon cœur qui battait déjà la chamade en arrivant à son étage atteint un état second. Il est temps que je retrouve ma respiration. Max le sent, car il lâche avec regret ma bouche et me dit :

– J'espère que c'est moi qui te fais cet effet-là ?

Son regard exprime tout l'amour qu'il a pour moi.

Mon esprit taquin prenant le dessus je le détrompe :

– Pas du tout ce ne sont que les interminables marches que je viens de monter.

– Ah bon !

Il reprend son langoureux baiser qui dure… dure. Si vous saviez comme c'est bon ! C'est avec regret que je sens qu'il y met fin.

Ouvrant les yeux, enivrée je dois l'avouer, je reçois son regard de vainqueur. Il est incorrigible à vouloir toujours le dernier mot.

– Comment savais-tu que j'étais dernière ta porte ?

– Je croyais avoir entendu mon copain l'ascenseur. Et au moment où je regardais par le judas, ta jolie petite frimousse s'est encastrée dans mon champ de vision. J'ai ouvert et tu es tombée dans mes bras !

Il me prend la main, m'embrasse le creux du poignet et me dit :

– Allez viens manger mon festin !

À ce mot, mon estomac se rappelle à moi. Que m'a préparé le chef Max ?

La table a été dressée, avec simplicité, mais d'une efficacité redoutable. Max est plein de finesse, la seule décoration est un bouquet de Violettes posé sur la serviette savamment pliée comme un papillon.

– Installe-toi, je te sers tout de suite.

– Attends, je vais me laver les mains.

Je vais faire ma *Nathouille* et surtout prendre au passage le cadeau pour Max – dans mon sac laissé au sol. Je le cache tant bien que mal dans mon dos. Vite il faut que je m'asseye avant que le petit paquet ne tombe. Max attend que je sois assise et s'installe à son tour. Qu'il est galant, toujours plein d'attention.

– Tu me racontes, comment a été ton entretien avec cette Sophie ?

Il ne faut pas me le dire deux fois.

– Figure-toi que pour elle, il n'y a aucun doute : Méryl a été assassinée par son mari. Elle avait un problème d'allergie et il n'en aurait rien dit lors des opérations.

– Comment vas-tu le prouver ?

– Sophie a les cheveux récupérés sur son lit de mort.

– Beaucoup de personnes gardent ce genre de souvenir. Un peu macabre à mon goût ! Mais cela te rend service. Ton copain Sacha va pouvoir t'aider ?

– J'espère que oui ! Demain je passerai au commissariat pour les lui déposer.

– Il devra les faire analyser. Mais ne doit-il pas ouvrir une enquête pour ça ?

Max s'impliquait comme moi.

– Je n'en sais trop rien. Pour moi c'est une première. Je vais refiler le bébé à mon chef, car je ne connais pas la suite à donner en interne. On arrête d'en parler ! Je suis en congé et ce que tu viens de me mettre devant le nez, m'excite les papilles.

– Enlève ta serviette que je te serve.

Je saisis le bouquet, ce parfum si particulier me grise – *l'amour c'est comme un bouquet de violettes* et pose ce trésor près de mon assiette.

Lorsque je soulève l'origami, un petit boîtier tombe sur mes genoux. Max est tout sourire et me fixe du regard. Comme un prestidigitateur, je lui tends le même paquet cadeau. Ses yeux m'interrogent. Est pris celui qui croyait prendre.

– Nous ouvrons ensemble ?

– Un, deux, trois !

Si vous pouviez voir nos visages. Interloqués, chacun a, entre ses doigts, une clé attachée à un flocon de neige en argent. Nous avons choisi le même porte-clés. Le mien est incrusté de cristal de Swarovski.

Nous avons la même intention ; partager une vie à deux.

Max me prend la main, se lève et m'attire à lui.

– Merci mon amour, c'est le plus beau cadeau que tu puisses me faire.

– Max, ton porte-clés est magnifique.

– J'avais peur de ta réaction. Nous n'avons que très peu évoqué le sujet. C'était pour moi le meilleur moyen de te faire comprendre que je t'aime comme je n'ai jamais aimé !

– Je t'aime aussi Max et vivre avec toi, c'est tout ce que je souhaite.

– Par contre ma belle, nous avons un dilemme. Chez qui allons-nous habiter ?

– Pourquoi pas chez tous les deux. Rien ne nous oblige à choisir !

– Dis plutôt que tu te gardes une porte de sortie, au cas où, notre relation ne durerait pas !

– Pas du tout, je crois en nous. C'est juste que tu pars souvent en déplacement et j'ai un peu peur de me retrouver seule dans ton antre.

Je crois qu'il est un peu vexé ou déçu de mon manque d'à-propos.

– Jaz, nous ne sommes pas obligés de décider maintenant ?

– Tu as raison, nous avons le temps !

Prenant son visage entre mes mains, je l'embrasse

tendrement. Il me serre de toutes ses forces et me rend mon baiser.

Nous sommes conscients de partager le même sentiment et une sérénité nous enveloppe. Max se dégage lentement de notre étreinte. Ses yeux brillent – il est troublé. Il touche délicatement l'ovale de mon visage et me murmure :

– Tu es tout ce que j'ai de plus précieux et je suis l'homme le plus heureux !

La sonnerie du four nous rappelle à la raison.

– J'ai cuisiné avec amour, il faut que tu goûtes ces délices.

Un fumé titille mes narines. Mon estomac n'est pas en reste, il me le fait savoir.

– C'est vrai que j'ai faim. Je n'ai avalé qu'un petit sandwich ce midi. Ce que tu fais est tellement savoureux.

Une soupe gratinée au potiron et crème fraîche – un tournedos et ses petits cèpes sans oublier une mousse citron vert et gingembre pour terminer ce goûteux repas – arrosé d'un petit vin rouge.

– C'était divin, lui dis-je. Finalement, je crois que je vais squatter chez toi ! Tu es un vrai cordon bleu. Moi qui n'aime pas trop cuisiner j'ai trouvé ce qu'il me faut !

– C'est toi qui m'inspires. Veux-tu un café ?

– Non, sinon je ne dormirai pas !

– Justement c'est ce que je veux, que tu ne dormes pas ! Je te garde cette nuit, j'ai un autre cadeau pour toi.

– Mais je n'avais pas prévu de rester. Je n'ai rien

pris et puis tu oublies que demain, je dois partir avec mes parents. Je passe les chercher vers dix heures !

– Et alors, un peu d'imprévu ne te fera pas de mal. Tu n'as besoin de rien, s'amuse-t-il, j'ai ce qu'il faut !

Il quitte la pièce un instant et revient avec un gros paquet emballé d'un énorme nœud rouge.

Allongée sur le tapis près du feu, je m'agenouille devant cet imposant cadeau.

– Qu'est-ce que c'est ?

– Ouvre !

Comme au temps de mon enfance, l'excitation me gagne, mon cœur bat vite. Je découvre sous le papier une boîte de la marque *Carré Blanc*. À l'intérieur, un peignoir douillet, vert bouteille, avec une paire de pantoufles d'un ton plus soutenu.

– Max tu es fou de me faire autant de cadeaux !

– Regarde sous le papier de soie !

Je retiens ma respiration. Précautionneusement, je soulève et là, pas de mot pour décrire ce que je vois.

– Tu peux l'essayer. Tout est propre, j'ai tout lavé.

Ayant une idée pour ne pas être en reste devant lui (je n'ai pas d'autres présents), je prends tout avec moi. Direction la salle de bain.

Il essaye de me retenir :

– Où vas-tu comme cela ?

– Tu vas voir, laisse-moi une minute. Promis, je ne te refais pas le coup de la dernière fois !

J'ôte prestement mon pull, pantalon et tout le reste. Un rapide coup de jet pour me sentir propre. Délicatement, j'enfile une petite culotte brésilienne et un soutien-gorge des plus magnifiques.

L'ensemble est fait de dentelle de Cambrai, ce vert émeraude me sied.

J'entends Max qui s'impatiente.

Je l'interroge :

– Tu es prêt ?

Je me couvre du peignoir, chausse les mules et m'enroule dans le ruban rouge. Le gros nœud ne sera pas de trop, me voilà en cadeau humain.

– Comment me trouves-tu ?

– Je vais te dire cela tout de suite !

Lentement il défait l'attache, ouvre son cadeau, dénude une épaule y laisse un baiser. Déroule le ruban, défait la ceinture et découvrant son ensemble ne peut retenir un sifflement admiratif.

– C'est au-dessus de ce que j'aurais pu imaginer !

Me basculant sur le sol, il me murmure à l'oreille :

– Je suis fou de toi !

Il saisit brusquement mes lèvres puis glisse vers la naissance de mes seins et y dépose des milliers de baisers.

Il remonte, m'embrasse l'épaule. Dépose ses lèvres sur la base de mon cou. Reviens sur mon front puis colle son regard dans le mien et fait sauter mon soutien-gorge. Il rit de mon étonnement. Il saisit ma poitrine de ses deux mains et me dévore les papilles. Il m'a eu ! Ce *soutif* recelait une astuce. Je ne suis pas au bout de ma surprise quand d'un geste vif, il fait de même avec la culotte. Le mécanisme cède. Je me retrouve nue entre ses mains expertes. Sous ses paumes mon corps se réchauffe. Mon désir me brûle de l'intérieur. Offerte aux caresses je suis en attente.

N'en pouvant plus, j'enroule mes pieds autour de sa taille le sentant contre moi. Mes mouvements de va-et-vient deviennent de plus en plus pressants. Un sourire aux lèvres, il se met debout, évaluant son trésor. Mécontente de cette interruption j'émets un soupir de reproche. Lentement… trop lentement à mon goût il commence à se dévêtir. N'en tenant plus, je lui agrippe le bas du pantalon et le tire de toutes mes forces manquant de le déséquilibrer.

Riant, il finit rapidement par se déshabiller et jette son boxer par-dessus son épaule. Ainsi nu et fier, il enfile lentement le préservatif. Puis bascule doucement sur moi en me regardant jusqu'au fond de mon âme.

Notre étreinte dure… vers deux heures du matin, assoupie, il me porte et me dépose sur son lit.

Je l'attire à moi. Je suis maintenant bien éveillée et dans quelques heures nous serons séparés. Je veux le sentir en moi.

Il ne résiste pas quand je grimpe sur lui.

24

Jeudi 23 décembre

Est-ce l'odeur des croissants ou le frisson que fait naître sa caresse, qui me fait revenir à la réalité ?

Me voilà cafardeuse. Notre séparation est proche.

– Jazie, ça va ?

– Non, nous allons être séparés et je n'en ai pas envie.

– Eh ! On le savait ! Nous nous retrouverons pour le Premier de l'an. Tu verras ça n'en sera que meilleur. Il faut que tu t'y habitues. Mon boulot nous éloignera maintes fois.

– Je sais, mais c'était tellement bien cette nuit !

– Que bien ? Il n'attend pas ma répartie.

– Allez, déjeunons, il faut que nous nous préparions. Tu dois aller chercher tes parents vers dix heures et passer, avant, voir ton policier.

Il s'installe derrière moi s'adosse à la tête de lit. Je suis bien ainsi, réconfortée par sa chaleur. Je déjeune finalement avec appétit. Max reprend le plateau et me tape sur les fesses :

– Allez p'tit cul, habille-toi !

– Avant, je prends une douche, je n'aurai pas à le faire chez moi. Je pourrai ainsi rester un peu plus avec toi.

Cette pluie sur mon corps me délasse de cette nuit de plaisir. Je suis bien et chantonne.

Deux mains agrippent mes hanches, je n'ai pas entendu Max. Je ne peux bouger et n'en ai d'ailleurs aucune envie. Il me prend faisant passer sa jouissance avant la mienne.

– Je ne serais jamais repu de ton corps ! me dit-il.

Je l'embrasse tendrement. Il faudra que je m'y habitue. Max me désire et je vous l'avoue, j'aime ce type de relation. Être de temps en temps, sa chose, flatte aussi mon égo.

Je pense que notre attrait physique sera le ciment de notre couple.

Il faudra juste trouver l'équilibre !

Enzo vient d'être prévenu. Sa femme a eu un accident. Sa première pensée n'est que pour son fils.

Il est surpris de ne pas être préoccupé par l'état de santé de Méryl. Il doit se rendre à l'évidence, désormais, seule Marion compte.

Il ne doit rien laisser paraître de ses réflexions ni des pensées qui l'habitent. Il demande des précisions au gendarme. À l'autre bout du fil, celui-ci lui indique que son épouse est dans un état critique et qu'il faut qu'il vienne de toute urgence.

Et si Méryl mourait ? Le divorce lui aurait pris son fils ; l'adultère aurait été prouvé et elle aurait tout obtenu, son fils et la pension alimentaire. Sa mort lui permettrait de tout concilier, garder Hugo, son nouvel amour et son argent.

Voilà qu'il était en train de griller les étapes. Méryl n'était pas morte. Pire, elle pouvait survivre à cet accident, diminuée ou comateuse.

Finie la belle vie pour lui. En tant que mari, il devrait s'occuper d'elle. Ce serait au-dessus de ses forces.

Et puis, Méryl n'était pas à l'abri d'une nouvelle crise cardiaque. Le destin, de temps en temps, vous donne un coup de pouce.

Je dois partir, pourtant je suis suspendue à ses lèvres. Je ne veux pas le quitter. Mais il le faut. Alors je prends sur moi.

– Ne me laisse pas sans nouvelles ! Cela va être long une semaine sans pouvoir te toucher (je lui touche les lèvres), t'embrasser (je l'embrasse), te serrer…

Je suis comme une sangsue. Je m'accroche redoutant l'instant où je vais devoir lâcher sa main et m'en aller.

– Jazie, c'est l'heure ! Tu dois passer voir Sacha.

– Zut, j'avais complètement oublié. Tu as raison, j'arrête de faire ma gamine.

À son tour, il me serre dans ses bras, me roule un patin du tonnerre et me met dans le sens de la marche.

– File ! Et je reçois une tape sur les fesses.

Je prends la direction du métro. Me retournant, je le vois m'envoyer un dernier baiser. Je le saisis avec ma main et le place sur mon cœur… La lourde porte l'engloutit.

Quelques larmes coulent sur mes joues. Très triste, je m'engouffre à mon tour direction *Canal du midi*.

Je sais que Sacha travaille ce matin et qu'il est à l'accueil. Il n'est pas surpris de me voir et me questionne après avoir orienté la personne devant moi.

– Alors poulette, tu en es où ? Ça n'a pas l'air d'aller toi ?

– Je viens de quitter Max !

– Déjà ? Dis-moi ça n'a pas duré longtemps !

– Mais non ! Nous sommes toujours ensemble.

C’est que nous partons, tous les deux, fêter Noël dans nos familles. La séparation est douloureuse.

Il me fait passer le portique de sécurité. Il m’enveloppe de son bras protecteur et m’amène vers notre pièce fétiche. Le super endroit glauque.

Là, il écoute religieusement l’enregistrement de la partie cruciale de mon entretien avec Sophie. De temps en temps, il hoche la tête. À d’autres moments, il arque ses sourcils ou sourit.

Le clac de fin me fait sursauter. J’étais en train de penser à Max. Les propos de Sacha me font vite revenir sur terre.

– Ces cheveux tu les as ?

– Oui, je lui ai demandé si elle pouvait me les remettre. Je pense que vous pouvez les analyser. Dans les films ils font toujours des trucs comme ça !

– Pour une fois, tu dis vrai !

Je sors l’enveloppe de la pochette plastique et la dépose sur la table. Il la saisit, l’ouvre et me regarde avec une pièce à conviction dans chaque main.

– Donc voilà ses cheveux de naissances et ceux du jour de son enterrement ! Je vais les envoyer au labo. D’ici une semaine, nous saurons si ta madame Sauret est bien morte d’une allergie.

– Tu me donneras le résultat dès que tu l’auras ?

– Eh petite ! Tu vas être en congé. Tu n’es pas à deux jours près ! Ton affaire a attendu vingt-cinq ans ; elle peut attendre que tu reviennes. J’ai une vie moi, en dehors du poulailler.

– Ouais ! dis-je en riant. Mais c’est la première fois que j’ai un dossier aussi excitant. Si les cheveux révèlent une substance allergène est-ce que tu vas pouvoir inculper le mari ?

Il secoue la tête. Décidément c'est une manie chez lui.

– Comme toujours, tu vas trop vite. Comment vas-tu relier cette mort et la culpabilité du mari ?

– Justement, le dossier médical montre qu'elle a eu des antécédents allergiques. Sa tante Eva et sa cousine Sophie peuvent en témoigner. Quant aux opérations, le questionnaire d'autorisation d'opérer ne stipule aucune allergie. À part le mari qui aurait signé ?

– Ton raisonnement se tient. En as-tu la certitude ?

– Nous avons rendez-vous au CHU le cinq janvier. L'anesthésiste qui est intervenu lors des opérations sera présent. Il n'a jamais oublié ce tragique accident et la mort de sa patiente.

– Après vingt-cinq ans, crois-tu que ton *toubib* soit fiable ?

Et là, la lumière se fait.

– Si j'ai la preuve, peut-on l'inculper ?

– Bien sûr, nous avons un délai de trente ans. Mais de quelle preuve parles-tu ?

– Je parle de l'autorisation d'opérer, signée par le mari. Nous avons reçu le dossier médical photocopié et cette signature est identique à celle du quitus !

– Du quoi ?

– Du papier que le mari a signé attestant qu'il avait reçu le chèque de l'assurance-décès.

– Dis-moi, on va te recruter dans la police. C'est qu'elle est douée ma poulette – et savante avec ça ! Ton suspect devient un très beau coupable. Si le labo nous dit qu'elle est bien morte d'une allergie, il te restera à prouver que son mari avait cette information et qu'il n'en a rien dit.

– Je te confie les cheveux. Fais-y attention ! J'ai promis à Sophie de les lui rendre. Tu m'envoies un texto dès que tu as les résultats. Promis ?

– Compte sur moi ma grande. Nous allons en venir à bout de ton affaire !

Je lui fais un gros bisou et repars très contente de cette entrevue. En fait, je suis carrément fière de moi !

Comment ça ? Mais enfin, j'ai trouvé le lien !

Je consulte mon iPhone – ma chère maman se demande si je ne les ai pas oubliés. Elle a raison.

J'arrive mam !!!

Je reprends le métro direction *François Verdier*. Puis, monte en courant l'avenue Jean Rieux. En deux temps trois mouvements, voilà Peuf dans sa caisse de transport, installé sur le siège arrière. Mes bagages, eux, ont été chargés la veille. Je pars rejoindre mes parents à quelques pâtés de maisons de chez-moi. À peine arrivée, je me précipite dans les bras de ma mère lui faisant un bisou pour m'éviter les reproches, mérités, qu'elle pourrait me faire.

– Je suis passée voir Sacha au commissariat pour le boulot.

– Tu ne nous avais pas dit que tu avais pris ta journée ?

– Montez, je vais tout vous raconter.

Mon père charge leur valise et en route pour le Tarn.

Durant le trajet, je leur parle des lettres anonymes et de tout ce qu'y s'en est suivi. Bien sûr, j'omets volontairement de leur parler de Max. Je préfère attendre encore un peu. Pourquoi d'ailleurs ?

Nous voilà enfin chez ma sœur. Dès que la voiture stoppe, Loïc mon neveu, se précipite à ma rencontre.

Son sourire me fait oublier mon humeur chagrine du matin.

– Tatie, Tatie ! dit Loïc en se jetant dans mes bras.

– Bonjour mon Bichou. Mais dis-moi, tu as encore grandi ?

– Oh oui, je suis presque aussi grand que toi ! me dit-il mimant la toise avec sa main.

– Puisque tu es un homme, tu vas pouvoir aider Mamie à monter sa valise.

– Bonjour mon chéri, tu es aussi fort que Papi !

Et Loïc tout fier traîne, tant bien que mal, la grosse valise de sa grand-mère sous les sourires des adultes.

Je suis heureuse de retrouver ma sœur Line. Elle a une mine radieuse. La semaine de Noël en famille me fera le plus grand bien. L'air de mes forêts va me revigorer.

Il faut voir le côté positif de ce séjour. Allez, oust tristesse !

Peuf lui a déjà pris ses aises près de la cheminée.

Je m'isole afin d'adresser un SMS à Max.

Suis bien arrivée. Tu me manques déjà. La semaine va être longue sans toi. Jtm.

Ma mère m'observe d'un air bizarre ? Je n'ai pourtant pas de bouton sur le bout du nez cette fois-ci !

25

Vendredi 24 décembre 2010

Les préparatifs ont occupé toute la famille aujourd'hui, ne laissant guère de la place à la rêverie.

La table de Noël est fin prête. Les cloches appellent les hommes de bonne volonté à venir fêter la naissance du petit Jésus.

Loïc me prend la main et me tire de toutes ses forces vers la porte d'entrée :

– Tatie, faut y aller, sinon je vais être en retard !

– Oui mon chéri !

Quel empressement ! Il est vrai que ce soir, c'est *le grand soir* pour lui.

La crèche vivante est des plus réussies et Loïc y tient une place importante. Il est près de Marie. L'enfant a du mal à garder entre ses bras, le petit agneau gigotant.

Discrètement je tourne une vidéo. Il faut graver ces moments inoubliables et Loïc sera enchanté de les revoir lorsqu'il sera grand.

Je me penche vers ma mère et lui chuchote :

– Regarde-le, on dirait Line quand elle était toute petite. Qu'il est mignon ! Il prend son rôle très au sérieux.

– Oui, il est beau comme un cœur – tout comme toi d'ailleurs. Je trouve que tu irradies. Tu es très belle ce soir ma chérie !

Durant l'office, les cantiques aidant, je me sens emplie de reconnaissance. Mes parents sont main dans la main. Ma sœur rayonne, entourée des bras de son époux Pierre. Alors, en pensée, j'envoie un baiser à Max, heureuse de cet instant.

Le retour vers la maison familiale de Pierre se fait à pied, dans la neige tombée le matin. La chanson du Papa Noël fredonnée par Loïc fait scintiller les étoiles. Nous sommes tous impatients à l'idée de cette veillée qui s'annonce.

Quelle belle nuit de Noël ! Tout était parfait, l'ambiance, les mets préparés, les discussions. Je suis bien parmi les miens ! Demain c'est Noël, cette magie qui vous transporte.

Loïc à force de lutter pour rester éveillé, vient de s'endormir dans mes bras. Je le porte et le pose délicatement dans son lit. Je le borde et me surprends à penser qu'à cet instant, je souhaiterais être mère.

26

Samedi 25 décembre 2010

Loïc est le premier réveillé. Il vient me chercher dans ma chambre, tout excité.

Nous descendons dans le salon. Papa Noël est passé !

Tous les cadeaux sont disposés devant le magnifique sapin décoré par Line et Loïc. Celui-ci s'immobilise devant tous ces trésors qui s'offrent à sa vue. Il ne sait pas par où commencer. Ses cris de joie ont réveillé le reste de la famille. Je m'agenouille et saisis le premier présent que je remets à ma mère. L'enfant m'imite, prend un paquet, déchiffre le dessin de l'étiquette et le porte à son grand-père. Tour à tour chacun ouvre ses cadeaux. Les oh ! Que c'est beau ! les ah ! C'est ce que je voulais. Que ces instants sont précieux ! Joyeux Noël !

Mon neveu veut vite s'habiller et essayer dehors ses jouets. La voiture électrique, son camion de grumiers, son nouveau bonnet et ses belles chaussures de ski. C'est compliqué de tout embarquer.

Line l'arrête :

– Tu n'oublies rien mon chéri ?

L'enfant stoppe son élan avec difficulté, encombré de tous ses cadeaux et comme pour dire une récitation, il entonne, un brin boudeur, la tête baissée :

– Je vais avoir une petite sœur. Il se tourne vers moi faisant sa tête des mauvais jours. Je voulais un petit frère ! Sa mère lui caresse la joue et lui chuchote :

– Tu verras, c'est chouette une petite sœur, demande à Tatie. Loïc hausse les épaules et file dehors.

Je pousse un cri de joie et entoure Line de mon affection. Je suis enchantée d'être de nouveau tatie.

Pour parfaire notre bonheur, je veux moi aussi, partager ma joie et je leur annonce :

– Je voulais vous dire que j'ai rencontré un hom…

Pas le temps de finir ma phrase. Ma sœur et ma mère se jettent dans mes bras en me bombardant de questions.

La sonnerie de mon téléphone arrête ces effusions.

Un doigt sur les lèvres, le silence est immédiat.

Je me débarre de Line qui se colle à mes basques. Je file dans les toilettes et ferme à clé.

Il n'y a plus que Max et moi.

– Pourquoi rigoles-tu ?

– Parce que je viens de leur annoncer que je t'avais rencontré. Elles veulent tout savoir ; elles sont impossibles.

– Tu me manques Jaz ! Je voulais entendre ta voix.

– Tu me manques aussi, mais moins, car j'ai un autre petit chéri. Tu l'entends tambouriner à la porte ?

– Comment déjà infidèle ? Je vais te laisser dans les bras de ton nouveau chevalier. Dis-moi quand rentres-tu à Toulouse ?

– J'avais prévu de revenir vendredi vers seize heures.

– Peux-tu avancer d'un jour et arriver jeudi ? Nous pourrions refaire une soirée chalet ? Qu'en dis-tu ?

– Ce que j'en dis : il me tarde !

– Je t'aime, je te rappelle demain soir ? Joyeux Noël mon cœur !

– Joyeux Noël !

Ressortant de mon abri, me voilà tenue en joue par huit paires d'yeux.

L'intimidation fait son effet :

– C'était lui ! Si cela ne dérange personne, je repars jeudi, en début d'après-midi. Je suis invitée à la montagne.

Hugo est enfin dans les bras de son père. Celui-ci le tient serré contre son cœur. L'enfant vient de subir un scanner et tout est normal.

Enzo émet un soupir de soulagement. L'interne, l'informe que l'enfant doit rester encore quelques heures sous surveillance. À l'issue de celles-ci, il pourra le reprendre à la maison. À la moindre fièvre, le moindre vomissement, il devra le ramener au plus vite ou prévenir le Samu.

Enzo attend donc patiemment aux côtés de son fils qui ne fait que répéter :

« Bobo mama… veux mama… Canion Boum ! »

Enzo par ces paroles est ramené à la réalité. Méryl est sur la table d'opération cela ne le bouleverse pas. S'il croyait avoir encore de l'affection pour elle, le doute n'est plus permis. Il avait beau sonder le fond de son cœur, le vide faisait écho.

Il lui sembla, un instant, percevoir une sorte de soulagement. Il était tout simplement machiavélique. Sa femme, la mère de son fils, celle qu'il avait tant aimée, expirait dans des circonstances affreuses.

Mais cette mort lui apparaît comme une chance.

C'est dans cet état d'esprit qu'il rencontre le chirurgien. Celui-ci lui indique que Méryl a eu un léger incident cardiaque, somme toute normal vu la perte de sang subie.

L'hémorragie s'est stoppée au niveau de la perforation de la rate, du pancréas, mais rien n'est gagné.

Sa femme est placée dans un coma artificiel, car en fin de soirée, il doit de nouveau l'opérer pour réduire la fracture du bassin. Ce serait ensuite le tour des fractures aux genoux. Son état est très grave, le pronostic vital est engagé. Si la deuxième opération se déroule correctement et qu'elle passe la nuit, alors elle aura toutes ses chances.

Il le met toutefois en garde sur les séquelles certaines qu'elle conserverait.

La rééducation serait longue et douloureuse, mais avec le soutien des siens, rien n'était impossible. Il ne fallait pas qu'il perde espoir.

L'anesthésiste arrivé sur ces entrefaites lui demanda de remplir l'autorisation d'opérer.

Pouvait-il répondre au questionnaire et leur donner toutes les informations susceptibles de les aider à sauver Méryl ?

Je ne vais tout de même pas leur dévoiler ma dernière excursion. Cela ne les regarde pas.

Et j'ai bien fait, car ma sœur comme une vraie gamine chantonne :

– Elle est amoureuse, elle est amoureuse !

Cela fait du bien de partager mon bonheur et de voir la fierté dans le regard de mes parents. Maman tend la main et me fait une délicate caresse – comme elle en a le secret.

– Je m'en doutais. Tu resplendis de bonheur et tes yeux ne mentent pas. Tu es bien amoureuse.

– Tu sais maman, cela fait longtemps que je n'avais pas rencontré un homme aussi… Enfin, nous sommes en accord et je l'aime !

– Pense à vivre le moment présent, sans te poser tes sempiternelles questions. Fais-moi ce plaisir !

– Promis maman ! Et je lui fais un gros bisou.

Loïc a très bien compris et il ne veut pas être en reste :

– Dis tatie, c'est quand qu'il vient ton amoureux pour jouer avec moi ?

– Bientôt mon chéri. Allez viens bonhomme, nous allons acheter un casse-museau !

Non ! Ne croyez pas que nous allons en venir aux mains. Nous allons tout simplement à la pâtisserie, pour acheter le gâteau traditionnel de Biot. Il est fait de caillé de brebis, d'œufs, de farine, le tout cuit au feu de bois.

Ce goûter était dégusté lors des vêpres par les notables, à la sortie de la messe, avec un verre d'absinthe. Miam un délice !

Durant les quatre jours qui suivirent, nous avons fait ripaille (tripoux, cassoulet, foies gras, tindelous, soupe au fromage) et j'en passe (sinon je vais vous faire envie).

J'en profitais chaque matin pour aller faire quelques footings, dans les plantations, accompagnée de mon *beauf*. Ces forêts de sapins dans lesquelles Sébastien Loeb s'entraînait. Si, demandez-lui ! C'était la saison 1998-1999 et le premier rallye remporté par l'équipage.

Me défouler me faisait du bien d'autant que le soleil était de la partie. Il fallait à tout prix éviter de stocker les kilos ou du moins les limiter.

27

Jeudi 30 décembre 2010

Cette journée est arrivée plus vite que prévu. Finalement, je n'avais pas vu le temps passer. Max commençait tout de même à me manquer. Toutefois, nos incessantes correspondances sur Snapchat, l'avaient rendu plus présent durant tout mon séjour.

Partager nos moments, nos impressions tous les soirs, avant de s'endormir, avait raccourci le temps.

À l'évocation de sa voix, l'excitation de le retrouver augmente. Dans deux heures je serai dans ses bras ! À l'instant du départ Line me chuchote :

– Tu me raconteras tout ?

– Je te raconterai, promis, mais peut-être pas tout !

– T'es pas sympa, montre-moi au moins une photo. Je suis sûre qu'il est craquant !

Je lui tends mon portable et Line ne peut retenir un sifflement.

– Il est canon ! Je comprends pourquoi tu nous quittes si tôt. Elle se penche et m'embrasse.

– File le rejoindre, ton apollon, mais roule prudemment. Il peut bien t'attendre cinq minutes de plus.

– Ne t'inquiète pas sœurette !

Je pars le cœur léger, quoiqu'un peu attristée de laisser mon petit Loïc. Vous allez vous dire que je ne sais pas ce que je veux – toujours cette dualité des sentiments. De loin je le vois agiter sa petite menotte.

Au tournant suivant, le petit groupe disparaît de ma vue.

À moi le super week-end avec l'homme que j'aime. Tristesse s'en est allée. Je suis concentrée sur ma conduite. C'est qu'il y en a des virages dans le Sidobre. Demandez à Peuf, tapis au fond de sa cage, il n'en mène pas large. Line a raison : évitons un méchant coup du sort ! En parlant d'accident, je n'ai pas de nouvelles de Carolina, cela ne lui ressemble pas.

Il est quinze heures cinquante quand je pénètre dans la venelle. Je me gare dans ma cour et décharge ma Twingo rouge.

Ma valise est déjà faite, mais j'oublie l'essentiel.

Le petit ensemble de Max. Et hop ! Je le mets dans mon nécessaire. Peuf tout heureux de se retrouver chez lui ne me fera pas la tête. Le voyage l'a épuisé.

Un message s'annonce, je suspends mon geste et, fébrile, j'ouvre le texto.

– Non ce n'est pas Carolina.

Princesse je suis devant chez toi.

…

J'arriv !

Max est déjà là ! Je ne perds pas une minute. Croquettes, gamelles et litières installées. Bagages en main et un tour de clé plus tard, me voilà devant lui.

À l'ouverture de la porte, il relève la tête et son merveilleux sourire m'accueille.

Qu'il est beau dans un pantalon de velours côtelé marron, un pull de laine brun et un manteau foncé.

Les mains dans les poches, appuyé nonchalamment à la carrosserie de sa BMW, on dirait un mannequin. Ceux des pages glacées, les plus beaux quoi !

Oh ! Que vous êtes rabat-joie. Je vous assure que je suis impartiale sur ce coup. Deux passantes le confirment en le provoquant du regard. La jalousie me vrille l'estomac. Plongeant mon regard dans le sien, me voilà rassurée, car il n'a d'yeux que pour moi. Et les jeunettes en sont pour leurs frais. Il s'avance et me prend mes bagages des mains.

– Installe-toi poupée !

J'ai juste le temps de prendre place qu'il est déjà à mes côtés. Il se penche et sans un mot me dévore littéralement les lèvres. Un frisson me parcourt tout le corps.

– Tu m'as manqué ! Et il met le moteur en marche.

Ce baiser en dit long !

À nous le week-end de rêve.

Sauver Méryl. Ce n'était pas cela qui préoccupait Enzo. Non ! Il était en train de réfléchir aux propos du chirurgien. Méryl sortirait amochée de cet accident.

Combien de soirées avait-il passées à la convaincre que leur enfant serait normal ? Aujourd'hui, c'est elle qui allait devenir handicapée.

Pourrait-elle continuer à vivre en étant dépendante de lui et plus tard d'Hugo ?

Il savait qu'elle ne le supporterait pas, allant jusqu'à mettre fin à ses jours. Il en était convaincu.

D'ailleurs, si elle pouvait parler à cet instant ne lui dirait-elle pas de tout stopper. De lui laisser cette chance ?

Il crut l'entendre, percevoir son parfum et au plus profond de lui il sut qu'il fallait qu'il la libère.

Il prit le papier des mains de l'anesthésiste et lut. Il pouvait répondre à toutes les questions avec précision.

Il pensa à Hugo. Accepterait-il de voir sa maman diminuée ?

Avait-il le droit de le priver de l'insouciance de son enfance et d'amputer son avenir d'adolescent ?

Non ! Il devait le faire pour elle et pour Hugo.

Sa main ne trembla pas.

Nous prenons la direction de l'autoroute. D'ici moins de deux heures, nous serons dans son chalet après une halte chez Malou pour le ravitaillement.

Je me cale confortablement dans le siège en cuir et en alcantara. Je m'y sens bien. Max se tourne vers moi.

– Tu es fatiguée ?

– Un peu !

– Dors !

– Tu m'as tellement manqué que je ne veux pas perdre ces précieuses minutes.

J'ose mettre ma main sur son genou. Et oui, c'est le monde à l'envers. Ne croyez pas que j'ai des idées derrière la tête. Sentir sa chaleur au travers de son pantalon me procure un sentiment de sécurité. Je me sens vivre et je suis heureuse. J'ai besoin de ce contact. Max entrelace ses doigts aux miens – un ange passe.

Sans quitter la route des yeux, il porte ma main à ses lèvres. Son baiser et doux. Plein de frissons parcourent mon corps.

Il me demanderait là, à l'instant, de nous arrêter pour s'aimer que je dirais oui. Il me fait tellement d'effet. Je rigole toute seule. Quelle friponne je fais, finalement !

Max se méprend sur mon rire, heureusement. Il repose ma main et reprend le volant. Pour dissiper tout l'émoi que j'ai en moi, je lui demande le programme qu'il m'a concocté.

– Tu verras petite curieuse !

– Donne-moi juste un indice.

– OK ! Ce soir nous sommes juste nous, mais pas les autres jours. Ça te va ?

– De toute façon tu ne m'en diras pas plus ?

Je me réveille ballottée dans les lacets d'Ascou.

– Bien reposée princesse ?

– Je fais une piètre coéquipière, mais c'est de ta faute. Tu conduis trop bien !

– Oui je ne me débrouille pas mal !

– Finalement, je crois que ce sont plutôt tes sièges qui invitent aux songes !

– Zut je suis découvert. Ils gardent au chaud tes belles fesses. Si tu n'étais pas tombée dans les bras de Morphée j'avais grande envie de te voir dans les miens. Mais nous arrivons, ce n'est que partie remise.

Au détour du virage, sa ferme apparaît, baignée d'une douce lumière. Pollux vient à notre rencontre. Il clabaude en s'en faire péter le poitrail. Derrière ses fenêtres, Malou s'affaire. Antoine doit être à l'étable : celle-ci est éclairée. Les phares ou les aboiements de Pollux les ont avertis de notre présence. Et c'est une Malou toute heureuse qui nous fait signe à travers le carreau.

Je me retrouve dans les bras de sa tante, écrasée

sur sa large poitrine. Max entoure son chien de ses bras : ils se font fête.

– Jazie, je suis heureuse de vous avoir à souper ! Me tenant par le bras, elle me guide vers le chalet.

Souper ? Je jette un regard vers Max. Lui, les bras ballants, secoue la tête, les yeux en l'air. Visiblement Malou a fait une gaffe.

– Maxou, prend les valises, nous, on rentre au chaud !

– Bonjour Malou. Merci pour la surprise que je devais faire à Jazie. Oui ! Moi aussi je suis content de te voir !

Malou rigole de cette tirade :

– Il va s'en remettre, vous ne croyez pas ?

Lui sûrement, mais moi ? Je ne pensais pas que l'expression – nous serons ensemble – voulait dire – en famille. Je ne suis donc pas surprise de voir Cory nous attendre bien au chaud.

– Bonsoir Jazie. Je suis contente de te voir. Max est tellement plus libéré quand tu es là. Chut je l'entends entrer. Il me disputera s'il me surprend à parler de ses sentiments. Viens ! Je vais te montrer où nous dormons ce soir !

Décidément la surprise n'est pas du tout celle que j'attendais. Tant pis, il faut que je fasse contre mauvaise fortune, bon cœur. Après tout, je suis avec Max et c'est ce qui compte. Enfin, c'est ce que je me dis, car j'aurais bien aimé me retrouver dans ses bras.

Cory me précède et nous montons dans le grenier. Quelques matelas gisent sur le sol, en rang d'oignons. Certains ont draps et couvertures, on dirait le dortoir du temps de mes camps de jeunesse.

Max nous rejoint, chargé des bagages.

– Madame est servie ! Claironne-t-il en se délestant de sa charge.

– Salut sœurette. Content que nous soyons réunis pour ce réveillon. Et il dépose un baiser sur son front.

– Finissez de vous installer ; je vais aider maman !

Et elle referme la porte.

Max s'empare de ma taille et me jette sur un des lits, me couvrant de baisers.

Je suis heureuse et les lui rends avec fougue, mais nous ne pouvons pas décemment faire l'amour là ! Max le premier réagit :

– Ce n'est pas l'envie qui me manque. Nous aurons d'autres occasions ces trois jours.

Il se relève me tend la main. Un peu boudeuse, je tarde à lui donner la mienne.

– Je croyais que nous allions au chalet ?

– Pauvre petite fille, elle n'a pas ce qu'elle veut !

Il me force à me lever et dit :

– En avant soldat !

Et je reçois une tape sur les fesses. Il y prend goût !

Je décide de ne pas faire ma vilaine après tout, ce week-end va être super. Je me sens bien avec ces gens-là. Simples comme mes parents. Alors je ris et nous dévalons les marches de l'escalier.

– Surprise ! Crie le groupe de copains. En tête de ce chahut, qui s'égosille et se jette sur moi ? Ma Carolina !

– Mauvaise fille, tu aurais pu me donner de tes nouvelles ! lui dis-je en l'accueillant dans mes bras.

– Tu me connais, je ne sais pas garder un secret.

Paul m'a demandé de ne pas répondre à tes SMS ni à tes appels, sinon j'aurais tout fait capoter.

– Tu es pardonnée ! Et je l'embrasse affectueusement.

Max se penche à mon oreille et me murmure :

– Alors ma surprise ?

– Tu marques un point, mais tu ne perds rien pour attendre !

– Des promesses, toujours des promesses ! S'amuse Max en se dirigeant vers ses amis.

Une soirée mémorable. Nous tous, nous nous entendons vraiment bien et c'était chouette d'être ensemble !

Les petits verres d'hypocras, bien connu dans ces montagnes ont aidé à ce rapprochement.

Ce n'est que vers deux heures du matin que notre joyeuse bande se dirige vers le dortoir. Mon sens de l'observation n'était pas au rendez-vous. Il y avait un peu trop de matelas par terre. Cela aurait dû me mettre la puce à l'oreille. Quand on dit que l'amour rend aveugle !

Nous devons dormir un peu. Ce soir c'est le Nouvel An. Max me retient par la main et m'entraîne au-dehors. Mais il est fou ! Ce n'est pas que j'ai vraiment sommeil, mais sortir par ce froid, quelle idée.

– Où allons-nous ?

– J'ai laissé Pollux dans la grange pour qu'il n'aboie pas le temps de nos agapes. Il faut que je le sorte et lui fasse faire un tour avant de le rentrer. Et puis je veux te montrer ça !

Il ouvre les bras. Un paysage insoupçonné s'ouvre

à moi. Les montagnes sont éclairées et scintillent répondant ainsi aux étoiles dans le ciel. L'air est pur, sec et aucun bruit ne parvient à mes oreilles. Tout est ouaté, seuls nos pas crissent dans la neige.

Je suis même surprise par la douceur du froid.

Pollux nous a entendus ; il gratte et geint à la porte.

Max n'a pas le temps d'ouvrir les battants, que le chien se jette sur lui, le léchant et le tirant par la manche.

Nous courons chacun d'un côté et le chien nous pourchasse tour à tour.

Épuisée la première, et il faut l'avouer, commençant à ressentir l'appel du somme, je me laisse choir sur une balle de foin à l'entrée de la grange.

L'odeur est prégnante, mais j'ai l'habitude. Je sens plus le lait de la dernière traite que toute autre exhalaison. Des vaches meuglent, j'ai dû les importuner. Mes souvenirs refont surface. J'ai été élevée à la campagne. J'allais chercher le lait à la ferme voisine. Quelques fois j'ai même eu la chance de voir naître des veaux.

Au chaud, grâce aux vaches rentrées pour la nuit, la tête pleine d'images de mon enfance, je m'allonge sur les bottes de paille. Que cela sent bon. Je regarde Max et son chien. Où trouve-t-il toute cette énergie ?

Recroquevillée, ma jupe enveloppant mes jambes jusqu'aux pieds, je m'alanguis puis sombre dans un songe. Mon rêve est des plus tendres au début. Puis, il devient coquin, car les mains de Max s'attardent sur mon corps. Je rêve que ses lèvres s'aventurent sous ma jupe et que ses doigts experts me donnent du plaisir. Que c'est bon ! Je me sens flotter. Il n'y a que dans les rêves que l'on ressent cela. Mais quelque chose m'oppresse. Je n'arrive plus à respirer et affolée je me réveille. Je ne rêvais pas… Max m'embrasse et me susurre :

– Enfin tu es avec moi ! Alors c'est mieux ton rêve ou la réalité ?

Disant cela il fait glisser mon shorty et s'étend sur moi. Nous atteignons en un rien de temps le summum du plaisir.

– C'est à cela que tu pensais dans la voiture ? me murmure Max, me regardant droit dans les yeux.

Je ne suis pas gênée d'être découverte.

– Oui et j'étais un peu frustrée, quand, tout à l'heure, j'ai compris que nous ne passerions pas la nuit tous les deux. Avec ce grand dortoir, bonjour l'intimité. Là, c'est au-dessus de mes espérances. Rêver faire l'amour et me réveiller en train de le faire, c'est divin.

– Jaz, je suis bien avec toi. Tu es coquine j'adore ! Tu ne fais pas la Sainte-nitouche, tu aimes le s…

Il n'a pas le temps de finir que je goutte ses lèvres et me mets à califourchon sur lui. En le mordillant, je lui chuchote :

– Et je tiens toujours mes promesses moi ! Et toi ?

Pour toute réponse il me possède à nouveau avec brutalité. Je l'ai bien cherché, mais c'est tout aussi bon. Même s'il n'a voulu que son plaisir, lui aussi tient les siennes. Nous sommes épuisés de nos ébats et le sommeil nous rappelle à l'ordre. En toute hâte, nous regagnons le chalet – précédés de Pollux.

28

Samedi 1er janvier 2011

Ouille, j'ai le casque à l'envers !

Avez-vous déjà fait la bringue sur une piste de danse à 1400 mètres d'altitude ?

Les pieds dans la neige, la tête dans les étoiles et les tympans secoués au son et au rythme des années 80 ?

Moi, oui ! C'était une première à Bonascre.

Une atmosphère particulière ! Un DJ d'enfer, sans parler du super feu d'artifice.

C'était gé… ni… al ! ! !

Et même pas froid ! Pourtant nous n'avions pas beaucoup dormi. Aux douze coups de minuit nous sommes restés, Max et moi, yeux dans les yeux, pour nous souhaiter ce passage à 2011. Nous nous sommes roulés un patin d'enfer. Sur la glace ça s'y prête non ? !

J'ai aussi fait un vœu, mais je ne le dirai pas sinon… vous connaissez la suite… et je veux qu'il se réalise !

Ensuite Carolina, Pierre, Paul… bref tout le monde s'est retrouvé à danser. Les filles sur les épaules des garçons. Ce n'est que vers trois heures du matin que nous sommes rentrés dormir à la *Tour plane*.

Levés vers quatorze heures, et rien ne nous arrêtant, nous sommes sortis faire une balade en raquettes. Tout le groupe était présent, malgré les restes de vapeur d'alcool et le manque de sommeil. Il faut dire que le temps s'y prêtait : un soleil d'or.

Deux heures de marche vous dégrisent un bus de soûlards !

Il le fallait, car en cette fin d'après-midi, après la soupe de Malou, chacun, avec sa chacune, a repris le chemin de Toulouse.

Enfin seuls, nous sommes partis dans notre refuge.

Ce week-end a tenu toutes ses promesses, mieux encore. Je sais que Max est l'homme de ma vie et mon vœu va se réaliser.

Vous restez sur votre faim, car je ne vous raconte pas. Et bien imaginez !

Enzo se tenait près du lit. Il n'osait pas s'approcher. Quelque chose l'en empêchait, il ressentait comme un danger dans l'air.

Il se raisonnait, tout cela il l'avait fait pour le bien d'Hugo – et de Méryl.

Pourquoi alors une petite voix lui titillait-elle le cerveau, lui faisant reproche de son dernier acte.

Il devait regarder la vérité en face : il se mentait à lui-même.

Il avait condamné Méryl pour lui, pour ne pas gâcher sa vie à lui, tout le reste n'était que mensonge.

Il ne voulait plus qu'elle vive et surtout qu'elle devienne un frein à son nouvel amour.

Le dernier lien entre lui et sa femme n'existait plus.

Alors cette espèce d'angoisse, elle était légitime – ou pas.

29

Lundi 3 janvier

J'ai dormi chez Max à deux minutes du travail. J'ai pu ainsi, grappiller quelques instants précieux. Alanguie dans ses bras, m'imprégnant de son parfum, de son odeur, je suis bien.

Mais toutes les bonnes choses ont une fin, alors j'avance vers la porte à reculons. Je ne veux pas le quitter.

Dès mon arrivée au siège de ma société, je suis vite dans le bain, car j'ai des nouvelles de Sacha.

De : sacha.bond@dgpn007.fr
À : jaz.gau@lib.fr
Bonne année ma pitchoune : je te souhaite tout le bonheur du monde. Allez, je ne vais pas te faire bisquer : tes résultats sont là.

Pour faire rapide : l'analyse des cheveux a confirmé de fortes doses de curare. Je t'ai mis les résultats en pièce jointe pour ton chef.

BRAVO !

J'en étais sûre. J'exulte de joie et dans mon excitation, je renverse ma chaise, tombe mon badge et me relevant, me retrouve, nez à nez avec le boss.

– C'est cette nouvelle année qui vous met dans cet état ?

– Oui ! Enfin non ! J'ai eu les résultats de mon ami flic… Madame Sauret a bien été empoisonnée !

– Mais vous ne déconnectez jamais Jazie ! Vous étiez pourtant en congé… Non ?

– Bien sûr, ne vous inquiétez pas, j'ai passé un super réveillon. Ce matin pour tout vous dire (enfin façon de parler, car il ne saura rien), je n'avais pas trop envie de revenir travailler, mais, dès que j'ai ouvert ma boîte mail, j'ai vu le message de Sacha. Cela a tout changé. J'allais justement imprimer le rapport pour vous l'apporter.

Joignant le geste à la parole, je passe mon badge, imprime le document et le lui remets.

Il cherche sa deuxième paire d'yeux, dans une poche, puis l'autre. Je ris et lui montre le sommet de son crâne.

Il sourit à son tour chausse ses besicles et se met à lire. Puis, il relève la tête et me dit :

– Vous avez bien bossé ! Je vous félicite pour votre pugnacité. Mais avant d'aller plus loin, nous avons besoin d'une preuve concernant l'implication du mari. Je ne pourrais donner le dossier à la fraude que si j'ai toutes les pièces en main.

– Nous avons toujours rendez-vous avec l'interne mercredi ?

– Oui ! Je venais vous voir pour savoir comment nous organiser. Nous prendrons le véhicule de service. Départ à treize heures trente devant l'entrée de l'immeuble sur la zone de livraison.

Quand Victor dit – nous organiser – ça signifie qu'il a tout organisé.

– Je serai à l'heure ! Je vais enfin savoir !

– Alors meilleurs vœux Jazie !

(Ma belle, ça veut dire que tu dois retourner à ton poste.)

– Bonne année Victor.

Je ne sais même pas s'il m'a entendu, car il vient de fermer sa porte.

La journée file vite, sans doute parce que tout va bien pour moi : je ne suis plus seule et j'arrive au bout de ce dossier, qui, avouons-le, est très particulier.

Max vient à la maison ce soir. Nous allons ainsi, petit à petit, savoir et décider quel nid douillet nous convient le mieux. Nous ne devons pas brusquer les choses et sauter les étapes. Nous allons apprendre à vivre à deux.

Je devrai gérer les périodes où Max partira sur ses missions. Mais je ne me pose plus de questions. J'ai confiance en notre avenir.

Je fais un SMS à Max :

J'arriverai pour 17 h *30. Bisous !*

Sa réponse ne se fait pas attendre.

Une photo avec Peuf tout câlin sur son épaule.

Génial, ils sont copains !

Dans mon euphorie d'avoir pratiquement solutionné cette enquête, j'ai omis de donner les dernières nouvelles à Sophie. Je rattrape cet oubli :

Bonsoir Sophie,

J'ai une très bonne nouvelle, les cheveux ont rendu leur verdict. Il y a présence significative de curare.

Mercredi, je vais à Rangueil, je vous tiens au courant.

Je vous offre tous mes vœux.

Durant le chemin de retour, je pense à la suite que nous allons donner à ce dossier. Il faut coûte que coûte avoir cette preuve, sinon le service fraude ne pourra pas agir.

Je pousse la porte de mon nid d'amour : Max est comme chez lui, affalé sur le canapé en train de somnoler. Mon chat sur son ventre.

Il récupère de ces jours de folie et des quelques verres de champagne que nous avons bus – avec modération bien sûr ! Je me penche et effleure ses lèvres d'un baiser. Il ouvre les yeux et me sourit. Peuf en profite pour s'étirer et venir se frotter à mon bras. Ils sont choux tous les deux.

Max me prend la main et m'attire à lui.

– Comment va ma puce ? Tu as passé une bonne journée ? Moi je n'ai rien fait, repos et repos !

– J'ai eu les résultats des analyses. Sacha a dû jouer des coudes pour les avoir si rapidement. Mercredi, j'aurais peut-être la preuve que j'attends !

– Et dire que sans cette lettre anonyme, nous ne nous serions jamais rencontrés. Quand cette affaire sera finie, nous devrions aller sur la tombe de Méryl. J'aimerais lui apporter un bouquet. Qu'en dis-tu ?

– C'est une très belle proposition. La boucle serait ainsi bouclée ! Et je lui fais un *smac*.

Nous restons dans nos pensées cœur contre cœur, heureux d'être en accord. Mais Peuf nous rappelle qu'il est l'heure de se restaurer. Ses miaulements deviennent insistants. Il ne doit plus rien y avoir dans sa gamelle. Je me lève la première, Max me suit. La vie de couple s'installe discrètement – à petites doses. Je m'occupe de Peuf et Max de nous.

Je le vois sortir du four deux bols de soupe à l'oignon bien gratiné, accompagnés d'une quiche.

À part ça, il prétend n'avoir rien fait de sa journée !

Je me disais aussi que cela ne lui ressemblait pas

30

Mardi 4 janvier 2011

C'est tout heureuse que je me réveille dans les bras de Max. Même s'il pleut dehors, il fait grand soleil dans mon cœur. Que c'est bon d'être deux et s'aimer. Max me couvre de baisers, mais nous devons nous lever. Lui aussi bosse.

Je prépare le petit-déjeuner tandis qu'il prend sa douche. Nous nous retrouvons devant nos tartines, tout sourire. Finalement, c'est simple la vie. Il suffit de rencontrer l'être qui nous est destiné.

Pendant qu'il débarrasse, c'est moi qui file sous la douche. Il ne faut pas traîner.

Chacun part de son côté. Moi, à vélo – on ne change pas une équipe qui gagne. Lui, en voiture – c'est un homme.

Je suis à peine installée à mon bureau que Victor me fait signe. Notre visite de demain serait-elle annulée ? Devant mon regard interrogateur, il me rassure immédiatement – il commence à me connaître !

– Ne vous inquiétez pas Jazie, nous allons toujours à Rangueil ! Je voulais vous expliquer les suites que le service fraude va donner à ce dossier. Si demain nous avons la preuve que le mari a bien menti sur le questionnaire d'admission, le service pourra instruire le dossier pour versement abusif des fonds. Toutefois, ils pensent que nous aurons peu de chance de les récupérer, car l'enfant est le principal bénéficiaire. En tant qu'assureur nous devons jouer notre rôle. Pour l'époux, le service fraude souhaite enclencher une action en justice, mais il faudra prouver que cet argent n'a pas servi à l'enfant. Uniquement au père et à sa nouvelle femme. Ils sont en train de regarder avec le juridique s'il y a d'autres affaires similaires et si des décisions de justice ont été favorables aux assureurs. Ils vont mandater la cellule Anti-Fraude. Si nous n'avons pas de preuve, ils classeront ce dossier.

– Vous verrez, nous l'aurons cette preuve. J'en suis persuadée ! Il ne faudrait pas qu'il s'en sorte cet Enzo.

– Je sais Jazie, cela vous tient à cœur (s'il savait à quel point !). Vous avez fait du bon travail. Avez-vous pu voir, avec votre ami policier, quelle serait la suite logique pour eux ?

– Il a évoqué qu'avec une preuve, ils peuvent ouvrir une enquête pour homicide, mais je ne connais pas du tout les suites juridiques que cela entraîne.

– Souhaitez-vous que nous l'appelions pour qu'il nous en dise un peu plus ?

– Attendons plutôt cette fameuse preuve !

Je regagne mon bureau. C'est à moi de demander les informations à Sacha. C'est mon affaire et c'est mon copain.

De : jaz.gau@lib.fr

A : sacha.bond@dgpn007.fr

Coucou frérot, demain je vais à Rangueil, mais avant, tu peux m'en dire plus sur la procédure judiciaire ?

Bise.

Comme pour tout, il me tarde d'avoir son retour.

Je range chronologiquement les photocopies des documents, les questionnaires médicaux, le quitus signé du mari et le rapport sur l'analyse des cheveux.

Je referme le dossier dans l'espoir que demain, j'aurais le document établissant cette fichue preuve.

La réponse de Sacha s'affiche sur mon écran.

De : sacha.bond@dgpn007.fr

A : jaz.gau@lib.fr

Salut l'impatiente !

Pour faire court : la procédure pénale s'articule de la façon suivante, dépôt de plainte, enquête, procès.

Si tu as la preuve – et je ne doute pas de ta réussite – ta compagnie va déposer plainte.

Le mari va sûrement être mis en garde à vue au commissariat de Toulouse par les enquêteurs du Service régional de Police judiciaire (SR PJ) pour être auditionné. C'est le début de l'enquête. Ensuite viendra la qualification de l'infraction : Homicide involontaire (pas d'intention de donner la mort) ou volontaire (c'est un meurtre si pas de préméditation, sinon c'est un assassinat).

Les homicides involontaires sont passibles de trois ans de prison et amende jugés par le tribunal correctionnel.

Les homicides volontaires sont jugés par les Cours d'Assises. L'auteur d'un meurtre (non prémédité) est passible d'une sanction pénale de trente ans de prison. L'auteur d'un assassinat encourt la réclusion criminelle à perpétuité.

Voilà, bonne chance pour demain !

Impatiente ! Cela me caractérise bien – j'en souris.

Je reconnais là mon Sacha ; il a fait court. À ce stade, je me dis que cet Enzo risque gros. Comment la justice se prononcera-t-elle si une plainte est déposée et s'il y a procès ?

Je me rends compte que d'une lettre anonyme, nous parlons du devenir d'un homme. La privation possible de sa liberté et cela vingt-cinq ans après son forfait – s'il est reconnu coupable. Cela fait froid dans le dos.

Mon iPhone vibre. (Je suis discrète, ce n'est pas le cas de tout le monde au bureau).

C'est Max. Je file dans les toilettes. Il est quatorze heures. C'est bizarre qu'il m'appelle. Il ne peut plus se passer de moi ?

– Jaz, ce soir je dois partir à Paris. Un problème avec un client. Mon éditeur souhaite que je sois présent. Je ne peux pas faire autrement.

Je mets un moment à lui répondre. Finalement j'étais loin du compte.

– Tu me fais la tête ?

– Non, mais je suis déçue. J'avais envie de tes bras ce soir. Mais je ne te reproche rien. Tu avais été clair là-dessus. Des missions au dernier moment. Des allers-retours à Paris avec ton éditeur. Tes expositions à préparer aux quatre coins de la Terre. Je vais m'en faire une raison !

– Je te promets de faire le plus vite possible. Pour me faire pardonner, je t'inviterai au restaurant.

– C'est tout ! Et je ris. Je dois rester légère dans notre relation – laisser les erreurs du passé derrière la porte.

La fin de la journée ne fut pas aussi pétillante que je l'aurais voulue. Mais aujourd'hui tout était différent. Je n'étais plus la Bridget Jones.

31

Mercredi 5 janvier

Enfin, nous arrivons à l'hôpital de Rangueil avec mon chef qui n'a pas voulu me laisser le volant – nous allons dire par courtoisie !

Il se gare au parking dédié aux visiteurs, ce qui nous oblige de franchir à pied la montée du raidillon. Victor souffle un peu – j'en rigole intérieurement.

Nous entrons et immédiatement cette odeur si caractéristique me saisit les narines. La secrétaire, à l'accueil, nous oriente vers le bureau de l'anesthésiste.

Je suis partagée entre excitation et crainte – toujours cette dualité qui me caractérise.

Un bel homme de moins de cinquante ans (il n'y a pas que les jeunes qui sont beaux), vient à notre rencontre. Les cheveux grisonnants, une allure avenante, un regard qui vous met en confiance.

– Bonjour, Janyc Juan ! Bienvenus dans notre hôpital. J'espère que je vais pouvoir vous être utile.

– Bonjour monsieur ! Victor Sirioux, et Jazie Gau.

– Bonjour monsieur, lui dis-je en lui serrant la main.

Victor lui fait un topo en lui rappelant la conversation qu'il a eue avec notre médecin-conseil : Pierre Duval.

– Voici ce que mademoiselle Gau a pu recouper comme éléments lors de son enquête.

Je suis flattée par tant d'égard de la part de Victor.

Je lui présente les photocopies et lui montre les questionnaires médicaux.

Victor poursuit :

– Nous souhaiterions consulter les admissions et le registre des visites sur la période concernée.

Je suis suspendue à ses lèvres. Vais-je enfin avoir ma preuve ?

– Depuis l'entretien avec votre médecin-conseil, j'ai compulsé nos archives sur la période concernant l'hospitalisation. Toutes les photocopies sont dans cette chemise. J'ai pû retrouver tous les formulaires la concernant. Je connaissais personnellement Méryl Sauret. J'ai été interne dans son service pendant onze mois. C'était une belle femme. Professionnelle, altruiste, d'une grande gentillesse et simple dans la relation à l'autre. J'ai beaucoup appris à son contact. En poste lors de son accident, c'est moi qui ai dû l'anesthésier. J'étais très malheureux de la voir dans cet état. Pourtant si son corps était exsangue, son visage n'avait aucune égratignure… On aurait dit un Ange.

Vous avez entendu, c'est la troisième personne qui décrit Méryl de la sorte ? Bizarre que ce terme revienne à chaque fois que l'on parle de Méryl Sauret.

Janyc Juan continue et nous avoue :

– Depuis ma discussion avec le docteur Duval, je me suis rappelé que je n'étais pas bien avant cette deuxième opération. Quelque chose m'alertait. J'ai revu le mari pour savoir si son épouse n'avait pas eu des soucis particuliers. Je lui ai fait remplir le questionnaire que voici. Il tend le document à mon chef. Celui-ci, peu preste, laisse son mouvement en suspens… plus prompte, je m'en saisis… le lis et victoire.

Au bas du document la signature est la même que le quitus. J'avais vu juste !

Victor me regarde et me dit :

– À votre expression nous tenons notre preuve !

– Oui ! Enzo Sauret a condamné sa femme en notant qu'elle n'avait eu aucune allergie.

L'interne poursuit, le ton de sa voix est particulier, comme s'il se sentait mal et qu'il veuille soulager sa conscience.

– Ce jour-là, je ne sais pas pourquoi, mais je lui ai bien expliqué les enjeux de cette opération. J'ai insisté pour savoir s'il n'y avait aucune contre-indication. Il était dans la salle d'attente. Régulièrement il demandait avec insistance des nouvelles de son épouse aux infirmières. C'est une de mes collègues qui m'a rapporté ce détail, la semaine dernière, quand nous en avons discuté. Elle était jeune interne comme moi et ce qui l'a marqué, c'est que cet homme n'a jamais pleuré. Il semblait détaché alors que nous savions, elle et moi, que la patiente était salement amochée. Elle s'en rappelle, car le petit sur les genoux du père n'arrêtait pas, lui, de pleurer et de répéter : « *Boum maman boum camion* ». Il y a des événements qui vous marquent pour le reste de votre vie ; celui-là en fait partie.

Je ne sais pas non plus pourquoi, au moment de faire la piqûre d'anesthésiant, je souhaitais réduire la dose. Dans l'urgence je n'ai pas arrêté mon geste et j'ai condamné Méryl. Quand elle est morte, je m'en suis voulu. Avec le temps, j'ai enfoui cette douleur, plutôt ce remords, au fond de conscience. Nous autres médecins, nous devons surmonter ces périodes de culpabilisation. Cela nuit à notre travail.

Depuis mon entretien avec Pierre Duval, je me suis souvenu de l'état émotionnel dans lequel j'étais. La semaine dernière… l'anesthésiste s'interrompt, comme s'il n'osait poursuivre, puis…

– Ce n'est seulement que la semaine dernière que je me suis rappelé, que la veille de la deuxième opération, j'avais rêvé d'elle. Comme un leitmotiv, elle répétait : penses-y Janyc, penses-y !

Vous voyez, lui aussi, comme moi, est perturbé par cette affaire. On dirait que Méryl rôde autour de nous. Pourtant cette femme est décédée depuis vingt-cinq ans.

Peut-être que quand on est mort, on l'est pas vraiment ?

L'anesthésiste poursuit :

– Vous vous rendez compte, ce rêve je n'y ai repensé que la semaine dernière. Il était toujours présent dans mon inconscient. Je sais très bien que si Méryl avait survécu, elle aurait été handicapée. C'est étrange la vie, c'est parfois comme si les défunts nous laissaient des messages.

L'anesthésiste s'explique :

– Durant ma carrière au moins une trentaine de mes patients ont fait un arrêt cardiaque. Une vingtaine ont repris vie sous le défibrillateur. Jusque-là rien d'extraordinaire. Ces personnes, j'allais leur rendre visite une fois qu'elles étaient sorties des soins intensifs. Savez-vous ce que ces patients m'ont révélé ? Qu'ils étaient sortis de leur corps et survolaient la pièce avec une lumière qui semblait les guider. Ils m'avaient vu me pencher et entendu mes suppliques. Chacun d'eux m'a répété mot pour mot la phrase murmurée. Depuis quelque temps, je note ces témoignages. Je me dis que nous ne connaissons que peu de choses sur le paranormal. Méryl est bien morte physiquement, mais peut-être que son âme a une tâche à accomplir.

Mon patron est un peu interloqué, moi je suis en plein dedans.

Il continue :

– C'est quand même fou de se dire que tout cela, n'est que coïncidence. Combien de chances aviez-vous de tomber sur moi vingt-cinq ans après ?

Victor reprend la parole et conclut d'une manière directe, comme à son habitude :

– Aujourd'hui votre témoignage et surtout ce formulaire, vont nous permettre de lancer une procédure. Vous rétablissez ainsi les droits de madame Sauret. Merci pour votre collaboration.

– Cela m'a fait du bien de vous parler. Vous savez, je vois de plus en plus de choses étranges dans mon métier. Nous ne sommes qu'au début des découvertes sur le cerveau et les échanges entre les synapses. L'admiration que j'avais pour Méryl, mais aussi une affection réelle, me font penser que nous sommes réceptifs à certains messages.

Après avoir serré la main de l'anesthésiste, nous repartons à travers les dédales de couloirs.

Grâce à cette preuve, le service fraude va pouvoir déposer plainte. J'espère que mes collègues vont nous suivre sur ce dossier.

Durant le trajet de retour – Victor a toujours le volant entre ses mains – j'en profite pour faire mes

SMS. J'ai gagné et je veux partager ma joie d'avoir abouti dans ce dossier.

Le premier est pour Max :

J'ai la preuve qu'Enzo Sauret a bien omis de signaler les allergies. Je t'aime.

Un copié-collé – en excluant les marques d'amour – et voilà un texto parti pour Sacha et le dernier enfin pour Sophie.

Quant à Victor, il ne tarit pas d'éloges à mon égard. On verra bien s'il m'augmente ! Je ne manquerai pas de le lui rappeler.

Ces compliments me font du bien. C'est important d'être reconnu dans sa vie professionnelle. Un petit pincement tout de même, parce que cette affaire est terminée.

Je lui ai consacré tellement de temps. Je me suis personnellement impliquée. Même affectivement.

Méryl avait fini par faire partie de mon quotidien ; comme si je la connaissais. Durant ces derniers mois, je m'étais prise d'affection pour elle. À présent, il me fallait l'abandonner. Et puis, il y avait cette impression indéfinissable, étrange, que nous étions plusieurs à éprouver à son égard. Une attraction qu'elle semblait exercer sur ceux qui avaient croisé sa route. Des coïncidences sans doute, mais troublantes. Et il y en avait eu vraiment beaucoup, des coïncidences !

Tout cela pouvait aussi nous pousser à revoir le champ des possibles – Nine n'aurait pas manqué de m'expliquer que Méryl avait ouvert la porte de l'espoir. La mort n'était peut-être qu'une transition vers un autre état…

Concernant ma propre réalité, mon cœur, lui, était plein de reconnaissance pour cette pauvre Méryl. Grâce à son histoire, j'avais rencontré Max !

Tiens en parlant de lui…

Bravo ma puce, tu es la meilleure, je t'aime. J'arrive sur le vol de 19 h *30. Je te rejoins chez toi.*

Quand je vous dis que la vie est belle !

Il sera là, plutôt que prévu.

Je sors du bureau de Victor. Il a transmis l'affaire Sauret au service fraude. Nous devrions avoir des nouvelles d'ici une semaine. Il me tarde de savoir : mon impatience a encore parlé !

Le téléphone interrompt mes pensées. Est-ce Max qui m'annonce un retard de vol ?

C'est Albert Virevont un vieux généalogiste avec qui notre société travaille depuis très longtemps. Je n'étais même pas née lors de ses premières recherches.

Je suis contente d'entendre sa voix toujours joyeuse.

Il a localisé les héritiers recherchés depuis cinq ans.

La passion que j'ai pour mes enquêtes, je la lui dois. Et il m'éduque aussi à la patience. Il m'appelle *sa petite tornade* !

De retour chez moi, une surprise m'attend : mon Max est déjà là. Il a pu prendre la navette d'Air France de dix-sept heures.

Le champagne est dans le seau, bien au frais. Il a

disposé des petits macarons et des verrines de fruits sur la table basse. La déception d'hier est bien loin.

Max m'apprend à apprécier chaque moment de notre vie. C'est un amour ! Je sais je me répète !

– À ta réussite ma chérie. Levons notre verre à Méryl et à Sophie, car sans elles, nous ne nous serions jamais rencontrés.

Notre discussion s'oriente vers les différents moments de cette enquête, nous ramenant vers le premier instant de notre entrevue, au siège de la Dépêche.

– Nous n'avons jamais évoqué ce moment cruel !

– Pourquoi cruel ? Il ouvre de grands yeux.

– Parce que je n'avais jamais été aussi perturbée de toute ma vie ! Tu as joué avec mes émotions. Tu as été méchant. Rien qu'en y repensant, j'ai envie de te le faire payer.

– Tu étais tellement belle et naturelle. J'ai voulu jouer mais j'ai été pris à mon propre jeu. Je ne savais plus comment me comporter. C'est vrai que j'ai été taquin, mais pas cruel, ni méchant !

– Taquin, tu plaisantes ? Un vrai crétin, misogyne, sûr de lui, imbu de sa personne. Comme si tu voulais me faire payer je ne sais quoi ? Peut-être te venger d'une femme qui me ressemblait et qui t'a fait du mal ?

– N'en jette plus poupée ! Non, rien de cela, je suis désolé !

– Que désolé ?

Me rapprochant, menaçante.

– Tu vas voir ce dont je suis capable !

Nous partons dans une joute amoureuse et choyons sur le canapé.

L'amour avec cet homme est un voyage inconnu, sans cesse renouvelé.

Plus nous nous connaissons, plus nous avons envie de nous chérir. Max est tendre et il est vite pardonné.

– J'ai une surprise pour toi ! dit Max se relevant.

Il se dirige vers son ordinateur, allume la télé et devant mes yeux, se déroule le florilège de nos instants de bonheur. Je suis la star de ces clichés.

Max, a su saisir de moi, ce que je suis. Puis il clique sur vidéo et là, les petites séquences de notre Premier de l'an, défilent sur l'écran.

– Je voulais ton avis pour mettre quelques photos sur les réseaux.

La vie, c'est partager les bons moments.

32

Lundi 10 janvier 2011

Je vous ai épargné notre vie à deux de ces derniers jours… Amour, amour et amour, mais là, il y a plus important.

Non, je ne suis pas enceinte !

Je sors du bureau de Victor, nous venons d'avoir le résultat de l'analyse du service Fraude. L'affaire Méryl Sauret se divise en deux parties.

Concernant les capitaux versés à l'enfant. Ils ne vont pas réouvrir le dossier car les sommes ont bénéficié à Hugo et c'est le rôle de l'assureur de se substituer au défunt par le biais de l'assurance-décès. Il n'y a eu aucun enrichissement personnel, la mère ayant payé les primes pour couvrir le risque.

Je sais, c'est un peu technique. En tant que salariée, je suis fière de cette prise de décision.

Concernant les sommes encaissées par le mari, une plainte est déposée auprès du commissariat central de Toulouse.

Ce sera à la justice de définir si l'omission des antécédents a été faite volontairement par l'époux.

J'en avise Sophie, je le lui avais promis :

Bonjour Sophie, ma société va déposer plainte. Vous risquez d'être convoquée par la police.

Elle devait être suspendue à son téléphone pour que déjà sa réponse s'affiche.

Merci Jazie, c'est une délivrance pour moi. Je raconterai à la police tout ce que je sais. Encore merci !

Mon époux se joint à moi pour vous inviter à un apéritif. Êtes-vous disponibles avec votre ami vendredi prochain, vers dix-neuf heures ?

En principe oui, mais je préfère demander à Max. Je le précise à Sophie.

Je vous donne notre réponse en fin de semaine si cela vous convient ?

…

Oui, et dites à votre ami que ma tante sera là. Je sais qu'ils s'apprécient tous les deux.

Je ne pense pas que Max se rappelle de moi !

Elle n'attend pas de réponse de ma part.

Je dois aussi adresser un mail à John Sabatié. Vous savez l'ingénieur d'Adom Diffusion. Je lui avais dit que je le tiendrais au courant. Voilà, c'est fait. C'est important de tenir parole. Ah ! Ça alors, il me répond déjà.

Bravo Mademoiselle Gau, je savais que vous réussiriez !

Je suivrai cette affaire dans la dépêche. Je suis content d'avoir pu vous aider. Au plaisir !

Il est gentil. Son boulot ne doit pas être tous les jours marrant. J'ai dû mettre un peu de piment dans son existence avec cette affaire !

Mais qu'est-ce que j'en sais ???

Il me reste Sacha. Il est d'astreinte et doit être sur son ordinateur.

De : jaz.gau@lib.fr
A : sacha.bond@dgpn007.fr
Coucou frérot, ma compagnie porte plainte sur l'affaire Sauret. Je te remercie pour ton aide, sans toi je n'aurais pas avancé.
Il faudra que vous veniez manger avec Nine. Histoire de faire la connaissance de Max ! Gros bisous.

Décidément, ils attendaient tous de mes nouvelles.

De : sacha.bond@dgpn007.fr
A : jaz.gau@lib.fr
Félicitations ma poulette, mais je le savais déjà !
Nous venons de transmettre la plainte au procureur de la République. Nous attendons ses instructions.
Pour notre petite bouffe, c'est d'accord, mais pas cette semaine. Nine est aussi de garde. On se tient au courant. Bisous ma grande.

Mon Sacha a toujours une longueur d'avance, il est fort ce flic !

Il est temps de rentrer et de retrouver mon homme. Ce soir, c'est chez Max que nous sommes. Nous n'avons pas encore choisi.

C'est difficile pour nous d'envisager de laisser notre home sweet home. Nous souhaiterions vendre nos deux biens et en louer un, le temps de rechercher ensemble, la perle rare.

Nous partirions ainsi sur des bases nouvelles et

équitables pour nous deux. Nous avons notre idée. Une maison près des *chalets*.

Mais non pas à la montagne, c'est un quartier de Toulouse. En nous y promenant, nous avons vu rue Ingres, deux maisons cossues à vendre.

Il y en a aussi une troisième, qui donne sur la Garonne, côté *Bazacle*. C'est un peu plus loin, mais les balades sur les quais de la Daurade sont superbes.

Perdue dans mes pensées, je dépasse l'immeuble de Max et file vers le métro *Jaurès*. Les habitudes ont la vie dure. Pourtant, c'est un peu mon chez-moi désormais, et l'ascenseur du début du vingtième siècle m'a adoptée. Aucun grincement de charnière.

Pour être honnête, l'ascensoriste est tout simplement passé par là.

Je fais tourner la clé dans la serrure et me voilà dans les bras de Max. Ce moment j'en ai tellement rêvé et maintenant je le vis.

Il est d'une tendresse avec moi. Je ne l'aurais jamais soupçonné.

Je me laisse câliner dans ses bras. Nos baisers sont toujours des promesses d'amour.

– Alors comment a été ta journée ma puce ?

– Super ! Le service Fraude a déposé plainte. Je l'ai dit à Sophie ; elle est très contente. Elle nous invite pour un apéritif vendredi vingt-et-un. Tu dis oui ? Il y aura Eva.

– Tu as envie d'y aller ? Tu disais qu'elle avait l'air d'une folle.

– Mais non ! C'était lors de notre premier entretien. Peut-être qu'elle est dans le vrai, regarde pour nous deux ? C'est une belle personne, mais il est vrai que j'ai ressenti des sensations bizarres quand elle me parlait de Méryl. Je ne peux lui jeter la pierre. Tu ne te rappelles pas d'elle ? Petit, tu ne l'as jamais vue ?

– Je ne m'en souviens pas. Elle était adolescente, quand moi je n'étais qu'un garnement, alors…

– Je lui réponds quoi à Sophie ?

– Je vois que cela te tient à cœur. M'enlaçant, il me susurre à l'oreille :

– J'ai droit à quoi si je dis oui ?

– Tu es incorrigible. Tout ce que tu voudras, je ne peux rien te refuser !

Mais j'étais loin du compte et vous allez comprendre !

Il fait celui qui cherche, ou qui ne sait comment formuler son désir.

Mes yeux l'invitent à me dire ce qu'il en est.

– OK, je viens avec toi si tu me présentes à ta famille.

Quoi ? Il veut rencontrer mes parents, ma sœur Line et Loïc, mais je n'ai pas encore prévu ça moi !

D'un coup j'ai mal au ventre, que va dire ma mère ?

Il me met dos au mur. Le présenter à ma famille, c'est prendre le risque qu'il ne leur convienne pas.

J'avais déjà fait cet impair dans le passé, présenter celui qui, je croyais, serait le bon. Par deux fois, je m'étais plantée et maman m'avait ramassée à la petite cuillère.

Mais c'est quoi encore ces sornettes ? Je devrais me filer des baffes ! Max n'a rien à voir avec ça. Je l'aime et je sais qu'il m'est destiné. Lui, il m'a déjà présenté ses parents. Il est normal que ma famille connaisse l'homme que j'aime. De quoi ai-je peur ?

– Tu ne réponds pas Jazie, qu'as-tu ? Ce n'est pas une bonne idée si je comprends bien ?

– Pas du tout ! Je viens de me rendre compte que tu as raison. J'aurais déjà dû te les présenter. Excuse-moi. Toi, tu as eu confiance en nous dès le début. Tu m'as accueillie dans ta famille. J'organise cela pour un prochain week-end, je te le promets. Tu verras comme ma région est belle !

– Tu comptes m'amener voir la *Peyro-Clabado,* pique-niquer aux *Trois fromages* et t'offrir un nénuphar que j'aurai cueilli sur le *Lac du merle* ?

Et devant ma mine, il se met à rire.

– Tu es incorrigible, toujours à m'asticoter. Évidemment, je suis bête, monsieur connaît déjà cette région !

– L'automne y est magnifique, on se croirait au Canada. Et ne t'inquiète pas, tout se passera bien avec tes parents ! Et il me serre dans ses bras.

Quand je vous dis que c'est un amour. Il me fait avancer tout en délicatesse. Il a raison, pourquoi s'inquiéter ? Ai je besoin de l'approbation de ma famille ?

Non ! C'est ma vie.

Grâce à mes échecs amoureux, je sais qui je suis aujourd'hui et ce que je veux maintenant. Et surtout ce que je ne veux pas !

L'avenir m'appartient, nous appartient.

33

Mardi 18 janvier 2011

Enzo est perturbé. Quel est l'objet de cette convocation qu'il vient de recevoir du commissariat central de Toulouse. Rien n'est spécifié. Il a beau chercher dans sa mémoire, il n'a pas fait d'excès de vitesse ces derniers mois. Aucune réclamation n'est en instance dans son entreprise. Non, il ne voit pas de quoi il retourne. Il y a cet accident de scooter, mais il n'était pas le premier sur les lieux. Il n'avait rien vu. Un homme revêtu du gilet jaune lui avait même fait signe de circuler. Avait-il vu les peintures publicitaires de sa société ?

Mais une peur tenace lui vrille les entrailles. Et si c'était Hugo ? Il n'avait plus de nouvelles depuis presque six ans maintenant – depuis le décès de Louis, le père de Méryl. Ce jour, où Hugo, avait enfin compris que son père lui avait menti.

Pourquoi ne lui avait-il jamais dit la vérité ? Il aurait dû tenir tête à Marion. C'est elle qui ne voulait pas. Elle était sûre que l'abandon que ressentirait Hugo l'amènerait à la chérir, elle, comme sa mère. Pourquoi l'avoir écoutée ?

La convocation était pour le vingt-cinq janvier.

34

Vendredi 21 janvier 2011

La soirée chez Sophie s'est très bien passée.

Eva était heureuse de nous retrouver. Max et Floris, l'époux de Sophie, se sont très bien entendus. Ils ont la passion du ski et des bagnoles, alors...

Nous n'avons pas parlé de l'affaire. J'ai juste informé Sophie, qu'Enzo allait être auditionné par la police.

De toute façon, je n'en sais pas plus, car Sacha n'a pas le droit de divulguer ces informations.

Quand nous sommes ressortis, Max a fait amende honorable. Il trouve Sophie intelligente, curieuse de tout, mais ne se souvient pas d'elle. Pourtant Sophie lui a montré une photo le représentant avec Hugo, lors d'une visite chez Eva. Sophie était épanouie, heureuse, voire amoureuse. *La bête,* comme elle l'appelait, a dû rentrer dans sa tanière pour ne plus jamais en ressortir. Je l'espère et j'en suis contente pour elle.

La jeune Maeva était là. Nous avons parlé chiffons. J'ai quelques vêtements qui lui conviendraient. Je me suis fait une copine !

Dans quelques jours, nous devons aller visiter les deux maisons dans le quartier des *Chalets*. Nous sommes allés voir celle du *Bazacle*, mais c'est trop loin pour monsieur ! Je suis vilaine, je préfère aussi, l'hyper centre. Je serai ainsi proche de mon travail et

Max conservera ses habitudes de vieux garçon… S'il m'entendait !

Quel chemin parcouru depuis près de quatre mois. Je n'en reviens pas. Nous allons trouver une maison pour abriter notre amour, Peuf et Pollux. Il faut un jardin clos, car s'ils s'entendent, comme chien et chat, le chien restera dehors même si Pollux n'est pas souvent à Toulouse. Max ne le prend que si Antoine et Malou partent plusieurs jours. Et ce n'est pas souvent. Le bétail ne laisse que bien peu de liberté aux éleveurs.

J'ai repris le train-train. Je n'ai pas eu d'autres affaires extraordinaires.

Je ne désespère pas, l'espoir fait vivre, non ?

Max est reparti du côté d'Espezel, le pays de Sault et de la pomme de terre au goût de noisette. Il sera absent trois jours. Je sais déjà qu'il doit y repartir fin février.

Son reportage porte sur la sève de bouleau qui permet de renforcer les défenses immunitaires. Max doit m'en rapporter. Je ne le lui ai pas dit, mais mon grand-père en parlait comme d'un tonifiant sexuel.

C'est n'est donc pas la peine que Max en boive !

35

Mardi 25 janvier 2011

Enzo est tendu, il vient d'arriver au Commissariat central de Toulouse et ne connaît toujours pas l'objet de sa convocation.

Le gardien à l'accueil, après avoir vérifié son identité, le fait pénétrer dans une salle. Une table et deux chaises. Il se croirait dans un film.

Ses mains sont moites. Pourquoi est-il ici ?

Ces derniers jours ont été un calvaire pour lui. Peu dormi, peu mangé… La peur au ventre. Ne pas savoir est le pire de tout.

Un homme entre, se présente. L'inspecteur Lucas Marmol est assez cordial. Cela ne doit pas être grave. Hugo n'a rien, sinon cette personne aurait eu un faciès de circonstances.

– Asseyez-vous !

Pas de poignées de mains. Le ton est tout de même un peu froid.

Enzo murmure un bonjour – pour lui c'est plutôt un mauvais jour.

– Monsieur Enzo Sauret ?

– Oui.

– Pouvez-vous me présenter une pièce d'identité ?

Enzo voudrait lui dire que le gardien l'a déjà vue, mais il se retient et sort le document.

Le policier le prend et vérifie.

– Monsieur Sauret, vous avez été convoqué suite à la plainte déposée par une compagnie d'Assurances.

Vous aviez contracté, vous et votre défunte épouse, des contrats d'assurances-décès.

Enzo est abasourdi. Une plainte après tout ce temps ? Non il ne comprend pas !

Le flic reprend, encore moins avenant :

– L'assureur vous suspecte de fraude à l'assurance.

Quoi une fraude ? Enzo ouvre la bouche pour protester, mais il n'en a pas le temps.

– Vous avez bénéficié d'argent provenant du contrat souscrit par votre défunte épouse. C'est exact ?

– Oui ! Méryl a été victime d'un accident de la circulation en 1985. Elle est morte des suites de cet accident. Nous avions, elle et moi, souscrit ces contrats trois ans avant. Mais je n'ai jamais fraudé, je ne comprends pas cette plainte ?

– Je vais être direct, monsieur. Votre défunte femme avait-elle eu des antécédents allergiques ?

Enzo cherche dans sa mémoire, que veut-il dire par antécédent allergique ?

– Je ne saisis pas ce que vous voulez que je me rappelle ?

– Votre femme avait-elle eu, lors de ses opérations, des problèmes d'allergie ? Réfléchissez bien avant de répondre !

Le cerveau d'Enzo fait un retour en arrière et il se revoit lors de la visite chez le gynécologue.

Méryl avait eu des problèmes d'allergies au curare et il en avait informé le patricien.

– Oui, effectivement, Méryl, avait eu un problème suite à une anesthésie lors d'une intervention à l'épaule.

– Donc vous connaissiez ce fait ?

– Oui ! Mais je ne vois pas ce que cela a à voir avec les assurances ?

Pas de réponse du flic. Celui-ci fouille dans son dossier et lui présente un document.

Enzo chausse ses lunettes. C'est un papier à l'en-tête du CHU de Rangueil, là où Méryl avait été amenée après l'accident.

– Reconnaissez-vous la signature au bas de ce document ?

L'encre est un peu fanée par le temps, mais Enzo reconnaît bien sa signature.

– Oui, c'est bien la mienne.

– Nous sommes d'accord sur ce point. Bien ! Comment expliquez-vous que vous ayez signé un document spécifiant que votre épouse n'avait pas d'allergie ?

Ce n'est pas un film… il commence à s'inquiéter de la tournure de cet interrogatoire. Bon Dieu cela fait vingt-cinq ans qu'elle est morte. Il ne doit pas prendre peur et il doit rester lucide.

– Je ne sais pas… je pensais sûrement que cela concernait des allergies alimentaires. J'étais sous le choc d'apprendre que la première opération n'était pas suffisante… qu'il fallait l'opérer une deuxième fois… sans réelle chance de survie. Les secondes comptaient… ma femme était entre la vie et la mort et mon fils venait de subir un choc. J'étais très perturbé !

– Certes ! Mais étiez-vous plus inquiet pour votre fils ou votre femme ?

– Pour mon fils. Malgré les contrôles radio, j'avais

peur qu'il n'ait subi un gros traumatisme. Ses maux de tête me faisaient craindre le pire.

– Donc vous aviez plus peur de perdre votre fils, dont les médecins vous indiquaient qu'il était hors de danger, que de votre femme à l'article de la mort ?

...

– Oui !

– Dans ce cas, pouvez-vous me préciser depuis combien de temps vous connaissez votre femme actuelle ?

– Que vient faire Marion dans cette affaire ?

– Veuillez répondre à ma question !

– J'ai recruté Marion dans mon entreprise en 2009.

– Et...

– C'était une salariée comme les autres. Nous avons appris à nous connaître et elle m'a apporté son soutien dans cette épreuve.

– Aviez-vous des relations extra-conjugales avec Marion Bruel ?

Enzo hésite, qui pouvait savoir qu'ils étaient amants ? Il a beau chercher, personne ne savait. Il n'a jamais eu de gestes équivoques, ni dans son entreprise, ni la seule fois chez lui.

Il ne doit pas révéler cet élément. Il commence à comprendre ce qu'on lui reproche. Mais que risque-t-il ?

– Nous n'avions que des relations professionnelles, sauf une seule fois, lors de la pendaison de la crémaillère. Méryl avait aussi invité des collègues et Marion était présente ce jour-là.

– Je vous répète la question : avez-vous eu des

relations sexuelles avec Marion Bruel avant le décès de votre épouse ?

– Non !

Enzo a mis toute la force dans sa réponse.

– Vous m'affirmez que votre relation n'a évolué qu'après le décès de votre femme ?

Enzo ne sait plus ce qu'il doit dire. Il se sent acculé. Pourtant il se reprend en se disant que personne ne sait.

– Oui, notre relation n'a évolué qu'après la mort de ma femme.

Le flic se lève, l'entretien semble clos. Enzo respire un peu mieux.

– Monsieur Sauret, au vu de vos réponses et des éléments que nous avons au dossier, je vous place en garde à vue !

...

– ???

Enzo se prend la tête à deux mains, il ne comprend pas.

Pourtant une petite bête, au fin fond de sa conscience s'éveille... elle a trouvé une nouvelle proie !

Menottes aux poignets, il est conduit en cellule. Il est effondré. Il se demande ce qu'il va lui arriver ?

Pourquoi, après tant d'années, est-il inquiété pour ces faits ? Que doit-il faire ? Il ne connaît pas la procédure pour ce genre d'affaires – pas plus qu'il ne connaît d'avocats spécialisés qui pourraient le défendre ? Et s'il y a un procès, c'en serait fini de son entreprise. Il en serait fini de sa vie.

Comment va réagir Marion ?

Du couloir qu'il traverse, il ne capte qu'une chose. Les yeux assassins de son fils et… l'autre personne ?

Oui… c'est bien elle… Sophie et son regard triomphant.

Il se remémore alors les paroles de Méryl le matin de son accident.

Ne lui avait-elle dit que quoi il arrive… il payerait !

ÉPILOGUE

Samedi 14 mai 2011

L'enquête est en cours, mais d'après Sacha, l'homicide involontaire serait vraisemblablement retenu contre Enzo Sauret. Il ne risquerait alors que trois ans de prison, et sûrement avec sursis. L'hypothétique survie de Méryl Sauret, dans des conditions de vie difficiles, en est la principale raison. Cette appréciation est étayée par les experts médicaux. Le tribunal s'en tiendrait là. Toutefois, c'est le procès qui nous le dira.

Ma compagnie demande la restitution partielle des sommes. Celles-ci ayant majoritairement servi à l'éducation de l'enfant. Il faut surtout établir un précédent sur la fraude à l'assurance.

En attendant le procès, Enzo Sauret a été incarcéré à la maison d'arrêt de Muret.

La petite bête a grandi et elle fait son œuvre rapidement.

Les journaux ont montré Enzo Sauret extrêmement amaigri lors de son transfert vers le palais de justice.

Pour Max et moi, la vie de couple est un enchantement. Nous avons aménagé dans notre maison rue Ingres. Peuf doucement, s'habitue à cette nouvelle vie.

La décoration de la maison occupe une grosse partie de nos week-ends et nous adorons cela. Nous avons les mêmes goûts, ce qui facilite notre entente.

Max est toujours entre deux avions et moi entre deux dossiers. J'ai toutefois une nouvelle mission. J'inventorie les décès accidentels de moins de trente ans afin de rechercher des suspicions de fraude, ce qui m'amène souvent à fréquenter les archives de la dépêche.

Aujourd'hui est un grand jour !

Non ! Ce n'est pas notre mariage !

Et ce n'est pas du tout à l'ordre du jour.

Nous allons respecter une promesse.

Main dans la main, plus amoureux que jamais, nous venons voir Méryl.

La tombe est isolée, à côté d'un cyprès, à l'abri du vent, majestueuse dans ce petit cimetière.

La pierre tombale est faite de granit vert. Les dernières gouttes de pluie, sous la lumière du soleil, la font miroiter d'or.

En cette journée de printemps, la Terre s'éveille. Les oiseaux, en ce lieu, apportent une note de vie. Une jolie azalée posée à côté d'un portrait égaie l'ensemble.

Sur la photo, Méryl nous sourit.

C'est avec émotion que je dépose notre bouquet de violettes.

Max m'entoure de ses bras. Pense-t-il à ses parents en ce lieu ?

Sa voix émue qui murmure à mon oreille me détrompe.

– Je t'aime Jaz !

Je me love dans ses bras, ferme les yeux et savoure cet instant.

Nos pas crissent sur l'allée gravillonnée.

En refermant la porte du cimetière, je pose un dernier regard sur sa tombe… Un arc-en-ciel se dessine… Un ange veille sur nous.

Repose en paix Méryl !

REMERCIEMENTS

Ce Roman c'est aussi le vôtre !

Merci à Julie, Pascale, Claude Not, Monique, Catherine et Corinne mes premiers lecteurs et correcteurs.

Pour leurs précieux conseils, je remercie Zoé de *Laisse pas traîner ton livre* et *Sylvia se la raconte.*

Je n'oublie pas mes amis, mes collègues de travail, et vous tous sur Instagram et Facebook pour vos encouragements, et plus particulièrement Marie Thé, Agnès MaBeth et Jean-Claude P.

Enfin, je remercie mon éditeur M+Editions.

Retrouvez-moi sur Instagram @seguiercarole et vivons ensemble cette aventure, en attendant le retour de Jazie, dans une nouvelle enquête.

M+ éditions
5, place Puvis de Chavannes
69006 Lyon
mplusedition.fr

Achevé d'imprimer en juin 2022 par ISIPrint
Numéro d'impression : 164861

Imprimé en France

PEFC 10-31-2581 / Certifié PEFC / pefc-france.org

IMPRIM'VERT®